駆逐艦「五月雨」――戦争中期の白露型前期艦の姿を映した珍しい写真。艦橋に防弾版を張り、前端に機銃台を備え付け、舷側には舷外電路が取り付けられているのが確認できる。著者は昭和14年5月、「五月雨」に乗り組み、発射幹部付きとなる。19年8月の総員退去の日まで「五月雨」に乗艦した。

(上)斜め後方から見た「五月雨」。(下)重巡「摩耶」に接舷作業中の
「五月雨」。海軍省公表写真のため艦首の艦番などが消されている。
パラオ近海で米潜水艦の雷撃を右舷中部に受け「五月雨」は沈没した。

NF文庫
ノンフィクション

新装版

駆逐艦「五月雨」出撃す

ソロモン海の火柱

須藤幸助

潮書房光人新社

艦橋から見た駆逐艦「五月雨」の後部。２番煙突の側方の機銃台にカンバスで覆われているのは毘式40ミリ単装機銃。その下に１番発射管のシールドが見えている。日本の駆逐艦として初めて61センチ４連装発射管を採用し、これを２基搭載した。左上は横須賀海兵団に入団した当時の須藤幸助氏。

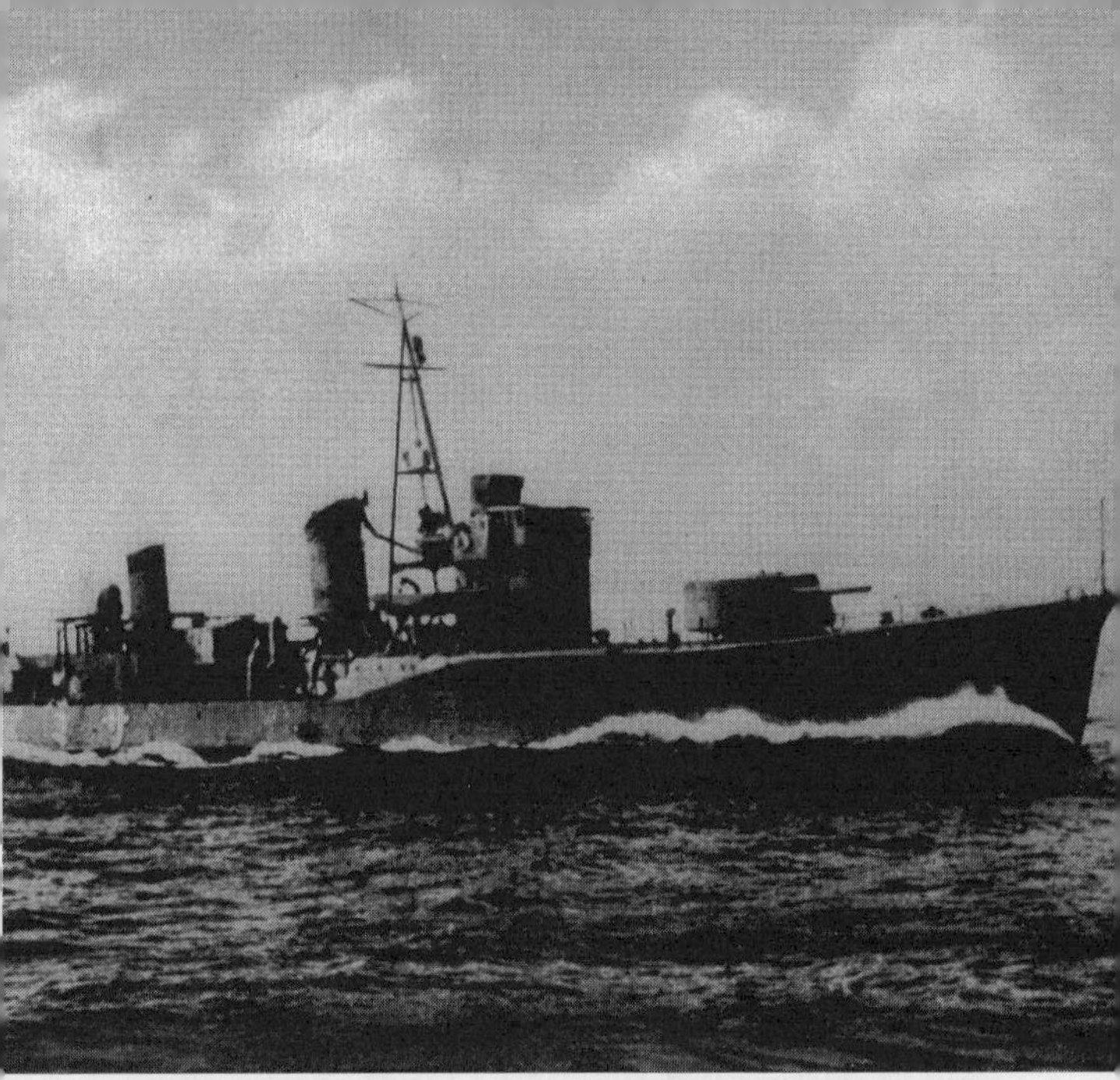

公試運転中の「五月雨」。昭和12年1月、浦賀船渠で竣工した「白露」型の6番艦である。公試排水量1980トン、全長110.0メートル、最大幅9.9メートル、速力34ノット、12.7センチ砲5門、61センチ4連装発射管2基。同型艦は10隻が造られた。

「五月雨」は開戦以来、南方攻略戦、ソロモン、キスカ、マリアナ沖海戦等に参加した歴戦艦である。昭和19年8月18日、パラオ北端で座礁、雷撃をうけ沈没した。

須藤幸助二等兵曹。大正７年、小田原に生まれる。小田原商業学校卒業。昭和14年１月、横須賀海兵団に入団。同年５月駆逐艦「五月雨」に乗り組み、発射幹部付となる。以来、総員退去まで同艦に勤務。

水兵時代の著者（右側）。著者は艦内生活を日記に記し、発射幹部付という艦橋配置にあって水雷指揮官伝令であったから、戦況状況が克明に描かれている。大戦中に最も酷使された駆逐艦の乗員の苦労がよく表われている。

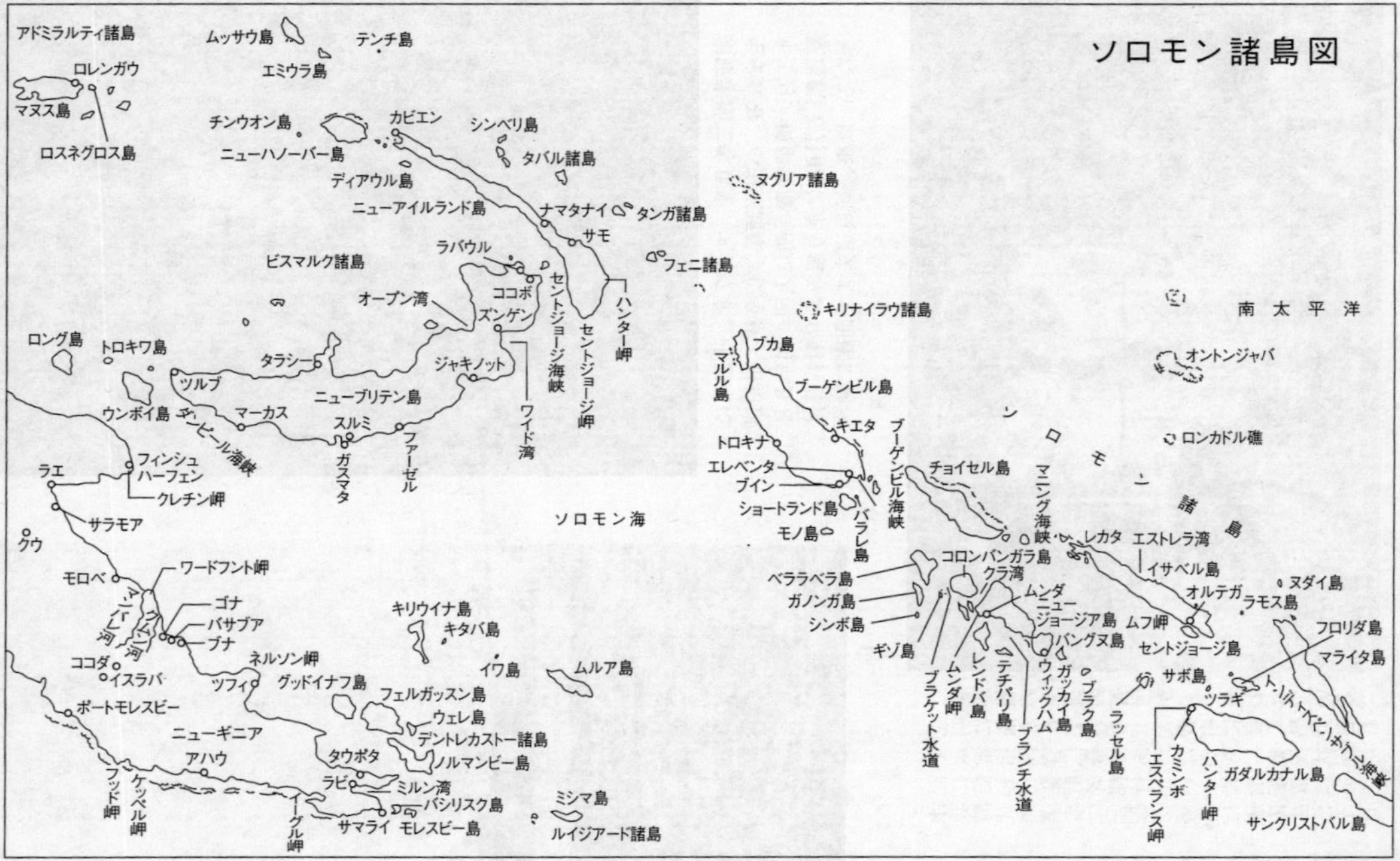

ソロモン諸島図
アドミラルティ諸島
ムッサウ島
テンチ島
エミウラ島
ロレンガウ
マヌス島
ロスネグロス島
チンウオン島
カビエン
シンベリ島
ニューハノーバー島
タバル諸島
ディアウル島
ヌグリア諸島
ニューアイルランド島
ナマタナイ
タンガ諸島
サモ
ラバウル
フェニ諸島
ビスマルク諸島
ココボ
セントジョージ海峡
セントジョージ岬
ハンター岬
オープン湾
ズンゲン
キリナイラウ諸島
南太平洋
ロング島
トロキワ島
タラシー
ジャキノット
ブカ島
マルル島
オントンジャバ
ツルブ
ブーゲンビル島
ニューブリテン島
ウンボイ島
マーカス
ダンピール海峡
スルミ
ガスマタ
ファーゼル
ワイド湾
キエタ
ブーゲンビル海峡
トロキナ
ロンカドル礁
フィンシュハーフェン
クレチン岬
ラエ
エレベンタ
ブイン
チョイセル島
マニング海峡
ソロモン諸島
ショートランド島
バラレ島
サラモア
ソロモン海
モノ島
レカタ
エストレラ湾
クウ
コロンバンガラ島
クラ湾
イサベル島
ワードフント岬
モロベ
ベララベラ島
ヌダイ島
オルテガ
ラモス島
ゴナ
ガノンガ島
ムンダ
ニュージョージア島
ムフ岬
バサブア
キリウイナ島
ブナ
キタバ島
シンボ島
バングヌ島
フロリダ島
セントジョージ島
ネルソン岬
ギゾ島
ココダ
イスラバ
イワ島
ムルア島
ブラケット水道
ムンダ岬
レンドバ島
テチパリ島
ブランチ水道
ウィックハム
ガッカイ島
ブラク島
ラッセル島
サボ島
マライタ島
インディスペンサブル海峡
ツフィ
グッドイナフ島
ツラギ
ポートモレスビー
フェルガッスン島
ウェレ島
ニューギニア
デントレカストー諸島
エスペランス岬
カミンボ
ハンター岬
ガダルカナル島
タウポタ
ノルマンビー島
アハウ
ラビ
ミルン湾
ミシマ島
フッド岬
ケッペル岬
イーグル岬
バシリスク島
サマライ
モレスビー島
ルイジアード諸島
サンクリストバル島

駆逐艦「五月雨」出撃す——目次

駆逐艦「五月雨」出撃す

ソロモン海の火柱

開戦まで

昭和十六年十一月十二日（航海中）
第一類戦闘作業が終わり、夜になる。警戒管制に速力灯も消された海上を黙々と走りつづける。瀬戸内海に入ったらしく、時々サーッと水を切る音が聞こえ、動揺は静まった。平穏だ。四国の岬か、内海の島の頂だろう、灯台が一条の光を回転させている。そのほかに光とてない海上に、航跡にひろがる波頭に夜光虫が燐光を放っている。仄青《ほのあお》いその光は波が遠退《の》くにつれて一度消えるが、はるか遠くで再び明滅する。波頭の燐光に泡沫が白く浮かび上がり、それはあたかも舷窓から漏れた灯りが水面に映っているかのようだ。陽気がゆるんでいる。夜間、外套も着ずに当直に立っていて寒くない。視界も悪くなった。雨にならねばよいが。

再現役望で通して来ても、満期間際になると否と変わるのが今までの徴兵の多くのやり方だった。もっとも私のように最初から否で通して来た者も少なくないが。ところが、今まで否で通して来ていて、来年七月に満期《まんき》だという今、練習生の試験を受け、もちろん再現役する男が出て来たのには驚かされた。どうせ満期はとれぬ故、服役延期でいても現役となってもさして変わらず、まして進級率は現役の方がいい、さらに漁師であった彼が満期をとってから利用できる操舵《そうだ》の練習生を受けることになったのだろうと周囲の者は臆測している。しかしすべては時代のせいだ。ここに彼のように転身できぬ男が一人、気の合った者とだけ冗談交わしながら凡々と海軍生活を送っている。だが彼も、戦闘の際、全力をつくして斃れるだろうことは明白である。

十一月十三日（柱島水道）

赤土《あかつち》の肌に松が青い、その中に紅葉が点綴《てんてい》する、そうした抜け出たような美しい小島が重なりあった狭水道を、どこをどう走ったかわからぬほど曲がりくねって、ようやく柱島の沖に着いた。低気圧のため、昨夜心配したのが事実となって、早朝から小雨が風を伴って降っている。時々止み、少しばかりの陽が漏れる時、内海の島々は夢のようにその姿を浮かび上がらせる。松の緑も、よく見ると全体がかすかに黄ばんで、黄昏《たそがれ》空に似た秋の色を放っている。

愚劣な冗談と悪巫山戯《わるふざけ》と卑猥と追従《ついしょう》をわずらわしいと避けたならば、一体兵隊の中に何が残るか。自己を守ろうとする者は常に孤独を味あわねばならぬか。

十一月十六日（柱島水道）

ラジオが日米間の国交の悪化を伝える。来栖大使のルーズヴェルト大統領訪問――ここ数日間が最も緊迫せる状態云々。在留邦人引き揚げのニュース。日頃そうしたニュースに縁遠い私たちにとって、事態のこれまでに来ているというのは驚くべきことであった。

明早朝出港のため航海ボートとした内火艇を、至急書類受取の旗艦からの信号で再びおろした。呉での不用品陸揚げ、佐世保での戦時品搭載の書類だという。先刻のニュースあり、今またこれを聞く、いよいよやるという感が深い。

十一月十八日（呉）

ストーヴ、各室の扉を外《はず》して陸揚げ。防暑服二着宛、飯盒必要数積み込み。南方へ行くのはこれで明らかになった。

十一月二十二日（航海中）

恐らく今日の出港の際、登舷礼式《とうげんれいしき》で送られようとは兵隊のほとんどが知らなかったに違いない。「手《て》明《あき》総員上甲板」の号令は最初何事かと私たちを驚かせたが、第四水雷戦隊中、今日出港しない第四駆逐隊が登舷礼式で私たちを送っているのだった。自分たちが送られている、しかも戦地の往還に用いられる登舷礼式で——虚をつかれた嘘のような気持だ。日頃、支那へ行く、仏印へ行くとか言って騒いでいるのとは全く異なったものだ。このとつぜんの出港のしかたは一種異様な感慨を抱かせる。が、やがてそれが実感となってしみわたった時、ある感動が湧き上がって来るのだった。第四駆逐隊の各艦ではその上甲板で振る兵隊の帽子が白く浮き上がって動き、「万歳」の叫びが幅をもって海上を渡って来る。艦橋からそれに応じた先任将校の号令がかかる。

「帽振れ」——内海の景色に囲まれながら、単縦陣列、隊番号順に、水雷戦隊は原速力で西に進む。狭水道を通過した頃、私たち第四水雷戦隊より前を第二水雷戦隊が、後に第五戦隊の重巡三隻が一路西進しているのが眺められた。「臨戦準備第二作業」「灯火警戒管制」——それらの号令は今は訓練ではなかった。

夜の関門海峡通過。寝静まった両岸には孤灯が物淋《ものさび》しい光を何も知らぬ気な建物に投げかけている。左手に赤々と夜空を燃やしているのは、八幡の溶鉱炉《ようこうろ》の火か。——上海事変の時分はよくここを通ったもんだ、それも昼間。市中の者がみんな旗を持って見送りに来てにぎやかだったよ。夜は提灯だ。こう、ひっそりと通るのは初めてのことだ。支那たあ違うぞ、相手は——古い下士官の一人が夜風に吹かれながら語っていた。

十一月二十三日（寺島水道）

曇って、時々雨滴《うてき》が落ちた。魚雷に実用頭部を四個装着、爆雷を四個急の間に合うように準備。私たちは今眼の前にいるおびただしい商船の群れを護衛して行くのか。午後、支那方面艦隊の旗艦「足柄」が入泊、つづいて「八重山」「沖之島」等の敷設艦、十六戦隊の軽巡二隻。

賞与はすべて家族渡し、俸給は三月分前渡しだという。公用使が佐世保へ出たが、港内からは一歩も出られず、そこでできる郵便事務のみ果たして帰る。手紙には行動所在を暗示する文句は一切、気候についても書けない。いよいよ私たちの出す手紙も「おせん泣かすな馬肥せ」だ。今日の検閲で分隊内だけで、もう二、三の者がひっかかっている。

十一月二十四日（寺島水道）

まだ兵隊のほとんどが今後の行動に関して詳《くわ》しく知っていない。登舷礼式に送られて来たはいいがこの分じゃ旭七《きょくしち》もお流れだ。そんなことを言っている。相手が支那でなく、実際の戦闘——海戦を行なうかも知れぬということが、今まで艦隊訓練ばかりやって来ている兵隊にはピンと来ないのだ。

十一月二十五日（寺島水道）

『検閲済』という枠の中に分隊長の印が押された封筒を一枚、私は持っている。読まれて都合の悪い私事を書くためにとある方法で私が用意したものだ。しかし今はもうその私事は書く必要はなくなった。文箱を開く度に、私はこの封筒を利用して私たちが今どんな立場にいるかを書き送りたい誘惑にかられる。幾度か便箋に書き、破りすてた。今日もまたその誘惑が私の筆を動かさせようとした。ついに私の良心はそれを利用する機会から私を救った。私はほっとした。そして封筒は舷窓から破り棄てられた。

新聞も来ない今の艦内で、ラジオのニュースは乗員にとって唯一の娑婆《しゃば》との接触である。この時間は誰もが耳澄ましてラジオを取り囲む。中心となるものは日米会談の進捗状況、次は独ソ戦の戦況だ。私たちの行動が日米会談の結果によって左右されようとしている現在、そして戦備に一切を集中している時、やるか、やらぬか、それを第一に知りたがっているのだ。

隊内総合訓練に船舶臨検、敵艦捕獲があった。戦時用食糧積み込みのため早朝から佐世保へ行った作業員が帰って来て、佐世保港内で陸戦隊員が商船に戦車や機銃の積み込みに繁忙をきわめていたと状況を語った。

一昨日四個出した魚雷の実用頭部を昨日さらに二個出して嵌合《かんごう》した。爆雷の九個は滑走軌に三、投射機に四、投下機に二、今日それぞれ装備された。石油の空罐をハンダで孔塞ぎしている。ヴイとして艦底の空所に入れ、浸水したおりの水量を軽減し、さらに浮力を強めるためだ、と掌機長が語っていた。

十一月二十六日（航海中）

午前十時、馬公に向けて寺島水道を後にした。私たちは再び登舷礼式を受けた。第四水雷戦隊のうち今日出港したのは旗艦「那珂」と、私たち第二駆逐隊（村雨、五月雨、夕立、春雨）、そして第九駆逐隊の三隻だ。すでに早朝、艦尾や舷側に書かれた艦名や隊番号は塗りつぶされ、一番煙突の両側に艦船番号の『2』が白く記された。出港して間もなく合戦準備がなされ、普通航海当番のほかに警戒見張員が配置についた。私たちの後遠く二水戦らしい艦影がつづき、その遥かうしろにかすむ九州の山々は次第に視界から没して行く。

出港前、昨夜台湾南端を国籍不明の潜水艦が二隻北上中なるを発見、そういう信号が「足柄」から来た。

十一月二十七日（航海中）

「米国潜水艦二隻台湾海峡ヲ針路三〇度ニテ北上中、警戒ヲ厳ニセヨ」今日再び「那珂」から発信された。飛行機による偵察らしい。すでに台湾の北端近く来ている。兵員室は蒸暑《むしあつ》さをました。二枚かけていた毛布が一枚になり、外套がチェスト（被服箱）にしまいこまれた。低気圧は通過したというが時化《しけ》はいぜんつづいている。黄昏色の朝映えが雲深く波の高い海上に立ちこめて、雨が時々激しく降りつける。艦は強速で走りつづける。

十一月二十八日（馬公）

　向風だったらきっとこんなことではすまなかっただろう。ローリングはもちろん、絶え間なしのピッチングに悩まされつづけた。強速で走っている艦尾から風波が追いかけて、上甲板はしょっちゅう洗われている。朝六時、見張りの当直で艦橋に上ろうとした時、士官室通路の入口の扉が開いておったため、上甲板にのし上がった波が二尺近い厚さで、おりからうねりに乗って艦首を下げた勢いにどっと流れこんで来た。とび上がったがかわすことはできなかった。海水は士官室通路に溢れ、各士官寝室に流れこむのはもちろん、ラッタル（階段）から下の兵員室に滝をなして落ちた。たちまち兵員室に騒ぎが起こった。若い兵隊の数名が駆け上がって来ると、つづいて兵長や下士官が三、四人来て、水の掻出《かいだ》しが始まった。日課が一時間宛繰り下げられる。私たち四水戦は第二急襲部隊と名づけられているのを知った。

　午前八時半。――台湾海峡を大分南下しているのだが、視界悪く、まだ陸地は見えない。追風に乗っていた艦が入港針路に左折した時、左舷から風波を受けて大きなローリングをした。ビーム（梁）やサイド（舷側）の固縛《こばく》不充分だった鞄や包が転げ落ちて大きな音を立て、若い兵隊の数名が尻餅をついた。みな大騒ぎだ。入港する安心と航海中の退屈が一度に破られて、おかしくもないことに声立てて笑った。風速二十メートルもあるか、碧い海上を風の方向に白波が幾条もの筋を引いて走る。頂を截りとられたような平らな島が三つ、洋中に浮かんでいる。中央の島のふところに港があるのだが、旗艦以外の駆逐隊は湾外に仮泊投錨した。十二時半である。

二十五メートルの風は一向に止みそうにも思えない。この風は大陸に七八〇ミリの高気圧ができたため、台湾南東洋上の七六〇ミリの低気圧に向かって吹いている由。夜十時、見張りの当直が終わる頃、島陰から漁船らしい白灯が二つ、湾内に吸われて行った。後でそれが潜水艦であるのを知った。

「何のために我々は風速二十五メートルの海上に錨を入れて見張りについてるんだ、何のために我々に第二急襲部隊という名がつけられているんだ。戦争だよ、比島撃つべし、シンガポール占領すべしだ。我々が海中の藻屑と消え果てても、それで米国を撃つことができるならだ。一生懸命見張ろうぜ、なあおい」

当直に立ちながら信号兵の小林が興奮から声弾《はず》ませてそんなことを言った。

日米会談も終わりに近いを思わせる。記者団の質問に対して来栖大使の言った言葉――未だ本国政府からの引き揚げ命令は受けていない――何時ここを出るかは知らない、が恐らくその時は戦闘への船出であり、もはや私たちに与えられた途はただ一つである。

十二月一日（馬公）

保健行軍が許可された。――溶岩《ようがん》の流れ出した表面が風化して赤土《あかつち》になっていて、均《なら》したような低い丘に畑がひろがり、白壁と赤や青の勝った瓦屋根が点在する。丘の中腹の畑地の中に琉球で見たのと似た、しかしそれより簡素な馬蹄型の墓地がある。本島人ばかり見て来た島内で、警備府官舎の小路に和服姿の内地の女を見、清々しく思った。

ニュースは日米会談の最終的回答を明日までに要求したと報ずる。恐らくそれによって私たちの出港の日も決まるのだろう。

十二月三日（馬公）

別の任務を持つらしい第八駆逐隊が重油搭載をするため、錨地を湾口近い西側の山陰に変えた。私たちの近くに投錨している商船に陸軍の兵隊が一杯乗っている。舷側に索梯子《つなばしご》をかけて、次々とそれを伝い、下で待っている大発に移る。大発は満載すると彼らを舷梯《げんてい》へ運んで行く。それを繰り返している。敵前上陸の訓練だろう。

見張りに立って、双眼鏡の中に、山腹の枯草が群がって陽炎《かげろう》のように風にそよいでいるのがよく見える。木らしい木が無いから島全体がいつも黄褐色だ。季節風はいつも北から吹いている。それで、風向きで方向を知ることができる。毎日風が強い。陸上の、市街のある付近の樹々の枝も葉もみんな南に流れ、北側はあたかも人骨を背後から眺めるように幹と枝裏が露わになっている。庭に植えた樹々の間に、風除けに藁《わら》造りの塀が立っているのも見える。兵隊の間に『馬公の月』という言葉がきこえる。おそらく古い下士官で、かつて支那沿岸封《ふう》鎖《さ》作戦に来ておった者が言い出したのであろう。今日も軍艦旗を降ろした日没、東の空低く満月がかかっていた。次第に光を強め、今は皎々《こうこう》と照っている。雲の多い空だが、月は巧みにそれを縫って上って行く。時々低いかすれ雲が速く流れ去る。雲が白く見え、黒く見えする。島が低く海と空を区切り、広々とひろがる空に強風が雲をひと摑《つか》みに浚《さら》って消える。荒涼とした四囲の風物の中に月が淡々と冴えているそんな夜の景色が、昼間の異郷の風物と相俟って、一種感傷を誘うのであろう。

在泊艦船――三戦隊の「比叡」「霧島」、四戦隊の「愛宕」「高雄」「摩耶」、五戦隊の「妙高」「羽黒」、第二、第四水雷戦隊、他に駆逐艦が二、三、そして特務艦、輸送船十数隻。集結した、という感じだ。今日も沖を三隻の特務艦が南下して行くのが見えた。国籍不明の戦艦五隻が、台湾海峡に向かって北上中という情報が入る。

しばらくニュースを聞かない。だから日米会談のその後は不明だ。兵員室のラジオが入らないのだ。兵員室のを入れると士官室のがよく聞こえぬのが理由だそうだが、直せば大丈夫というのを通信士が何でも切れと言ったと電信の兵隊が怒っておった。それで暇があると士官室近くに立って聞こうとするのだが、なかなか都合よくその時間にぶつからない。結局夜の十時のをちょっと耳にするのが関の山だ。

本艦の魚雷は明日あたり全部でき上がるらしい。今日、装気《そうき》しに陸上に揚げてあった一本を持ち帰った。

十二月四日(馬公)

朝、第六駆逐隊の一小隊が出港して行った。それより先、「那珂」から彼らに対し次のような信号が発信されていた。「……準備出来次第出港、十二月七日三亜ニ於テ重油搭載終了後本隊ニ合同スベシ」間もなく、戦艦二隻、四戦隊の重巡二隻、第六駆逐隊の残りの二隻、そして第四駆逐隊がどこかへ出て行った。

昨日からマンドレット（防弾帯）をつくり始めた。覆類《おおいるい》はすべて艦体と同じ鼠色に塗りつぶされた。

十二月六日（馬公）

昨夜、無制限に酒保《しゅほ》が開かれた。艦内総員が飲み、歌い、踊った。上から下まで一つになって酔いしれた。最後という気持は解放的である。感傷とヒロイズムがからみ合ったそれは艦全体を狂わせたかと思わせるのだった。ひらめき出した殺気が二、三の喧嘩も起こさせたが、すぐに同じ目的を意識することによって仲直りさせた。狂乱は暁方までつづけられた。

艦内各部のマンドレットは今日ですべて終わった。その上にカヴァーを張り、それも鼠色に塗られた。新しい褌《ふんどし》が配られ、入浴終わった今夜のうちに替えて置くようにとの話であった。頭髪を刈り鬚《ひげ》をそった。救急嚢は各戦闘配置に配られ、戦闘準備は完成したようである。

ハンモックをマンドレットに使ったため、今までそれに寝ておった者も下に寝なければならず、今夜の寝具を敷くのには苦心したようである。毛布をひろげて二枚、これを敷蒲団とし、掛けるのは各自一枚。甲板に帆布を敷いてそれにじかに寝たり、移動チェストを二つ並べてその上にも寝る、若い兵隊の一部は揚錨機の蒸気の通う太いパイプが天井を通っているネッチング（釣床格納所）の中にも寝た。哨戒当直員が立つからその分いくらか余裕ができるだろうという見込みだ。今までハンモックに寝ていた私たちの班長は、自分だけはと思っておったのをみな平均に毛布を割り当てられたのに機嫌を悪くしたらしく、ブツブツ言っていたと思うと、誰の毛布だって構やしねえどんどん使っちまえ、と怒鳴った。言わずともそうしている若い兵隊はその言葉に困った顔を見合わせておった。巡検に回って来た先任将校はラッタルを最後の段まで降りると、重なり合った兵隊の寝姿にそれより一歩も進めず、ほうと軽い驚嘆の声を発して踵《きびす》を返した。

「ざま見やがれ」

と巡検が去った後、操舵員の小林兵曹が反感と自嘲をこめて言った。軽いしのび笑いが方々に起こった。

巡検後、明日の日課が達せられた。

午前午後共　戦備作業

一四〇〇　艦長訓示

一四四五　出港準備

一八〇〇　出　撃

最後の『出撃』という言葉が異様に私たちを刺戟《しげき》した。

警戒管制下の馬公港内は、十七、八日の月が夜更けて上るまでは真っ暗に息をひそめ、その上をあいかわらず強い季節風が走っている。

十二月七日(馬公出撃)

十二時十五分総員集合、艦長の訓示があった。私たちは初めて事態の正確な認識を得、同時に今後の作戦行動を知った。すでに廟議《びょうぎ》は開戦と一決しており、日米交渉の推移如何は関係ないのだ。

「日本にいま、重油がどれだけ残っているか知っているか！」

いつにない艦長の冒頭の怒声は私たちを叱りつけているかの如く、実際何物かに憤っているに違いない。艦長の言葉は一つ一つ私たちの腸《はらわた》にしみとおった。

「世間ではどう思っているか知らんが、三国同盟などに頼っておったら大間違いだ。イタリーは言うまでもないが、ドイツにしても頼むに足らん。日本は自分だけの力でやらなくちゃ駄目だ」

と言った。そして私たちは、輸送船六隻に分乗する陸軍菅野部隊を比島奇襲上陸に護衛して行く。それが終わり、一度前進基地たる馬公に帰り、再び蘭印に対して作戦を起こす。宣戦宣告は最早時間の問題だが、その前に我々は比島攻略の幕を切っていよう――。士気は昂《あが》った。解散が令されても容易に前甲板を去ろうともせず、兵隊は紅潮し、眼を輝かせて、思い思いの群れとなって声高《こわだか》に話していた。

二時四十五分、再び総員集合、十二月三日連合艦隊司令長官に賜わった御勅諭の伝達式、並びにその奉答文、さらに今朝六時の連合艦隊電令第十三号が伝えられた。

皇国ノ興廃繋《かか》リテ此征戦ニ在リ
粉骨砕身各員其任ヲ完ウセヨ

午後六時、水雷戦隊は各駆逐艦ごとに、風吹き荒ぶ馬公を後に南下した。第三警戒配備となった。うねりが次第に高まる。船団と合同するのは多分夜中になるだろうという。永くチエストの底にしまいこまれてあった千人針や守袋が探し出され、身につけられた。たくましい体の胸高く真っ白な晒木綿《さらしもめん》の腹巻締める男もいる。

比島上陸作戦

十二月八日（航海中）

午前一時である。見張りの当直を終わって来た。当直中、午前零時以後日米間は交戦状態に入ったと知らされた。いよいよ時は来たのだ。けれども今は私たちはそれを落ち着いた気持で聞くことができた。船団がようやく合同し、第二急襲部隊は予定の配備につきつつある。雲にかくれてはいるが月のある海上は明るい。先頭に「那珂」、それを頂点として左右に駆逐隊がひろがり、駆潜艇、掃海艇の数隻が中に混じる。本艦の右後方に輸送船が縦に六隻、煙が黒く長く尾を曳いている。

居住甲板に降りると、一種軍装（冬服）の上衣を脱いで横になった皆の顔は汗で光り、苦しそうに寝返りを打っている。深い眠りに入り切っていないのだ。先刻から思うと動揺はだいぶ静まっている。探信儀の発振音が規則正しくカタッ、カタッ、と鳴っている。

Tは昨日の最後の公用使に托して自分の写真を家に送ろうとしたが、それは文面によって拒否された。家に写真が一枚も送ってないのですから、それなら写真だけでも、と彼は未練たらしく言った。結局、まだ決して死にっこないから大丈夫、という上官の言葉を納得するほかはなかった。

七時半。当番があわただしくラッタルを駆け降りると、吃《ども》りながら、読み上げるように叫んだ。

「ただ今、わが飛行機がシンガポールを爆撃、多大の戦果を収めた」

喊声《かんせい》が上がった。寝転んでいた者が一斉に起き上がった。

「ハワイはまだか」

と誰かが言った。

十時。旗艦から情報を知らせる信号が着いた。——味方機の爆撃によりハワイの米艦隊大混乱に陥る。シンガポール爆撃の効果大。米国は日本と交戦状態に入った旨を発表、等々。

十一時に米英に対し宣戦布告されたのを知った。誰が用意して来たのか世界地図が持ち出され、それを囲んで議論が沸騰している。夜になり、ハワイでの戦果の詳報が伝えられると、緒戦の感激に艦内は騒然とした。——しかし、私たちは時速八ノットの輸送船を護って大きなうねりに揺《ゆ》られながら、馬公から四百数十カイリの海上を、明後早朝着く上陸地点まで、黙々と遅い歩みをつづけているのだ。

十二月九日（航海中）

艦の動揺につれて架台《かだい》のうえの双眼望遠鏡を大きく上下しなければならない。だからローリングのあるこの海面の側方見張りはそうして何時も動揺とともに体を動かしている。闇の海上を動揺の中に水平線をすかし見るのは、慣《な》れぬ身に容易ではない。疲労から来る眠気、それに逆らおうとする努力。——ふと気づくと水平線ならぬ真っ黒な夜空が眼鏡一杯に映っている。時々双眼鏡から眼を離してしばらく闇をすかす。眼を冷やすのである。湿気の多い風が左艦尾から追って来て、服も顔もじっとりとしている。昼間見ると、双眼鏡の眼当ゴムを巻く布は脂で真っ黒く汚れ、ゴムからずれ落ちそうになっている。誰の顔にも脂汗《あぶらあせ》が光っている。

午後四時四十五分、見張員によって島影が発見された、するとつづいてその左右に陸地が淡《あわ》く、水平線を隔てて浮かび上がって来た。珍しく晴れ上がって視界はよく、紺青の海に鷗や飛魚がとび交《か》っている。波はなく、風もなく、少しばかりのうねりがゆったりとつづく。一種軍装を白い事業服に着替えたけれども、西日《にしび》の強い上甲板の暑気は一向に変わりはない。夕食は上甲板の日陰で食う。誰もいようとしない兵員室には電灯が気だるく辺りを照らしている。

夕食後、敵が砲撃を始めてもこちらは射たぬ故、小勇に、目立った場所に立たぬこと、また夜間は一種軍装とし、白服は絶対に着用せぬこと、そんな艦長の注意が分隊先任下士官を通じて達せられた。

午後十時、第二警戒配備となった。上甲板での懐中電灯の使用が厳禁された。戦闘準備が整うと艦内を不気味な静寂がおしつつんだ。十一時、総員戦闘配置についた。もはや陸影は指呼《しこ》の間にあった。

「必要以外の口を利くな」

指揮電話によって再び艦長の注意が各戦闘配置に伝えられた。十一時半、山陰から月が昇った。雲が真っ黒く浮き上がり、月はその中に入って雲の周囲を金色《こんじき》にそめると、やがて雲を出た。漁船らしい影が月光を映す海上を左へ陸岸へと進む。主砲の砲口が漁船を追って旋回し、再びもとに戻った。別の機動艇がまた左へ走って行った。本艦は先行する「村雨」とともに船団を嚮導《きょうどう》している。後を「春雨」と「夕立」が泊地掃海をしながらつづき、さらにその後を掃海艇、駆潜艇に護られた船団が徐行する。午後六時半以後高速先行していた駆潜艇の、針路を示す白灯が見える。陸岸との距離は次第に狭まる。船団は列を正してついて来る。

十二月十日(ルソン島ヴィガン沖)

船団嚮導の任を終えた本艦は「村雨」につづいて原速力で哨戒区域についた。日本軍の上陸を知ってやって来ると予想される敵艦艇に備えるのだ。対岸は灯火管制された平穏の裡にまだ眠っている。午前三時の今はもう陸軍の上陸が始まっているのだろう。

八時に探信儀が右四五度に反響音を捕らえ、艦は微速力でこれを追い出した。それなり反響音を失ったようである。その時、右の船団の中央に水柱が上がり、とつぜん機銃射撃の響きがした。上空に白や黒の弾幕がひろがっている。敵機の来襲だ。たちまち対空戦闘の配置についた。主砲は敵機を追って俯仰し、旋回した。翼を陽に反射させて、たった二機の敵機は代わるがわる急降下爆撃をした。船団が狙われているのだ。護衛の各艦は船団を取りかこんで回りながら射撃をつづける。弾痕が次々と蒼空を染めて行くが命中弾は一発もない。二機が南方に去ってほっとしたと思うと、今度は五機が襲って来た。先刻より猛烈だ。海岸の上陸地点、輸送船から兵隊を載せて海岸に向かう大発に機銃掃射が執拗に繰り返される。敵機は反転すると再び山腹を逼《は》うように急降下して来る。山頂をすれすれに交わすと山腹に入り、山襞《やまひだ》を急降下して来る暗緑色の翼を持つ敵機は、間近に来るまでわからない。陸軍の上陸は大半終わった様子で、輸送船の一隻に信号旗が翻《ひるがえ》った。「至急出港準備ヲナシ用意出来次第報告セヨ」北岸上陸に当たっていた輸送船の三隻はこれに呼応、若干の護衛の中に北進を起こした。

敵機はなおも銃爆撃をつづけている。敵機の爆撃も大した効果はないが、それにも増して味方の対空砲火は全く頼りなく、終始たった五機の敵機に翻弄され通した。近代戦における飛行機の占める地位というものを痛感する。今ここに、二機でもいい味方機がいたなら、と思う。飛行機に対しては飛行機以外に手はない。その上、現在の主砲の対空射撃計画は実戦向きでなく、故障ばかりしている旧式の四十ミリ機銃は敵機を前に何らなすところがない。陸岸に白煙が立ち、段々と大きくなって行く。

九時半、四度目の対空戦闘が令されたが、三機ずつの三編隊は味方と知れた。安堵の色が浮かんだ。しかし敵機はそれより前に姿を消しておった。最後の輸送船からはまだ上陸が行なわれている。浅瀬まで行った大発から陸兵は次々ととび降りると、水中を飛沫を立てて突進する。海岸にはすでに一コ中隊ほどの兵力が集結し、仲間を待っている様子だ。操舵装置を損傷した哨戒艇を本艦は先刻から曳航している。左舷の船腹から重油がドクッドクッとほとばしって、乗員は救命具を身につけて上甲板に出、万一に備えている。

——ここまで書いた時、また対空戦闘の号令がかかった。艦橋へ駆け上ったとたん、轟音とともに左舷に大きな爆柱があがった。火を骨とした数十メートルの黒煙がつっ立ちあがり、容易に消え去ろうとはしない。爆柱の左に沈みかかった大発の艇首が見えて、次いでその傍らに飛行機が墜ちて来て水柱を上げた。それらは皆、ほとんど一瞬の出来事だった。私たちはしばしば敵機への警戒も忘れて呆然と見まもっていた。前から艦橋におった者が、沈んだのは掃海艇で、艇尾の爆雷に掃射の機銃弾が命中して誘爆した、墜ちた敵機は誘爆を起こした時まだ射撃していた艇首の機銃によるものだと語った。轟沈に渦巻く海上には大発の顚覆により、数十個のドラム罐が浮き沈みしている。今まで発砲せずにおった本艦も、この爆撃を機会に対空射撃の火蓋を切った。眼前に轟沈を見た私たちの眼には一様にある色が浮かんでおった。それは瞬時に何物をも残さずに消え果てた運命への恐怖であったかも知れない。輸送船の一隻に爆弾が命中して前甲板に火災が起こった。火災はいつまでもつづき消火に走り回る船員の姿がくるくる動いている。

十一時。敵機がようやく姿を消したと思っていると、五戦速で走っていた「那珂」の直前に爆柱があがり、「那珂」の機銃が一斉に火を吐いた。敵機は真上の陽をギラギラ反射する白雲の中に見えた。つづいて二発、いずれも「那珂」の艦尾からやや離れた海面に落ち、ドス黒い柱となって消えた。馬公出撃の時から六番船に派遣されていた信号兵の鴫原《しぎはら》が陸軍の小発で帰って来て、十一時ヴィガン飛行場占領の報をもたらした。第二配備の警戒がつづく。「村雨」から、機銃掃射により戦死二、重傷四、軽傷四、と信号が来た。

「水上艦艇なら自信があるが、飛行機っていう奴は捕らえどころがなくてどうも苦手だわい」

とそれを読んで艦長はいまいまし気に言った。

日没後、水平線に軽巡らしい檣《マスト》を認むとの報に、夜戦に備え、水雷戦隊は集結すると三戦速で襲撃に向かった。早くも夜戦の想像が私たちの心を駆った。視界は次第に暗くなった。――しかし、いくら進んでも敵影は発見できない。先刻の檣は誤認であったらしい。

十二月十一日（ヴィガン沖）

船団上空を低く七機の陸軍機がかすめるように通りすぎ、「那珂」の上空にさしかかった。離れている私たちには、もちろんそれが味方機であるのはわかっておったし、「那珂」の上空見張員も翼の日の丸を認めて帽《ぼう》を振っていた。ところが「那珂」の機銃は猛烈に射撃を始めた。味方機はあわてて上昇し、巧みに体をかわした。見張員も指揮所からも、しきりにそれが味方機であるのを教えようと叫んでいるのだが、射撃音に聾《ろう》された機銃員は一向射撃を止めない。一機の間近く弾痕が散った。陸軍機は私たちの上空にかかり、「那珂」の機銃弾は本艦の艦尾から後の「春雨」の艦首付近に落ちて水柱を上げる。――ようやく射撃が止まった。おそらく私たち海上部隊に親愛の情をこめて挨拶《あいさつ》に来たのに違いない陸軍機は、血迷った「那珂」の射撃に危うく難を避けると、やがて左手の椰子林の中に姿を消した。占領した飛行場に降りたのである。友軍の上空直衛の任務を持つ彼らはしばらくすると一機、二機と舞い上がり、先刻で懲《こ》りたか、遠くから次第に近く上空を旋回する。終日敵機を見ない。「村雨」の戦死者は五名となり、重傷者も八名と増した。夕焼けがヴィガンの山々を紅に染める頃、黙々とうねる海中に戦死者は葬られた。

十二月十二日（ヴィガン沖）

昨日から防暑服に替った。変化を好む兵隊は服装の珍しいのが気に入っている。半ズボンで襦袢《じゅばん》いらずのこの服装は、日中は軽快でいいが、夜の当直のおりには少し涼しすぎる。みな若返った気持だ。対岸の林の中に友軍機が待機しているということが敵機への脅威から私たちを解放してくれる。午前十時、中攻と艦爆を混じえた味方三十数機が高く南方へ向かうのが見え、陸軍機が十機余りそれにつづいた。

十一時。輸送船搭載の高射砲が鳴った。同時に船団の脇に爆弾が炸裂した。近くを輸送船に向かっていた二隻の大発は狼狽して反転した。対空射撃が起こった。二十四ノットで蛇行しつつ、二機の敵機に一斉砲撃を加える。また船団の間に前より遥《はる》か大きい水柱があがった。弾幕の集中に敵機は次第に遠ざかった。椰子林の中の陸軍機はこの頃ようやく飛び上がり、しばらく敵機を追ったが、途中から諦めて引き返した。艦船からの砲撃は敵機が射程外に去ってからもなおつづけられた。敵機は上空を真上まで来ると、太陽の直射を利用し、それを背にして五、六千メートルの高度から爆撃するのであるが、割に正確な弾着を示す。それで、対空見張りはもはや艦橋装備の二十倍双眼鏡だけでは駄目なことを知り、哨戒員の一部が割かれて艦橋の天蓋の上に肉眼見張りについた。輸送船と陸上との大発の往き来は絶えない。ドラム罐や大きな荷物を裸になった兵隊が列をつくって、浅瀬の大発から運んでいる。兵隊に混じって見える黒い肌は徴発された土民であろう。砂浜には荷物が山と積まれ、ドラム罐は垣をなしている。南へ、マニラに延びる街道を疾走する満載のトラックが椰子林の中に隠見する。

私の居住する第二兵員室は換気装置が悪い。排気電動機が士官室や烹炊所《ほうすいしょ》のと一緒なためによく吸いこまないのだ。それで始終悪臭と温気《うんき》が立ちこめている。狭いは仕方ないとしても、将来駆逐艦は換気装置について充分考慮せねばならないだろう。

十二月十三日（航海中）

昨夜九時半にヴィガン沖を出て馬公へ向かって北上した。向風に艦は動揺をつづけている。国籍不明の潜水艦一隻、ヴィガン北方三十カイリを北上中、そういう情報が出港の時に入っておったが、午前三時半、とつぜん爆雷戦用意のブザー（警鳴器）が響いた。「村雨」が九千メートル前方に浮上潜水艦を発見したのだ。「那珂」と「村雨」が爆雷投射を始め、爆音が艦体を通してつづけざま腹の底をゆすぶる。攻撃を止めて探信掃蕩に移る。繰り返し付近を回ったが反響なく、効果確実と思われた。それはさらに、白みはじめた海上一面に浮き上がった油によって確認された。

ひと作戦終わった、そして無事に帰途についているという気持が艦内に明るく流れている。

北上したし、その上向かいの北風に蒸し暑さがやわらぎ、上甲板にゴロ寝していた者が一人二人と兵員室に潜りこんで来た。飛沫が真正面から艦橋にぶつかって滝のように流れ落ちる。

チェコスロバキヤ、ルーマニア、ハンガリーの対英米宣戦、南米諸国の対独伊宣戦——文字通り世界大戦と化した。

十二月十六日（馬公）

陸兵を満載した輸送船が四十隻近く集まっている。私たちはこれらの何隻かを護衛して明後十八日再びここを出るのだ。航空戦隊がついて行くという噂をしているが、おそらくこれは飛行機の爆撃に対する恐怖から誰かが言い出したに違いない。弾薬も重油もつんだ。敵機の機銃掃射に対する防御装置——魚雷頭部のマンドレット強化や機銃台に防弾鈑を備えたりしている。

十二月十八日（航海中）

大小七十一隻の輸送船が三つのコースに分かれ、それぞれ護衛隊に囲まれて、雲に覆われた南支那海をリンガエン指して南下している。高雄を出撃した第一群、私たちと馬公を発った第二群、そして基隆からの第三群。あるものは蒙々《もうもう》たる黒煙を吐き、またあるものは前続艦との距離をとてつもなく開き、そうかと思うと近寄りすぎて列を外《はず》して避ける。遅々たる歩みではあるが、水平線から水平線を越えるこの船団の眺めは偉観《いかん》だ。低い雲が急を告げるように南へ南へと流れて行く。水偵と戦闘機が数機ずつ編隊で、広い船団の上を絶え間なく旋回している。一昨日、皆が話しておった航空戦隊の護衛というのはこれだろう。

十二月十九日（航海中）

癖《くせ》で、言葉の始めに先ず歯の間から息を吸う音立てる掌砲長が、艦橋に来ると、定時の診察時間以外に別に用のない軍医をつかまえて言った。

「何時もラジオのニュースを記録しておられるようですが、そいつを一つ、前部厠の脇辺りに掲示しておくようにして戴けませんかなあ——兵隊はニュースに飢えとるようです」

防暑服を着ているので余計子供々《よけい》していする軍医中尉は、思いがけぬ依頼に顔赧《あか》らめたが、快くその申し出に承諾を与えた。

英領ボルネオ沿岸で「東雲」が機雷に触れて爆沈、総員戦死せるものの如しという電報が入った。恐らく単独行動をとっておったのだろう。機雷は管制機雷または指圧機雷といい、陸上で見張っていて、艦がちょうど真上《まうえ》に来たおりスイッチを圧して爆発させるもので、掃海しても効き目がない由。飛行機以外には確信持っておった駆逐艦の最初の犠牲、しかも総員戦死ということが兵隊にあるショックを与えた。機銃掃射を受けて苦しんで死ぬよりも同じ死ぬなら機雷にでもかかって皆でひと思いに死んだ方がいい、と土屋は言った。死が確定的である時、何の苦痛も味わわずに死にたいというのは誰しも変わりないであろう、だが、こんな駆逐艦のような狭い艦内でもそれが不可能であるのをすでに皆知っている。そしてまた、何とかして生きようという欲求を、意識するしないにかかわらず皆が持っているのは明らかなことである。

十二月二十日（航海中）

海上はいぜん曇っている。追風で、煙突を出る煤を含んだ生ぬるい空気が見張りに立った顔に粘りつき、鼻が悪臭に詰まるようだ。居住甲板のリノリュームは芥と湿気でじっとりと汗ばんでいる。裸になった若い兵隊が三、四人、幾度か苦しそうに寝返りをうつ。

十二月二十一日（航海中）

昨夜半から星が見え始めた。今日は朝から晴れ、海は碧色に輝いている。だが、水平線の彼方は白い密雲《みつうん》に閉ざされ、その手前から低い雨雲のひと塊が伸び上がろうとしている。

午後八時、前方に三ヵ所、水平線のむこうがあからんだ。初の一つが見えた時は探照灯の光芒《こうぼう》かと疑われたが、二つ、三つと見えて来る頃、灯の色が異なるのに気づいた。飛行機の爆撃による陸上の火災らしい。火は段々と大きく見えて来る。新月が九時過ぎまでかかっていた。

十二月二十二日（リンガエン湾）

午前零時、「配置に就け」のブザーに眼覚めた。襦袢がびっしょりになっている。そのまま艦橋に駆け上がった。風が初めは汗ばんだ体に快かったが、そのうちに寒くなり、風邪を引くぞ、と思った。泊地侵入である。磁気機雷に備えて舷外電路に電流が通された。

「機雷無キモノノ如シ」

前を行く第一護衛隊からの電報をチャート・ボックス（海図箱）に首突っ込んでいる通信士が読み上げた。数時間前から遠く見えておった陸上の火災は今は小さな火の塊《かたまり》となって、やがて山陰に消えた。視界が悪い。雨滴が時々頬をかすめる。両耳に発射指揮電話をつけて立つ私に眠気が強く襲って来る……。そのまま三時になった。船団は予定の錨地についた様子だ。第二配備となったが私は引き続き見張りの当直である。所定の哨戒区域につく本艦宛、「付近に敵潜水艦二隻あり」という電報が着き、見張員は緊張した。

昇り出した太陽が、密集した層雲《そううん》の水平線をやや離れて黒く横たわっているその中にある。雲の切れ目に驟雨《しゅうう》のような光箭《こうせん》が射られそこだけが別天地の感だ。水平線の彼方に列をなす船団が影絵のように浮かび、一隻は船腹に光を反射させて何か貴重なものに見える。それがすべて、未だ全く明け切らぬ朝霧の中に溶け合って、夢みたいに美しい。——後で、それが天気雨のなせるわざだと知った。

北方に碇泊していた輸送船の一隻に魚雷が命中したらしく、中央から火煙を噴き上げると、やがて船体が真っ二つに折れ、海中に没した。つづいて爆雷に似たその振動を感じた。潜水艦がいるのだ。第三群の輸送船の一隻から、船尾を魚雷が五本通過と信号が来、次いで、管制機雷あるものの如し時々爆発す、そんな電報も来た。海岸に並ぶ椰子の葉が雨に濡れて光り、やや煙った空気をすかしてそれを見ると一種の熱さを感じる。

再び旗艦につづいて蛇行しながら沖へ出た。対潜警戒である。対空見張りも厳重になされる。前者は攻撃だが後者は守備である。おそらく今後の駆逐艦は飛行機に対して攻守ともに兵器を全く改善されねばならぬだろう。

第一輸送船団は五時四十五分上陸を開始、次いで第二輸送船団も開始し、大半を終わったらしい。残るは第三輸送船団である。すでに湾口には防潜網が張られた。

十二月二十三日（航海中）

潜水艦を発見したという信号は来るが、撃沈したという信号は一向《いっこう》来ない。駆逐艦は躍起となって走り回っている。爆雷は日没となると装備され、夜明けとともに、敵機に備えて爆雷庫にしまわれる。北部ルソンの峰々が眼前に屹立して頂を雲に没し、遥かにかすむ中腹を白いちぎれ雲が静かに流れている。爆撃の跡であろう、遠く陸上に白煙が太く、無風の中に真っ直ぐに昇っている。

私たちの居住する第二兵員室と前の第一兵員室とは、扉で区切られている。第一兵員室に比べ排気装置悪くそのうえ、倍以上の定員を持つ第二兵員室は、その扉を開いて置かなくてはすぐに息苦しくなる。戦闘とか防水防火の時以外にはだからいつも開いて置いた。それを今日、空気が悪くなるからとの理由で第一兵員室の熊谷兵曹が閉めてしまった。いつも居住甲板にいる私たちの先任下士官はあいにく留守で、熊谷兵曹より古い人のいない第二兵員室の者はそれを黙って見ているよりほかなかった。皆が口惜しがったが、止めさせる手段はないのだ。そうして口々に彼を罵ることによっていくらかでも胸を晴らしていた。

すでに私たちはリンガエンを後に強速力で北上している。敵機への怖れのなくなった日没近く、水雷科員は爆雷を出して装備を始めた。テークルの動滑車の鈎《かぎ》にかかって来た爆雷は甲板上を転がされて艦尾へ移って行く。上甲板の天蓋を外《はず》された孔から、艦底の爆雷庫を覗《のぞ》いていた掌水雷長は、

「遅い、遅い」

と怒鳴った。

「さっきの爆雷戦の時にはあんなに早くできたじゃないか、こんなこっちゃとても戦争に間に合やしない」

側の砲台下士官がそれに向かって言った。

「さっきとは違いますよ、掌水雷長、さっきは固縛の索《さく》をブッツ切っちゃったし、仕事が早い筈ですよ。今はいちいち索を解いてるんですからそうは行きません。実際の時はこんなことじゃありませんから安心していて下さい」

それでもう掌水雷長は何も言わなくなった。間もなく日没時の警戒に就いた時にはちょうどヴィガンの沖を走っていた。過日の「村雨」の戦死者への黙禱が捧げられた。駆逐隊は散開して対潜警戒の配備についた。

「バシー海峡には必ず潜水艦がいる、シッカリ見張れ」

艦長は見張員に言った。

……大きなローリングに体が滑り落ちそうになって眼を覚ました。その時、十二時からの当直の交替用意を当番が知らせに来た。私と同時に眼を覚ました、並んで寝ていた先任下士官は、いま西遊記の夢を見ておったと言った。自分が孫悟空で、八戒とともに自在に空中を飛び回っていたが、雲の切れ目からあッと思う間に足すべらせた、ちょうどそこで眼覚めたのである。二人で笑い出した。飛行機への連想がこんな夢を見させたんだろうな、と彼は言った。艦橋の当直員は雨衣をつけた。しばらく雨が吹き込んだ。雨を通過しても飛沫はここまで舞い上がって来た。視界はあいかわらずわるい。飛沫で、双眼鏡のレンズは拭うそばからくもった。深更、水平線に白灯が見えた。何の灯りかしばらく識別できなかった。すると「春雨」が照射した。近過ぎた。消灯し、再び照らした。今度は照射しつつ修正し、目標をつかんだ。船腹が白く浮き上がって、漁船らしい。漁船は白灯を消した。同時に探照灯も消えた。段々と漁船に近づくわけなのだが、白灯の消えた後の闇の中にどうしても船影はつかめなかった。照射用意をした本艦の探照灯はそのままもとにもどした。測距してから照射すべきで、今の「春雨」の照射は早目にすぎた、こんな漁船を囮《おとり》に付近に潜水艦が網を張っておったら危ないもんだ、艦長は照射指揮の掌砲長に言った。

タラカン敵前上陸

十二月二十四日（馬公）

上甲板で月光を浴びながら浴槽《よくそう》を出て体を洗う。涼風が吹きわたり、馬公にしては珍しい静かな夜だ。入浴後、汗と埃《ほこり》で黄色く染まって変な臭気を放っている襦袢を着替えると久し振りに爽やかな気分となった。分隊に二升の、ほんの形ばかりの酒宴が終わり、許された火の元点検までの時間、レコードに聴き入る者や手紙を書く者に混じって私はノートに向かっている。私の三、四人先で、後藤兵長が何か大声で喋り出したので顔を上げた。風呂敷包の中から千人針を三つに無数の守札《まもりふだ》を卓の上にひろげ周囲の者と見せあっている。一つ一つの千人針や守札にもそれぞれ憶い出やいわれがあるらしく、彼は得意になって、話している。増島一等兵の増島も彼の話きく若い兵隊の中に混じって、つつましい微笑を浮かべている。増島は千人針を持っていないのだ。けれども彼は他の者のように、下宿に置いて来たとかしまいこんであるんだとか、そんな言訳《いいわけ》のようなことは一言も口にしないでいる。彼の持っているのは鎌倉八幡宮の守札一枚で、それもひとのように綺麗な布や革の袋に入れておるのではなく、晒木綿の袋に入れていつも腹巻《はらまき》の中におさめてあるのを私は知っている。増島がどんな気持で後藤兵長の話を聴いているか私にはわからないが、彼のつつましい微笑の中にはひとを羨む風な色は少しも見えない。それにしても、千人針や守札のようなものにまで差別のあるのが私の心を暗くする。迷信に過ぎないものであっても、一切の現実を超越した何物かに頼らねばならぬという誰にも巣喰《すく》っている人間の弱さが、贈った者の心を身につけて置くという方法でささやかにみたしている周囲の中で、増島一人虚心《きょしん》でおられるというのはある強さを感じさせられる。

十二月二十六日（高雄）

午前八時に馬公を出、午後四時に高雄港内に入った。「村雨」が衝突事故を起こしたため、横付けの終わったのはだいぶ遅れた。入港直後上陸を許可されていた兵隊は時間のたつのをもどかしく思っておった。私は衛生兵のOとともにこの三月厄介《やっかい》になったH家を訪ねて行った。

訪ねるまではあるこだわりから抜け切れなかった私は、何か尊いものにでも向かうように迎えてくれた主婦に接すると、彼女の前にはそんなことが全く無用であったのを知らされた。挨拶もさせず招じ入れられた私たちに、間もなく風呂と食卓が用意された。それで一度街を散歩しようという私たちの計画は、すっかり駄目になった。戦争の話に、輝く瞳をうるおわせてきき入る彼女の真剣な態度と、兵隊への素直な感謝の情が心を打つ。国家意識の強い彼女の話は、二十年間の植民地生活の体験から生まれたものであるのを私は知ることができた。

「今まではねえ、この高雄の街を歩くにも、本島人が真ん中を歩いて、私たち内地人はそれをよけ、道のはしを小さくなって通ったものですよ。安心して道の真ん中を歩けるようになったのは、戦争が始まってからです。高雄はこれでも台湾中で一番内地人が多いんですけど」

と支那事変いらいの本島人の、内地人に対する感情の悪化《あくか》を語る。

「本島人はいま何を考えてるかわかったものじゃありませんよ。今にきっと何かやるかも知れません。私たちはねえ、今からその時のことを考えてるんですよ。いざとなったら刺し違えるつもりです。私たちにとって恐ろしいのはイギリスやアメリカじゃなくって本島人です」

荒んだ生活をつづけている私たちにとって、H氏夫婦に娘二人を混じえた家庭の団欒《だんらん》の中にいるのは、なつかしいふところの温みを感じさせた。明朝風呂を沸かし赤飯を炊くからと言ったあとで、彼女は三月に私と一緒に来た他の二人にも明日来てくれるようにと念を押し、やがてそっと襖《ふすま》をしめて去った。

十二月二十九日（航海中）

H家で、夜、私たちに寒くはないかとしきりに姉娘が訊《き》いた。翌朝も寒くはなかったかと言った。その時にはそんなに寒いのかなと変な気がしていたが、昨夜見張りの当直に立って、なるほど寒いと思った。夜半から朝にかけて気温がぐっと下がる。H家で私たちが寒さを感じなかったのは風呂に入り、酒気を帯びておったからであろう。

午後、隊番号順に横付けを離し、ダバオに向かった。比島近海に七一〇ミリの低気圧が発生したため、相当時化《しけ》る予定だから移動物の固縛《こばく》はいっそう念入りにやって置けと命令があった。薄曇りの空にほのあかい夕焼けが流れ、波は多少うねっている。

十二月三十日（航海中）

予報は確実であった。午前一時に起きた時、艦は上下左右にあえいでいた。二〇度から三〇度のローリングが数回襲った。方々で物のくつがえる響きが騒々しい。見張りは眼鏡についておられず、飛沫を浴びて肉眼でなされた。兵員室に寝ている兵隊は寝台から甲板にすべり落ちる。半ば滑った体をようやくサイドの吊革につかまって支える。波の咆哮《ほうこう》が烈しく舷側を打つ。比島東岸を一七〇度の基準針路で進んでいる艦は、南支那海の低気圧に向かって吹きつける烈風を左艦尾から受けつづける。朝の洗面水は海水が入って石鹸が利かず、その上まごまごしていれば体全体濡れ鼠になる。

高雄で見た故郷の夢も、一度海上へ出ると戦争という現実にぶつかって否応なく転換させられる。こちらが先に発見して攻撃しなかったならば、敵の攻撃を受けるという退引《のっぴき》ならぬ闘争の中に私たちは生きているのだ。

夢を見ていた。半舷上陸か休暇でか、家に帰っておった。表の部屋で休んでいる私の耳にU子の声がきこえ、私は顔を上げた。窓のむこうをU子が通って何か買物にでも来た帰りといった恰好《かっこう》である。連れと話す彼女のいつもに似ぬ甲高《かんだか》い声は私の注意を惹《ひ》こうと故意なのがわかる。私と彼女の視線があう。——私たちは後刻落ち合うように運命づけられているのだ。途中は忘れた。三時までに艦に帰らねばならぬのに気がついた時には、もう疾《と》うに三時過ぎていた。私は電車の中にいる。U子は見えず、誰か友人の一人が私の脇に腰を降ろしており、——もうすぐ四時じゃねえか、あわてたって仕方がねえ——と言う。汽車に乗るべきだったのにどうしてこんな電車になど乗ったんだろう。私はそんなことを考えている……。

その時、当番が私を起こし、四時からの見張りの当直を知らせていた。

夜、見張りの当直を終わって居住甲板に降りたが、若い兵隊がみな枕して眠っており、その間に割り込むのは気の毒で、あと一時間後の哨戒員《げつめい》の交替まで私は上甲板に出て暇をつぶした。午前の時化はもうすっかり影をひそめ、月明の中を真っ黒な潮にのって艦は十二ノットで走っている。

昭和十七年一月二日（マララグ湾）

日の出前にもう湾内に入ってい、左右に遠くミンダナオの山姿が望まれた。湾口をかわってから長い間走りつづけた。近くの岸一帯に繁る椰子は折から昇り出した陽の光に夜露を反射させ、ギラギラ光るその葉先《はさき》から暑気を放っているかのようだ。左手に島があり、岸との間に敷かれた防潜網の標識を左に見て島の内懐に入って行くと、島陰から次々と艦影が現われて来る。——「妙高」「羽黒」「那智」の第五戦隊、第二水雷戦隊の一群、敷設艦、哨戒艇。檣に松の代わりに椰子の葉が飾《かざ》られてあるのが私たちを微笑させた。やがて驟雨模様の空合《そらあい》となり、時々パラパラと落ちてくる。海岸の草地に遊ぶ水牛に鶏がとび乗って歩き回っている。人気のない土嚢陣地の跡が数ヵ所見える。

夕方、晴れ上がって暑気がつのった。海岸に椰子の一面に繁る岬の向こうに夕陽が落ちて雲が染まった。椰子林は次第に黒い影となり、夕焼けのあとかたなく消え去ったあとまでも黝々《くろぐろ》と明るい夜空に浮かび上がっていた。夜風が吹きはじめた。

一月三日（ダバオ湾口）

急に対潜警戒の出動命令が下り、「夕立」とともに午前九時に出港した。昨夜から今晩にかけて山腹遠く、山間に見えた火災はもう消えたらしい。午後五時から一時間の見張りに立っていた時、若い軍医中尉が艦橋に上って来て艦長に今のラジオ・ニュースを報告した。このニュース係は真面目にいつも電信室のレシーバーを耳に当てている。四時四十五分大本営発表の、午後三時マニラ完全占領のニュースであった。沿岸重砲兵連隊が三個連隊おったのみで、いま彼らはシンガポールに向け退却中であるという。五日ごろ陥《おち》るかと思っていた、被害が少ないといいがねえ、と艦長はまっくろい顔をほころばせて言った。

一月六日（ダバオ）

昨夜、見張りを終えて来た時、後甲板に甲板整列があると当番が知らした。いま非番の者が終わったところで、今度は今まで当直だった者の番だという。後部員の私たち同年兵が三人撲《なぐ》られたのを知り、鈴木と私は我々にもそうしようとしたら喰ってかかってやろうと言った。同年兵は、役割やその同年兵がわずか半歳しか違わぬ私たちに高飛車に出るのを、常に快く思っていなかったのだ。役割のひと通りの注意が終わると、若い兵隊から順に彼らの制裁の矢面《やおもて》に立った。次第に古い兵隊が出て行き、私たちの番が近づいて来た。私たちの次のクラスが出た。鈴木と私は動かなかった。役割は最後に残った私たち二人を見つめていたが、黙って制裁を中止した。遂に衝突の危機は去った。撲られるのは何でもない、が、役割に協力して若い兵隊を指導しろと言っていながら、若い兵隊と一緒くたに扱って撲られるのは面白くない。もうまる三年勤め、来月は善行章がつこうという今になって、その上たった半歳しか違わぬ志願兵などに、そう横柄な態度される覚えはない、というのが私たち同年兵の一致した意見であった。

私たち水雷科員は夜間訓練を取り止めて、今後の艦の行動について水雷長からの話を聞いた。——現在第四水雷戦隊は蘭印部隊第一護衛隊と呼ばれている。明七日午前、十四隻の船団を率いてボルネオのタラカンに向かう。十日夕刻湾口水道入口の掃海を終わり付近に仮泊、十一日朝タラカン敵前上陸を行なう。上陸部隊は陸軍のほか呉特陸があり、特陸のみ残って守備に当たり、陸軍は占領後次の目的地たるバリクパパンへの行動を起こす。一方私たち海上部隊はタラカン攻略後、さらに二十日頃バリクパパン攻略の輸送に当たり、次いでバンジエルマシンへ進む。第五水雷戦隊は馬来《マレイ》部隊として馬来半島攻略後、西方を南下、スマトラに向かい、ハワイ攻撃を終わった第二航空戦隊と第二水雷戦隊は東方を南下、セレベスに向かい、中央の私たちとともにこれら三方から南進した各部隊は最後にジャワをめざして合同する。それは恐らく二月中旬となるであろう。まず、飛行機によって敵飛行場を破壊し、そのあとに船団が向かう。敵の潜水艦はまだ二十五隻ほど蠢動《しゅんどう》しており、またボルネオ近海は浅瀬が多く機雷の危険があるから、それらに対しては充分警戒せねばならない……。

一月八日（航海中）

珍しく艦橋を降りて上甲板を歩いていた艦長は、二段に仕切られた艦橋下の待機所を眺めながら、傍らの下士官に上段をなぜ空けとくのかと訊ねた。下士官は、士官用の待機所に使うから空けとくように甲板士官から命令された旨を答えた。そして航海中めったに士官が使ってないのを知ると、折椅子を降ろして兵隊も寝られるようにするがいい、甲板士官には自分から話しておく、と艦長は言った。下段で横になっていた下士官はみな起き上がって艦長の話をきき、去った後で感謝に満ちた言葉が交わされた。早速、付近におった兵隊を使って上段を片づけさせた。が、艦長の言葉にもかかわらず空いた上段はもちろん兵隊が使うことはできず、兵員室に寝ていた下士官によって占められた。そして艦長としてもそれまで知る必要はないのである。

一月十日（タラカン沖）

夕食が終わった時、対空戦闘となった。船団後方の艦が射撃している。七、八千の高度に見える敵機は中型攻撃機四機と戦闘機二機だ。遠いここから見ると味方の弾は低い。船団の間に四つ五つ連続爆柱があがっている。味方水偵が二機、敵機を追って行った。敵機は船団の殿まで行くと反転した。しばらくするとまた攻撃機が二機襲って来た。味方水偵は必死にそれに喰い下がって行く。掃海は機雷なきものの如しという先発隊からの信号によって取り止められ、船団は八時ごろ仮泊を終わった。先行した第九駆逐隊の帰って来るのを待って私たちは掃海しながら四隻の輸送船をタラカン一万メートルの沖までつれて行くことになっている。「タラカン港外ニ敵潜水母艦ラシキモノ一隻ヲ認ム」「敵潜水艦タラカンヲ出港セルモノノ如シ」そんな信号が来る。時々タラカン方面がパッとあからむ。稲妻にしては色があかいから味方飛行機の爆撃によるものと想像される。十一時、四隻の輸送船を嚮導《きょうどう》して、目標艦の示す白灯を頼りにタラカンに近づく。掃海は中止になった。機雷への心配がなくなったのだ。午前一時半、船団は錨地についた。

一月十一日（タラカン沖）

陸戦隊と陸軍は未明のうちに二回の上陸を終わっていた。昨夜から起こったタラカン島の火災は今暁最も烈しくひろがった。炎が数百メートルの高さに燃え上がり、辺りの何もかもが一時に紅くなった。黒煙が蒙々と立ちこめて海上を暗くする。明るくなるにつれて火の色は消え、煙は白と黒の二色に分かれて逞《たくま》しい勢いで四ヵ所から昇天する。黒煙からハッキリ離れてひろがる白煙は緬羊群が空を覆っているかのようで、重量感の籠もった見事な眺めである。蒼空を次第に侵蝕して行く白い団塊には凄惨という感じは少しもない。九時半、錨鎖三節（七十五メートル）で投錨した。水深三十メートルの海で、すぐ抜錨できるゆえ捨錨準備はしない。河口でありしかも油を浮かべているため、水は黄緑色に濁り、黒煙を映して微風に戦《おのの》いている。陸上の火災はやがて二ヵ所に大きく集まり、黒煙はいつ消えるとも知れない。それが上昇すると暗灰色に映って陽を遮《さえぎ》る。上陸軍と敵との激戦が岸近い海面に上る水柱によって想像される。

十二時、「春雨」と本艦は抜錨するとダバオに向かった。「足柄」の直衛につくのだという。タラカン上空の黒煙がいつまでも後に見える。時々海草と椰子の根や殻が流れ去り、幹のついた根株はしばしば檣と見違えられた。根の張った一塊の土に雑草が繁ったそんな浮流物もあり、島が流れると聞いておったのがまんざら嘘ではなかったと思った。スクリュー音に驚く飛魚が百メートルあまりも美しく水を切って滑走した。日没が遅く、七時すぎで、それゆえ八時の海上はまだ明るい。

一月十三日（ダバオ）

土屋が愉快でたまらぬといった顔で兵員室に降りて来ると、今見て来たという後甲板でのできごとを話した。私たちの班長目黒兵曹が掌水雷長に撲《なぐ》られたというのである。後甲板の爆雷砲台の電話が昨日から具合悪いので、私は電路員である目黒兵曹に修理を依頼しておいたのだが、そのまま放ってあった。送話器の炭素粒が湿気を持ったために感度が悪くなったのだから、それを換えればいいのだ。彼は今日それを直しに行ったのだが、掌水雷長の前で、

「直したってすぐに悪くなるんだ、どうせ駄目だよ、この電話は」

と悪態《あくたい》ついた。そのとたん撲られたのであった。できごと自体は下らなかったが、彼が撲られたのを喜ぶ班内の空気は以前からの彼の傲慢《ごうまん》な態度に対して皆が持っていた反感によっていた。その時、当の目黒兵曹が入って来た。

「俺は鬚髯《ひげ》を落とす」

そう彼は自嘲的に言ってごろりと横になった。同情した風な、しかし奥に冷笑を宿した眼

が彼に注がれた。電話は間もなく砲術科の電路員によって簡単に直された。
午後七時、対潜警戒のためとつぜん出動命令が下った。それですき焼で酒宴を張ろうという士官室の計画は駄目になり、兵隊は予定されておった明日の洗濯ができなくなったのに失望した。夕食のおり分けられた酒とビールは今夜飲むのを禁じられたが、下士官の数名は晩酌としてのんだ。
一月十八日（タラカン）
午後、拿捕《だほ》船を導いて出港した。和蘭《オランダ》のその拿捕船をバリクパパンに先行させ、目標艇として利用するらしい。拳銃を持った日本人が四人乗っている。三時間あまり南下した時、拿捕船を右舷に横付けし、通訳の一人が本艦に移った。航海中灯りを出すな、和蘭の国旗を立てていても日本の飛行機は爆撃しないから安心して、命令通り走って行け、残った人にそれらの注意を与えると横付けを離し、拿捕船は南下して行った。
一月二十日（タラカン）
洗濯と入浴という久し振りのこの日課も、私が当直を終わって入浴する頃には艦は出動していた。「江風《かわかぜ》」の燃料補給中、湾口哨戒の交替である。乾き切れぬ洗濯物は居住甲板へ移された。褌一つの身で上甲板に出たとき艦はちょうど走り出した。私と同じように当直のため入浴できなかった十数名の兵隊が代わるがわる浴槽に入って来た。湯はもうぬるく、どろんと濁《にご》って、開かれた舷窓から差し込む午後の明るい陽に垢が白く浮き上がって、沼といった感じである。それでも体を浸さなければ垢は出ない、浴槽に沈むのは温まるというよりも皮膚に水気を含ませて垢の出を楽にするようなものであった。走っているので上甲板に出て流すわけには行かぬので、流し場は一杯で、若い兵隊は上気した顔で立ったまま流し、私たちは浴槽に入ったまま体をこするよりほかになかった。温気《うんき》の中で力んでいるうちに段々と汗ばんで来て、よれ出た垢が一面に浮き上がる。蒸気を通すと澱んでいた垢が踊り上がって来る。私はふと、『死の家の記録』の中の入浴の光景を憶い出した。足枷《あしかせ》をつけた囚人たちが蒸し風呂の蒸気の中で犇《ひし》めきあう光景が想像された。

湾口哨戒を終わった夕刻、曙丸に横付けして重油を補給した。そのとき補給順序に関して哨戒艇と若干の応酬が交わされた。水雷戦隊司令官からは「五月雨」は哨戒艇の次にと信号が来たが、第二駆逐隊司令からは、それと行き違いに哨戒艇より先にと来た。艦長は二つの信号を比べて見、哨戒艇より先に横付けにかかった。早速哨戒艇から信号が来た。「『那珂』ヨリノ信号承知シオルヤ」「承知シオルモ司令ノ命ニヨル」「司令官ノ命ハ行ハザルヤ」再び哨戒艇から来た信号を見た艦長は苦笑しながら信号兵に命じた。「命令ハ指揮系統ノ順ニヨル」それで哨戒艇は沈黙した。この些細なできごとには、艦長の軍人としての面目が表われておった。

曙丸はダバオからタラカンへ来る途中敵機の銃爆撃により被害を受けて、十数名の戦死者が出、直撃弾の跡が二つ、大きく孔あいた前甲板は火災や爆弾による破片が乱雑をきわめ、ガラスの一枚も無くなった船橋に手首と脚を繃帯《ほうたい》した信号兵がたった一人、自由に身を忙しく動かせている。燻臭《くんしゅう》の中に通夜の線香が漂って来た。蘭印部隊の各艦が相次いで補給しているこの曙丸が、傷つきつつもここまで来たことは次の作戦にとって意義あることと思われた。「那珂」が反対舷に横付けする時、「五月雨」の乗員は曙丸に応援に行った。作業は西空に残る三日月に助けられて順調に捗《はかど》った。

魚雷と猛爆下のバリクパパン戦

一月二十一日(航海中)

午後五時、バリクパパンに向かい出撃した。夜に入り、雲低《くもひく》く、四日の月がかくれると真暗に視界は閉ざされた。夜半から雨が降り出した。すると艦橋下の待機所に寝ていた下士官たちがみんな兵員室に降りて来たので、若い兵隊はねぐらを取られてうろうろしていた。赤道直下だというのにこの涼しさは雨のせいであろう。

一月二十三日(航海中)

午前零時すぎ、別動隊として私たちよりも一万メートル以上先を走る第二十四駆逐隊と輸送船の二隻が潜水艦の雷撃をうけ、雷跡四本を認めたという報せが着き、潜水艦への厳重な警戒が続けられたが、視界はいぜんわるく水平線の識別が精一杯であった。午前零時に赤道を通過したというから、私たちはいま南半球にいるわけだ。

午前十一時近く襲って来た敵の三機は味方の烈しい対空砲火に反転し去ったが、このぶんではどうやらバリクパパンでの空襲が思いやられた。上甲板に出てもそよとの風もない、赤道直下の無風地帯の真昼時である。輸送船の煙は真っ直ぐに昇っている。直射する太陽はややかすんで見える。暑さに身の置きどころに苦しむ兵隊は兵員室を空にして、艦橋下の日陰に腰を据えて雑談を交わしたり、汗浮かべながら陽に照らされるも構わず、それでも兵員室で蒸《む》されるよりましか、よく眠っている者もある。当直に立った者も疲れ気味な眼をぼんやりと向けている。こんな時は危険だ。敵機はその後数回姿を見せてはすぐに去った。船団の背後から来たそのうちの一機は、一隻だけ列から遅れて走っていた南阿丸の後甲板を爆撃した。南阿丸は危険に陥り、三十一号掃海艇と駆逐艦が一隻救助に向かった。後方はるか水平線上にそれらしい黒煙が一条、太く立ち昇っているのが見える。

午後六時四十分、掃海準備隊形となり、掃海戦の配置についた。「村雨」に近寄ってサンドレット（砂索）を投げ、「村雨」の掃海索のはしを手繰り取ると本艦の掃海索に継ぎ合わせる。やがて少しずつ列を開き、掃海索が伸ばされる。掃海索の途中からつけられた浮標《ふひょう》が頭をつっこんだ滑稽な身振りで水を切っている。距離が次第に開き、掃海索がのばし終わると速力を出す。伝令がひっきりなしに掃海索の根元についた張力計の指度《しど》を伝え、測距手が「村雨」との距離を読む。見張員は敵潜水艦の奇襲に備えて緊張する。後甲板にはとっさに掃海索を切り離し得るように大ハンマーを持った兵隊がスリップの前に立っている。七時半から始められた掃海は十一時すぎて終わった。機雷はついになかった。掃海索を「村雨」の分まで揚《あ》げて真水拭いを終わった今、二時である。

一月二十四日（バリクパパン）

夜半来、船団の周囲に敵魚雷艇が出没するという情報がしきりに入った。船団のおる後方の水平線付近は一面の靄《もや》で視界がきわめて悪い。午前五時、敵巡洋艦発見の電話に配置についた。二十六ノット即時、最大戦速二十分待機《たいき》となった。敵巡洋艦は味方駆逐艦の誤り、という電話が来るとつづいてまた、敵巡二隻を認む、と来る。敵味方不明の吊光投弾が輝き、その不気味な薄明《あか》りの下にはしかし何物も発見できない。また吊光投弾が落ちる。『那珂』より――敵見ユ、我ヨリノ方位二六〇度、距離六キロ」その電話で、戦闘用意をしたが、敵情は夜霧とともにうすれ、夜明けにはピタと止まった。

第一護衛隊指揮官（四水戦司令官）から蘭印部隊指揮官宛、「二十四日〇六〇〇揚陸ニ成功、飛行場モ占領ス」と打電していた。橋頭堡も占領した様子である。七時半、B17が一機現われてすぐに去った。艦長は、砲術長に、前部砲と後部砲に分かれて、交互《こうご》打方《うちかた》をやれ、弾がなくなるからと、と言った。敵艦隊との遭遇を予期しているのかも知れなかった。敵潜水艦は艦種を選ばず雷撃を加えるらしく、魚雷を三本喰ったという三十七号哨戒艇が一番砲から前を左にめくられ、後甲板が持ち上がって傾いた姿を眼前に浮かべている。昨夜は駆潜艇が目標となったという。十六隻来た輸送船はいま十一隻しか見えない。水平線のむこうで炎上する黒煙は南阿丸のであろう。他の四隻は、昨夜来の敵の襲撃に犠牲になったものと思われる。南阿丸も煙吐きつつ走っているらしいが、最期も間のないことであろう。陸上の丘の油槽が破壊され、流れ出た油が山腹をなめて蒙々《もうもう》と黒煙を燃え上がらせ、風で西へ西へとひろがって行く。

一月二十五日（バリクパパン）

敵機の来る時刻は大体決まっているようだ。私たちにとってそれは主に食事時だ。午前十午前四時、陸軍の主力はバリクパパン市内に突入した。

時すぎ、双発の重爆撃機が七機襲った。早くも走り出した「那珂」の直後に爆柱が群がった。敵機は二機、三機、二機の三群に分かれて進んだ。上空直衛の味方戦闘機が手近い二機にかかって行き、低い白雲を境に見え隠れして空中戦を演じておったが、急に雲を破って敵機が煙を吐いて墜ちてくると、途中で翼と胴が分離し、胴は真っ赤に燃え上がって勢いをまし翼はゆっくりと回転しながら落ちた。落下傘が二つパッと白く開き、やがて機体も落下傘も陸岸の林の中に消えた。昼食直前の一時すぎに、今度はＢ17が七機、七、八千の高度から、陸近い船団の周囲に爆柱をひろげた。機影が大きく視野に入り、来るなと見る間に、ふた手に分かれた三機は「五月雨」の艦首を「夕立」「春雨」の方へ転舵し、四機は「村雨」上空にかかった。四番機の尾部から煙のようなものを曳いていると思うとたん「五月雨」と「村雨」との中間に五つ六つ爆柱が並び、つづいて「五月雨」に近く炸裂した。爆風で体がふるえ、恐怖感が走った。多かれ少なかれ被害はまぬかれない、下手すれば総員戦死だ、ととっさに感じた。この恐怖感はどうにもならぬものであったように思う。天蓋で上空見張りをしていた者も弾片を怖れてあわてて旗甲板にとび降りて来た。ふた手に分かれていた敵機は私たちの上を通りすぎると合同し、やがてまたふた手に分かれて雲中に消えた。初めての間近な爆撃に皆しばらくは興奮からさめなかった。

一月二十七日（バリクパパン）

午後、上甲板の敷板にしばらく転寝《うたたね》をしていると寒くなり、居住甲板に入った。冷えた体は快く夕食用意で起こされるまで何も知らずに眠った。私が眠っている間に大きなスコールの中を通り、皆裸で体を洗い手早い者は洗濯までしたと言った。残念ながら私は眼覚めなかったのだ。上甲板に出ると、雨後の夕陽が照りつけ、水がたまった上甲板にスコールの名残がパラリパラリと落ちて、虹《にじ》が二つ東の空に大きくかかっていた。

午前中から河口付近の小掃海に行った掃海隊員は、午後七時半の出港予定時刻一杯に帰って来た。それで出港が十五分遅れた。河口は機雷なく、掃海中空襲となって味方の機銃弾も混じって敵機の掃射の弾が周囲に落ち、危ない思いをしたと言った。出港してタラカン付近まで北上し、敵潜水艦の警戒に当たることとなった。

「眼鏡をよく拭え、視度《しど》を合わせろ」

艦長はそう言って、一番から八番までの双眼鏡を一つ一つ検べて回った。

一月二十九日（バリクパパン）

午前、B17四機が襲って来た。輸送船以外で一番艦影の大きい「那珂」は、今日も爆撃の目標になった。今回の作戦で船団の犠牲が大きかったためか、バンジェルマシン攻略作戦には船団を用いず、護衛隊だけが海上を行って敵艦艇の警戒に当たり、陸軍は陸伝いに進撃して大発によって海岸沿いに弾薬糧食を運搬することとなった。

夜、烹炊《ほうすい》の主計兵曹は艦長に呼び寄せられた。

「もう少し夜食にうまい物を食わせたらどうか。兵隊に嗜好食《しこうしょく》の出し惜しみをしていちゃいかんよ。いま酒保に何もないんだから、兵隊は食事以外に何の楽しみもありゃしまい。今度基地に帰ったら倉庫点検をやって、その時に罐詰が残っておったりしたら承知せんぞ、ええ？」

いつも艦橋で食事をして、時には自分の食事を信号兵のと取り換えてする艦長の言葉は静かではあったが、四日も五日も醤油汁のような雑炊ばかりを夜食に食わせておった主計兵曹を恐縮させるに余りあった。この言葉は本来なら先任将校から言わるべきであったが、見兼《みか》ねて艦長が口を出したのであろう。

一月三十日（バリクパパン）

午前一時少し前、爆雷戦用意のブザーに夢破られた。潜水艦を探知したのだ。左六〇度三千に反響音を捕らえていた。その方向へ転舵したとたん、左前方を雷跡が二本走り去った。後甲板では爆雷を急いで揚《あ》げている。なおしばらく探知をつづける。艦首八百メートル。確実だ。送波器が揚げられ、二戦速——攻撃が始まった。爆雷が六つ、深度九十メートルまで海中に沈むと爆発し、青白い閃光《せんこう》が月下の海上につっ走り、そのあとからむくむくと海水が黒い海坊主となってもり上がる。反転して効果を確かめると、投射地点を少しずれた海上に数ヵ所、油の一面に浮き上がっているのが、月光を白く映している。「那珂」「村雨」に宛てて電報が打たれた。「八百メートルマデ探知シ攻撃ニ移ル、攻撃海面付近ニ油ラシキモノ多数ヲ認メタレド夜間ノ為確認シ得ズ、爆撃効果相当アリタルモノト認ム」朝になって「村雨」から返電があった。「効果アリタルモノト認ム」

朝日山丸に派遣されていた信号兵の柳沢が帰って来て、バリクパパンに着いた夜、朝日山丸が敵巡洋艦から襲撃を受けた状況を語った。百メートル以内に近寄った四本煙突の敵艦によって四インチ砲の射撃をうけ、徹甲弾による死傷者多数を出し、即死のみ十六名あった、死傷者はついに六十名となったが彼は幸い無事であった。二十三日夜半から二十四日朝にかけてのひっきりなしの敵情の通知は事実で、視界の悪いのに災いされてついに敵の一方的な襲撃を許したわけであった。

午後、湾口哨戒の第九駆逐隊がしきりに爆雷を落としているのが響いて来た。六時リンガエンに向かった。再び船団を護衛して来るのだということだった。出港と同時にスコールに入った。悪魔のような黒雲が一面に空を覆ったその切れ目の水平線近くが明るく陽を反射しており、その向こうに幸福な国があるかのようであった。鵜《う》の一種らしい海鳥がひと群れひと群れ、艦と平行したり横切ったりしながら、風を間切って進む。翼が褐色で腹の白い鳥が翼を大きくへの字型に曲げて飛び、それらの親鳥らしいひと番《つがい》がつかず離れず睦《むつ》まじく並んで行く。

二月一日（航海中）

午後、右前方百五十メートルほどに黒褐色の丸い物が浮かんでいた。よく見ると触角らしいものも見え、やはり機雷だった。一戦速で走っていた本艦は急に速力を落とし、列を離れると面舵反転して浮流機雷から五百メートルほどの距離に停まった。四十ミリ機銃で連射したが付近に弾着するばかりでどうしても命中しない。軽機は調子わるく射ち出したと思うと突っ込みになった。弾が無駄だというので四十ミリ機銃は止めてようやく直った軽機が射ち始めたが、命中せぬのは変わらなかった。水雷戦隊はもうだいぶ遠去かった。追いつくには二十六ノット出さねばならず、いつも燃料消費が多いといわれる本艦にとっては厭なことらしかったが、眼前のこの悪魔をどうかして処分しないわけにも行かない。小銃に自信ある者が五人、前甲板に出て軽機とともに狙いうちを始めた。見ていて焦々《いらいら》するほど当たらない。水雷戦隊は水平線を越している。とうとう残念ながら私たちはこの悪魔を見放して僚艦に追いつかねばならなくなった。機雷は人を小馬鹿にしたように波の間に間に流れ去った。

九時半頃からマニラ湾口を通過した。付近に敵魚雷艇や艦船が出没するという前もっての情報に、第一配備で一時間余りをすごした。右に、月夜に黒く浮かぶ島の根際に艦影らしいものをしばしば発見し、火災らしい光も見えた。魚雷艇発見の場合、砲撃するほかに衝突による破壊の方法まで旗艦から指令を受けておったが、何事もなくすぎ去った。夜風がめっきり寒くなった。夜の当直には雨衣をつけねば顫《ふる》えるほどだ。明るく美しい月の今夜は十六夜である。

二月六日（リンガエン湾）

各分隊の先任下士官が陸上にパインと砂糖を求めに行ったが、百斤俵二俵の砂糖を持ち帰っただけであった。陸上にも沢山はなく、あるのは内地へ送る物ばかりで艦にまでは回しきれないとのことで、前進部隊には食料や煙草は豊富らしいがこの付近警備の部隊には煙草も一週二十本の割でしか配給されないとこぼしておった、と言った。一俵は士官用となり、百斤の砂糖を各分隊で按分《あんぶん》して班から各々へと割り当てられた。ちょうど湯呑一杯の量である。甘い物に飢えていた兵隊は大喜びで、湯がないので水に溶《と》かして、若い兵隊は一度にみんな飲んでしまった。

二月八日（航海中）

午前八時、三十九隻の船団を護衛してリンガエン湾を出撃した。比島、蘭印作戦の最後の目的地ジャワ島へ向かう部隊である。途中ホロ島へ寄って補給する予定だ。

リンガエンに着いた翌日サンルイズ丸に托した数通の手紙の中に、月に関して私は誤りを書いたのに気づいた。新月が内地と反対側から盈《み》ちて来るのを見て虧《か》けるのもそうだと思ってそのことを書いたのだが、その後毎晩月を見ていて、間違いだったのを知ったのだ。虧《か》ける時はやはりうえからで、だから下弦の月は内地と大して変わりはない。ただ、軸《じく》が内地のは左上から右下に通っているのに比べて、右上から左下に通っているのが異なる。

二月十二日（ホロ）

島の多い水道に入った。小さな帆船があっちこっちに浮かび、両舷に竹筒のフロートをつけたカヌーに女を混じえた家族らしい数人の土人が、櫂《かい》を忙しく動かせて本艦の針路から遠退《の》いて行く。振り返り見る中年の女の黒褐色の顔には、忍苦と恐怖の表情が刻みこまれていた。海岸から丘一帯に椰子の繁る島を四周にめぐらし、大洋から隔絶《かくぜつ》した湾である。特務艦

「早鞆《はやとも》」に横付けして燃料補給をしていた時、恤兵品《じゅつぺいひん》と若干の郵便物を受け取った。五袋の郵便物の中には私宛の三通が混じっていた。Kの子供たちからのとIの娘からの、そして同窓会からの写真週報が二冊あった。写真週報が皆によろこばれた。

バンジェルマシン完全占領のニュースを聞いた。バリクパパン作戦に船団の被害の多かったのは、前二、三日が雨だったため、飛行機の偵察が充分行き届かなかったからだと消息通は言った。私たちのスラバヤ攻略は二十六日に変更されてホロを出るのは十九日となった。それまで一週間、魚雷整備に万全を期するようにと「那珂」から命令が出た。

二月十四日（ホロ）

夜、甲板整列があった。甲板下士官が兵長だけ残して注意を与えて解散させた時、一分隊の役割である私たちより半歳古い志願兵の唐木が、今度善行章ついたクラス残れ、と言った。何を言うのかと思っていると、制裁のおり平気な顔して出て来ようとしないのは生意気だというのだ。今度から出て来いと言う。皆はいと返事をしたらしかったが、私は素直《すなお》に返事する気になれず黙っておった。等級が物言う軍隊であっても、またいくら戦争であるからといっても、もう満三年の義務年限をつとめ終わった私たちに対して、それもたった一期しか違わぬ彼が、役割という役柄を楯《たて》にそういうのは不遜《ふそん》だと思っていた。返事しなかった私だけ残されて他の者は解散した。先夜の整列のおり鈴木とともに出ようとしなかった私のことが彼らの頭にあるな、と私はすぐに気づいた。それでなければ七、八人の同年兵が答えた声の中に私の声がなかったのがそうすぐ彼にわかるわけはないからだ。私だけを制裁《せいさい》しようと棒振り上げた唐木と結局、私は組み合いを始めた。唐木の同年兵二人に足をとられて私は後ろに倒れ下におさえられたまま撲り合った。私の同年兵には私と同じ考えを持っておっても、実際に私と行動を同じくする者はいなかった。唐木の同年兵の一人である近藤兵長が仲に入って二人は分かれた。話は後でつけよう、と唐木は言って去った。

二月十六日（ホロ）

覚悟していた通り、昨夜甲板下士官から呼び出しがあった。艦では一番長い服役延期者である私の班の高橋兵曹は、手荒なことをしないでくれと断わっておいたから行って来い、もし手出しをしたらすぐに呼びに来い、と心根《こころね》を示した。私の同年兵八人が一列に並び、前には唐木の同年兵と彼より古い兵長が甲板下士官を中にしてそろっていた。同年兵が撲られた後で私が出た。私の尻《しり》を撲る棒は三本目が換えられた。二本は折れたのだ。気が遠くなって前に倒れかかった私は同年兵に支えられ、間もなく病室へ運ばれた。同年兵には気の毒であったが私としては悔いる気持はなかった。当直に立てぬ私に代わってくれた伊東の口から経緯《いきさつ》を聞いた高橋兵曹は、早速唐木の同年兵を起こしにやった。仇はきっととってやると彼は興奮して言った。一昨夜唐木と組み合っていた私の足をさらった田中は、今朝体操を終わったとき、高橋兵曹に撲られたと伊東が知らせた。先任下士官は古い兵長を片ッ端《かたぱし》から整列かけて撲ってやれと高橋兵曹に言った。彼は指揮官伝令である私を、間もなく出撃するというのに立てぬまでに撲ったのに腹を立てているのだ。軍医の診察を受けろと彼は言ったが、ことが表面化するのが面倒で止めた。古い服延の下士官や兵長が高橋兵曹とともに険悪《けんあく》な空気を示していると伊東が言った。私の問題を中心に艦内に二つの意見が対立しているのも知った。私に同情持つのは主として徴兵で、反対なのは志願兵であった。私を非とする者も、私に肩持つ者の中にはいざとなると暴れ者が多いのを知って表面黙っておった。私は俯伏《うつぶ》せにネッチングの中で休んでいた。二本宛の恤兵品のビールでざわめく今夜の兵員室の様子を、私はそこから顔出して眺めた。二分隊と三分隊と同じ兵員室の両舷で負けずに声張り上げてうたい合う様を、第三者として見るのは面白かった。

「何でえ、延期者の善行章をつけた兵長が、くよくよしてんねえ、出て来てジャンジャンのめよ」

　高橋兵曹が幾度も私を呼びに来たので、腰を降ろせず、立っているのが厭《いや》なのと、便所へ行くとラッタルの昇降が面倒で行かなかった私はとうとう出て行って相手になった。十一時近く、敷かれた床に寝ようとした時、一分隊の前部の役割《やくわり》である伊藤兵長が側へ来て私の様子を訊《き》いた。昨夜の制裁は二分隊の宍戸兵長の使嗾によるもので、自分はそんな気持はなかったのだと弁解した。

　二月二十一日（航海中）

　いつも艦橋で食事する艦長に従兵《じゅうへい》が夕食を持って来ると、艦長は傍らに盛ってあった麦が真っ黒でボロボロな信号兵の飯と自分の白飯とを交換した。――戦争している現在、兵隊は食事について大きな声で云々するのははばかっていたが、いまの本艦の主計兵は決して誠意をもって作っているとは思えなかった。材料乏しく、そのうえ暑い烹炊所で働く主計兵の苦労には同情するが、不足なりにもう少し何とかなりそうなものだと語っておった。艦長はやがて掌水雷長を呼んだ。主計科士官のいない艦では、掌水雷長がその職務を代行することになっているのだ。

「横須賀に帰ってうまい物を食わせたって兵隊は食やしないからネ。何もなかったら鑵詰でもどしどし切って食わせないでどうするかね。兵隊の食事はこれで充分とは決して言えないと思うがねえ」

兵食といっても、いいところばかりを選んで盛られた点検食しか食ったことのない掌水雷長は、赤面して引き退がった。

二月二十二日（バリクパパン）

午後二時、水道の前路掃海を終わった時、第一護衛隊の護衛する船団はバリクパパンに引き返すべし、と蘭印部隊指揮官から命令が来た。スラバヤ攻略はそれでさらに二日延期された。前方に有力な敵艦隊がおるため、このまま進むといたずらに被害を受けるばかりだからという。

二月二十六日（航海中）

黎明《れいめい》の昼戦に備える前に機銃員配置に就けの号令がかかった。やがて昼戦に備えるために戦闘配置についた時、前方二、三百メートルに帆船が走っていた。「五月雨」はこの帆船を臨検するために列を離れて来たのだ。昨日臨検したのよりも少し大きい五百トンばかりのものである。横付けして乗り込んで行った臨検隊は拳銃を向けて乗員を船尾に移すと、船倉を検べ出した。ボルネオからセレベスへの商用の途とわかり、石油罐五十、米数十俵、そして鶏三十羽余りを持っておった。一人混じっていた少女は向けられた軽機を白い大きな眼で見《み》詰《つ》めて、恐怖に次第に後ずさって行った。最初機銃や拳銃を向けられて驚いた彼らも、こちらに悪意のないのが分かると次第に安心して来たらしく、臨検隊が引き揚げるおりにはトルコ帽をかぶった船長らしい男は握手を求めて来た。士官の間に鶏が話題に上っていたがついに何もせずに横付けを離した。私はそれに好感を持った。船団が近づいた。その後方水平線上に五戦隊らしい艦影が二隻見えた。私たちは間もなく護衛隊の列にもどった。もう上陸地点まで二百数十カイリしかないのに、遊弋しているという敵艦隊の情勢がまるで入らないのは却って不気味である。

スラバヤ沖の魚雷戦

二月二十七日(スラバヤ沖)

午後十二時十分、B17の二機は、「那珂」の付近に投弾すると姿を消した。一時十五分、旗艦に『陣形D』の旗旒揚がり、護衛隊は列を解くと集結して水雷戦隊となった。魚雷戦準備ができると戦闘用意は完成した。五戦隊、二水戦に協力してスラバヤ北西方百五十カイリの敵を撃滅に行くという信号が旗艦から届いたが、集結した隊形のまま水雷戦隊は船団の付近を走りつづけている。朝来の曇天に時々小さなスコールが通りすぎる。四時半、二戦速に増速した。舷側を打つ波の音が高まった。今日はみんな千人針を腹に巻いている。四時五十分、当番が、

「今から敵を撃滅に行く」

と艦内を叫び回ると、兵員室はざわめき返った。スラバヤ湾口に向かっていた敵艦隊は反転して北進を起こしたという。敵も戦闘を予期しているのだ。敵までの距離はもう五十カイ

リだ。五時十二分「配置ニ就ケ」のブザーが響いた。兵隊は喊声をあげて走り出した。三戦速となった。「戦闘用意」となり防毒面を背負った。魚雷は二番連管の四本を射つ予定で、深度四メートル、第一雷速と調整された。敵はまだ見えない。間もなく五戦隊、二水戦と合同した。先を行く二水戦旗艦「神通」から「敵ラシキ檣《マスト》見ユ」との電話が来たが本艦からはまだ見えない。五時四十六分、二番見張員が左前方に煤煙を認めた。「那珂」から「砲戦用意」が令された。敵との距離は次第に近づき、肉眼にも水平線上の黒い小さい敵影を認め得た。その時、左前を走る「神通」が発砲し黄褐色の砲煙が流れた。同時に五戦隊が発砲した。

「『神通』の初弾命中」

弾倉観測をしていた射撃指揮所からそう報告した。四戦速となった。再び二番見張員が檣を報告する、距離二万五千。五時五十一分「戦闘」の号令が下った。

「左砲戦」「戦闘旗揚げ」戦闘旗が前檣《ぜんしょう》に風にあおられて揚がり、気忙しくはためく。巡洋艦らしい艦影が四つ水平線上に見えはじめた。二水戦も一斉に砲撃し出した。砲声が轟き渡って平穏だった海上はたちまち戦場と化した。

一七五五（午後五時五十五分）、敵は巡洋艦四、駆逐艦二と判明。敵二番艦火災。彼我の砲煙、弾着しきりとなる。敵、上空に接触中の味方水偵に対し射撃。「神通」付近に弾着しきり。

一七五九、敵取舵反転同航となる。「神通」取舵、次いで面舵転舵、夥しい弾着の中を縫って本隊後方に近づく。第十六駆逐隊、第八駆逐隊も「神通」につづく。

一八〇〇、「神通」以下二水戦、煙幕展張して敵の目標からのがれる。四水戦左後方へいよいよ近づき、「神通」に向けて射つ敵弾それとともに近くなる。

一八〇三、「那珂」発砲。

「左三〇度、駆逐艦」

艦長の号令響く。本隊付近の弾着、次第にしげくなる。「那珂」左舷近くはねた敵弾黄煙《こうえん》を拡げ、ガス弾と疑われる。

「面着ケ」

一八〇七、「打方始メ」一番砲の砲煙カッと眼前をおおう。防毒面をとる。

一八〇九、「左魚雷戦同航、目標は敵の一番艦」日頃赭《あか》ら顔の水雷長蒼白に緊張、顎鬚が細かく顫《ふる》える。

「射手」

艦長が敵を見つめながら言う。

「艦長は訓練の時と同じに艦を持って行くから、落ち着いてうてよ」

方位発射一斉集中射法で、同航射角四三度。

一八一三、「発射始メ」「面舵」艦首が右に回り始める。発射時刻が次第に迫る。

「艦長、斜進をとらなくては駄目です、発射できません」

と水雷長。射点までの回頭《かいとう》角度が大きいのだ。

「大丈夫です、水雷長、段々目標が入って来ます」

と射手の先任伍長。艦長はチラと水雷長を見やり、いぜん艦の回頭と敵の方位を見比べる。

「艦長大丈夫です。射ちます」

と水雷長の言うより先、「用意」と射手の圧す管制器の発射ブザーが響く。

「テ！」二秒隔きに、魚雷は水中に飛沫をあげて跳りこむと間もなく雷跡を消す。

一八一四、「打方待テ」「発射止メ」瞬間の緊張を解かれ、ほっとする。敵弾相次いで落ちる。

一八一五、「煙幕展張」「最大戦速」

一八二〇、「打方止メ」

一八二三、敵、取舵変針、遠去かる。

数分間沈黙つづく。

『那珂』より船団宛――敵巡洋艦三隻撃沈ス、船団ハ予定ノ如ク行動セヨ」

「『神通』より――本艦魚雷、二、三番艦ニ命中」

電話員が報告する。

一八二九、「全軍突撃用意」の令下る。

一八四〇、敵の隊形崩れているのを見る。二番艦見えず、三、四番艦火災中。煙幕を張っているらしい。

一九〇五、五戦速となる。

一九一四、突撃態勢なる。針路一八〇度。

一九一六、「魚雷戦用意」一番連管三番管漏気のため発射不能を報告。水雷長はそれなら二番連管の次発装塡魚雷を射とうという。一番連管を三本、あと一本を二番連管のにしてくれと射手が言う。艦長、射手の言に賛成。

一九二六、「左魚雷戦同航、目標は敵の二番艦、第一雷速」敵艦隊より砲撃起こる。

一九二八、「打方始メ」発砲。

一九三〇、左二五度四千に敵の雷跡を認める。右水平線上に島を見る。

一九三一、「発射始メ」敵弾左艦首三百メートルに落ち、黒い水柱をあげ、煙が視界を遮る。

「艦長、目標が見えなくなりました」

と水雷長またも狼狽。

「いや大丈夫です、見えています」と射手。

一九三二、「テ!」煙うすれる。

「三番艦を射ちました」

と射手。

一九三四、「発射止メ」

敵影を彼我の砲煙、煙幕の中に見失う。後につづく「春雨」の両舷に敵弾挟叉《きょうしゃ》、「春雨」水柱を潜って現われる。紅煙をひろげる弾着観測の敵弾しきりに落ちる。

味方の発射魚雷のうち数本、二、三度水面跳躍し間もなく爆発したものがあった。自爆にしてはおかしいし、敵魚雷との衝突かとも考えられるがそれにしては多すぎる。間もなく二戦速に落とした。陽が落ち、黄昏を次第に夕闇がつつんで行った。

午後八時、夜戦に備えた。燃料消費による艦の重心を下げるために艦橋天蓋の防弾砂嚢をおろした。八時半、第二配備となった。「神通」の水偵が敵に触接しており、それが九時に吊光投弾を落とすと再び配置についた。「戦闘」「魚雷戦」の号令がかかり四戦速に増速した。白色吊光投弾は相次いで落ちるが、みな三万以上の距離で、ここからは敵影は見当たらなかった。飛行機からの報告では、敵は南方の島陰へ逃走している様子である。「夜戦ニヨリ敵ヲ撃滅セントス」と旗艦からは言って来たが、敵とはさらに遭遇する気配はない。右一万メートルほどに輸送船団の列が月明に浮かんで来た。

「此分ニテハ危険ニ付船団ハ反転北上セヨ」

と「那珂」からは退避命令が発せられた。

十時半、遂に敵と遭遇せず、第二配置にもどった。

二月二十八日（スラバヤ沖）

午前零時半、また「配置ニ就ケ」となった。艦首方向に艦影を認めた。するとつづいて左手遠く吊光投弾を六つ認めた。「戦闘」「魚雷戦」の号令がかかり艦は増速した。一時間近く水雷戦隊は走った。火災らしい明かりが水平線に三ヵ所見えた。それは最初何かわからなかったが、間もなく五戦隊からの電報によって、五戦隊の魚雷命中による敵巡洋艦の火災とわかった。二時半、四水戦は船団へ向かった。南方一万二千の地点に船団が見えて来た。三時、魚雷戦用意をもどし、第三配備となった。八時、水雷戦隊は列《れつ》を解くと船団護衛の位置についた。船団はスラバヤ湾口に向かっている。船団の左を二水戦、右を四水戦、午後合同した

「鬼怒」は後方の警戒に当たった。

午後、敵の溺者を救助した。艦が近づくと手をあげて合図し、救命浮標《ブイ》を投げられたのを見るとクロールでそこまで泳ぎついた。ライフジャケットを着け、一日近く海水にひたっておった白くふやけた身には下着一枚にパンツしかまとっていず、漂流しているうちにみな脱ぎすてたと思われた。黒髪褐色の眼球は一見混血児と知れた。この捕虜によって敵情が若干明らかにされた。敵は西南太平洋艦隊の主力で、英米蘭濠の連合艦隊はデロイテル、ジャワ、ヒューストン、エクゼター、ホバートの巡洋艦五隻と、駆逐艦十二隻よりなっておった。彼はデロイテルの探照灯員であった。夕方大型ボートが見え、敵の沈没艦の乗員らしく速製の檣らしいものが立って彼らは艇内一杯に立ち上がって手を振っていたが、私たちはそのまま目的地へ進んだ。先刻病院船の臨検に行った「村雨」が帰ってくると、海戦による溺者救助に出動して来たもので怪しい点はなかったと旗艦に報告した。

午後十時。敵機が上空をとんでいるらしい。魚雷艇、潜水艦への警戒がつづけられているが、月明で、上空からは艦影がハッキリ浮かぶわけで、敵機に対しては不利である。遠い黒雲が数ヵ所、スコールとなって海に落ちているのがよく見えている。

三月一日（スラバヤ、クラガン沖）

「午前一時船団入泊完了、機雷ナシ」掃海を終わった第二十一駆逐隊司令からの電話が来た。

砲声が聞こえる。機銃の曳跟弾《えいこんだん》が夜空に筋をひいて吸われる。敵機が船団を爆撃しているらしい。午前四時、再び上空や海上への砲声、機銃射撃の響きが起こる。照射に白く浮き上がった魚雷艇が薬煙幕を張って逃げて行く。その付近に砲弾が集中する。午前四時、第一回上陸成功の電報、駆潜艇の敵潜水艦撃沈、魚雷艇一隻撃沈等の電話がくる。小戦闘がひっきりなしにつづいているが、私たちの眼前《がんぜん》には何物も現われない。第一配備のまま夜が白む。そして小戦闘もパッタリ止む。

午前十時、味方戦闘機が四機、低空でくるとそのまま陸上へ去った。船団泊地を離れて私たちは移動哨戒をつづける。私たちの視界には海と陸影と船団と——どこへ行っても同じでしかないものがあるだけだ。対岸に火災が二ヵ所、一つは海岸の林の中で炎が真っ赤にゆれている。他の一つは小高い山の向こう側だ。昨夜から今暁へかけての敵機の爆撃で死傷者百数十名を出した二一番船は、表面何事もなかったかのように碇泊している。

午後、第四航空戦隊から五戦隊宛の、飛行機により敵巡洋艦二隻撃沈の電報を傍受、次いで五戦隊から蘭印部隊宛の敵巡洋艦一隻、駆逐艦一隻撃沈の報を受けた。

昨日の捕虜は、兵隊の興味をひいて片言まじりの会話が交わされている。ドイツ人を父に持つインドネシアとの混血児だと言った。

三月五日（クラガン沖）

午後、「夕立」に横付けして重油の移載を受けた。「夕立」と「春雨」は「村雨」と「五月雨」に重油を移してバンジェルマシンへ行き、そこで補給をしてくる。そのおり、「夕立」

艦長と「五月雨」艦長は先日の海戦のおりの、近くではねた黒い水柱について語った。「夕立」の前甲板に魚雷の破片が落ちていた由で、米国の時限信管魚雷ではないかと言っていたが、味方魚雷自爆の説の方が状況からおして真実味があった。夕刻、スラバヤ突入態勢完成という陸軍からの情報を得た。今日も溺死者が時々流れ去る。白くふくれ上がり、胴から上のないものもあり、皆ライフジャケットを着けている。見張りの眼鏡の中にそれらの姿が入ると私たちは急いで眼鏡から眼をそらす。

夜、開戦以来最初の空襲警報が東京に発令されたのを知った。大鳥島空襲にあわてたあとの味方機の見誤りだったらしい。

三月八日（航海中）

午前九時クラガン沖をたった。船団をシンガポールまで送るのだ。スラバヤの敵は午前七時半降伏を申し出、十二時調印終了、休戦命令が発せられた。日没は午後八時頃だ。

三月十二日（航海中）

午前十時、シンガポールの沖数カイリの地点に投錨仮泊した。錨を入れたのは先月二十四日バリクパパンでの仮泊以後はじめてである。錨を入れないということは危険と同意語である。

蘭印部隊指揮官は第二駆逐隊宛に次のような命令を出した。「第二駆逐隊ハ現在任務終了後スビック湾ニ直行セヨ」スビック湾はマニラ湾口のバターン半島にあるのだとわかった。

船団嚮導《きょうどう》の任務を終わった私たちは錨をあげると、針路を東に再び走り出した。第二駆逐隊は蘭印部隊から比島部隊に編入された。

三月十六日（スビック湾、オロンガポ）

一月初旬ダバオを出て以来、途中多少の補給があったとしても焼け石に水であった私たちの食糧不足は、ここでひと息ついたかたちだ。去る二日ミンダナオからマニラへ向かって来たところを拿捕《だほ》された米国の糧食船からの雑多な品が私たちを驚かせ、喜ばせた。それは私たちにとって全く珍しい品々であったからだ。

夕刻私たちの今後の行動予定を知らされた。「村雨」「五月雨」は十九日午前ここを発ってボルネオのクチンへ向かい、二十二日着、翌二十三日、今月末から始められるバターン半島総攻撃を支援する陸軍部隊を護衛してリンガエンへ帰る。三月中旬から五月中旬までの間に「南方部隊各隊ハ所属軍港ニ帰投シ」云々の電報について、兵隊は昨日からいろいろと取沙《とりざ》汰《た》している。

三月二十三日（ミリ）

（クチンへ行く予定はミリと変更された）

六時間の散歩上陸が許された。私たちは陸軍のトラックに分乗して戦跡、油田地帯を回った。採油の鉄管に英軍がセメントを詰めて行った。それを陸軍の兵隊が掘り出していた。毀された油井が林立している。ここを退却する時、三年たったら逆襲して必ず復旧すると言って、英人は歯車にグリスを一杯ぬって行った。そんな説明を聴き、私は、スラバヤ沖の海戦で「村雨」に捕虜となった英国の海軍中尉が、三年たったら英国は日本に勝ってみせるだろうと言った言葉をおもい出した。三年という期間を彼らがどこから割り出したかは知らないけれども、それには英国人らしい自負《じふ》と忍従があるように考えられた。

三月二十四日（ミリ）

米国輸送船団を護衛して空母一（ワスプ）、特設水上機母艦一、甲巡二（ホノルル、アストリアス）、乙巡一（ヘレナ）、及び駆逐艦若干がパナマ運河経由濠洲方面へ向かった。また他の一隊は喜望峰《ケープ・タウン》経由インド洋方面へ向かったというドイツ駐在武官からの情報。

三月三十一日（オロンガポ）

（ミリからラブアン島へ回り、船団五隻を護衛、リンガエンへ向かったが、途中から再びスビック湾へ変更された）

午後そうそうある予定だったグランデ島戦跡見学は第三南遣艦隊司令長官の巡視と変わり、上陸が許されたのは五時であった。私たちはそこに、マニラ湾口を臨んで据えられた二十七センチ以下の中小口径砲で固まる要塞を見た。

夜、バターン半島の山の向こうにコレヒドール攻撃の砲声がひびき、空に向けられた探照灯が数条明滅した。

四月五日（航海中）

午後二時リンガエン出撃。「村雨」とともに輸送船七隻を護衛してセブ島に向かう。私たちが出港するのと行き違いに入って来た商船は郵便物を持って来たことを信号で知らせた。

四月九日（航海中）

午後八時。まだセブ島は見えない。先刻からセブ市へ向かう「村雨」と輸送船五隻は右へ分かれて、セブ島西部へ向かう「五月雨」及び二隻の輸送船と並んで、南下した針路を返して北進している。「球摩」が左のネグロス島寄りを反航して行った。昨日「球摩」に対してセブ島ネグロス島間の水道で二隻の魚雷艇が雷撃して来たむねの信号を寄せた。第二十二根拠地隊の哨戒艇が二隻、私たち西岸部隊の左後方の護衛についた。夕方、護衛隊指揮官（「五月雨」艦長）から陸軍部隊指揮官へ宛《あ》て、「魚雷艇蠢動ノ状勢ニ鑑《かんが》ミ、護衛兵力不足ニツキ西岸ノ上陸ハ見合ハセルヲ可ト認ム」と信号し、それに対して陸軍部隊参謀から「予定ノ如ク行動イタシタシ」と返事が来た。魚雷艇への警戒——砲戦を主とする哨戒配備となった。

四月十日（セブ島、バリリ）

午前零時、魚雷艇の襲撃に備えて第一配備の警戒のまま、島と島との間六千メートルほどの水道を通りぬけた。五時すぎた頃セブ市の方向にとつぜん爆発の火炎があがった。しばらくしてまたあがり、山を隔てた夜空があかあかと明るみ、やがて消えた。飛行機の爆撃でか、「村雨」の掩護射撃によるものか、よくわからぬ。

六時、配置についた。上陸地点が近づいたのだ。六時四十分、船団は漂泊した。二番船からすぐさま小発が二隻おろされるとそれに二コ小隊ばかりの兵力が乗り移った。海上が次第に明るみ、輝いて来た。小発に乗った兵隊の鉄兜にまかれた鉢巻が白い。やがて小発は解纜《かいらん》すると陸岸へ向かった。艇首に機銃を据え、兵隊は艇内に身を低めた。いかにも敵前上陸という格好が面白く眺められた。小発が離れると船団は次の上陸地点へ移動した。小発は間もなく陸岸に着くと艇首から兵隊が躍り出るのが見えた。上陸成功の黒煙があがった。もちろん敵はいないのだ。輸送船は河口近く漂泊した。味方戦闘機が二機とんでくると海岸の椰子林を爆撃した。それがしばらくつづいた。作戦は案外に早く終わった。午後六時、船団は大発、小発の揚収をすませ、私たちはセブへ向かった。セブ市の大火災の黒煙は山を越して蒙々とあがっている。飛行機からはそのため偵察不可能といってきた。午後三時にセブ市上陸軍は進撃中との報が入っていたが、市街は敵兵によって到るところに放火されているのも間もなく知った。

四月十一日（セブ）

黒煙に包まれたセブの街が眼前にある。火災はもうだいぶ下火になっているが、時々パッと新しい火の手があがり、真紅な炎を立てて家屋を椰子林をなめて行く。狼狽した漁民が海岸の漁船に夢中で海水を浴びせているのが見える。家財道具を小舟にのせて右往左往しているのもいる。味方が上陸した時には敵はほとんど山中に退却しており、難なく占領したのであるが、気を許しておったスペイン人によって市内を放火して回られたのだと、岸壁際に軍艦旗を翻している第二十二根拠地隊の兵隊は語った。自動車徴発隊は夜更けて二台の自動車を運転して帰って来た。帰って来た彼らによって、家屋に錠をおろして誰もおらぬ市内の様子が語られた。老人や子供はごく稀に見られたが若者は一人も見えず、かような彼らの態度は日本人には解《げ》し兼ねるものだと言った。夜になると火災の煙に辺りは明るんだ。

四月十三日（セブ）

土嚢陣地と思っておった岸壁の袋の山は砂糖だったのがわかると、兵隊はきそって艦内に担ぎ入れた。徴発して来た煙草や罐詰が分配された。士官は兵隊に陸上から物を運ぶのを禁じて、自身は自動車を駆って探し回った。兵隊は士官のやり方を非難した。士官の中でそれをしなかったのは艦長、水雷長、掌水雷長の三名であるのは皆に知れておった。しかし一番持ち帰ったと目《もく》される砲術長や機関長からは、艦長用として若干の品が差し向けられたのは事実であった。艦長は士官たちの行為を是《ぜ》とせぬまでも黙認しておった。

四月十七日（航海中）

確実だという情報によると私たち第二駆逐隊は二十二日セブからオロンガポへ行き、そこで内地から来る第十五駆逐隊と交替、同日横須賀へ向かうらしい。

昨日オロンガポで「夕立」から多くの郵便物を受け取った。私には合わせて十七通来ていた。みな十二月末から一月初旬のものであった。もう子供が生まれている予定でその通知を待っておった高橋兵曹は一通も来なかったのにすっかり気を悪くして、今度内地を出たらどこへも一通も出さない、と言った。昨日の郵便物の中に彼宛のものがあったとしてもとうてい出産の通知はあるべき筈がないのを（郵便物が古いので）彼は知っているわけなのだが、何時もと比べて多かった中に自分宛のものが一つもなかったのが腹立たしいのであろう。

四月十八日（セブ）

午前六時、空母三隻、水上機母艦三隻、駆逐艦若干よりなる米機動部隊が犬吠崎東方六百四十カイリの地点にあるのを哨戒艇が発見したという電報が入った。敵機はもう飛び出していた。私たちと交替する予定の第十五駆逐隊は内地を出て間もなく反転、豊後水道を出た第二戦隊の直衛となって出撃した。海軍航空隊は木更津に集結しつつある。間もなく、東経一三七度、北緯三四度の地点で、味方哨戒艇は敵機の襲撃を受け目下これと交戦中、そういう情報が入った。夜になり新聞電報等によって次第に詳しい様子が知れたが、ほとんど全国的に襲ったという敵機が、九機撃墜されたという外、東京の詳報が知れぬのにみな暗い表情を見せた。内地部隊への非難の声が高まり、たまには空襲をうけた方がいいのだと露骨に反感を現わす者もあった。自分たちが第一線の危険をおかして収めた戦果を今日の内地空襲で傷つけられたという気持がおそろしく兵隊を不機嫌にしているのだ。そういう彼らの心の裡には、内地は無傷にしておきたい希望があるのだ。また、兵隊の不機嫌の中には目前に控えた内地帰還が、これでおくれることになったについての不満が含まれてい、この方があるいは兵隊にとって重大であったかも知れない。

四月二十九日（ミンダナオ島、コタバト）

午前零時半配置につく。月が明るく輝いている。間もなく六番船を率いて「村雨」と離れ、コタバト河口へ向かう。河口に目標の浮標《ブイ》を入れるために岸近くまで進み、発光器をつけた浮標を入れたが、位置が若干ずれて深度が異なり、浮標は沈んだ。陸岸に信号火箭が揚がった。敵に発見されたのかも知れない。再び浮標を入れようとしたが、止めた。そして艦自身が目標となって白灯を点《つ》けて停止した。その後陸上には何の響きも起こらない。三時四十五分、第一回の上陸部隊が商船を離れ白灯を目当《めあて》に近づいて来た。

「本艦の右三〇度方向に灯台がある！」

「おーい、ありがとう」

大発の機械音が声を消し、次々と五隻の舟艇が河口に向かって消えた。三十分すぎて成功の火箭があがった。重油タンクでも爆発したらしい火炎が一時に辺りを明るくした。昨日から私たちの後につづいていた讃岐丸と「雉」は「村雨」とともに岬一つ向こうの上陸を掩護している。敵の放火による煙が二ヵ所から上っている。例の焦土戦術だ。

二度目の上陸を終わって来た大発が六番船に着く頃、内火艇は派遣信号員を迎えて来た。讃岐丸と「雉」が残って引き続き護衛に当たり、間もなく「村雨」と合同すると私たちは戦場を後に馬公に向かった。マニラ湾口で「夕立」「春雨」と合し、馬公で燃料補給したうえ内地に向かい、横須賀へ着くのは一週間の後であろう。

連合艦隊出動のミッドウェー海戦

五月二十二日
午前十一時、「蒼龍」の直衛につき、横須賀出港。
五月二十三日（柱島水道）
午後五時半柱島水道着。連合艦隊集結――。
一戦隊――「大和」「陸奥」「長門」
二戦隊――「日向」「扶桑」「山城」
三戦隊――「比叡」「金剛」「榛名」「霧島」
四戦隊――「摩耶」
八戦隊――「利根」「筑摩」
航空戦隊――「赤城」「加賀」「蒼龍」「飛龍」「鳳翔」
二水戦、四水戦、魚雷艇二隻、及び「摂津」

五月二十六日（呉）
珊瑚海海戦に損傷を受けた「翔鶴」の飛行甲板が赤く焼け爛《ただ》れてめくれ返った姿を見る。
二号艦（武蔵）は入渠《にゅうきょ》、艤装中。
五月二十八日（柱島水道）
四戦隊の小隊（愛宕、高雄）入港。
五月二十九日（出撃）
午前四時出撃。主力の五時出撃に対し、先発、豊後水道南方の対潜警戒に当たる。主力出撃後三戦隊「比叡」右側の直衛につく。波高し。
五月三十日（航海中）
曇天、終日波高し。
艦隊の軍隊区分。
攻略隊――旗艦「愛宕」「鳥海」の四戦隊、五戦隊の「妙高」「羽黒」、三戦隊の「比叡」「金剛」、四水戦の「由良」及び第九、第二駆逐隊、「瑞鳳」
主隊――「大和」以下一戦隊、三戦隊、航空艦隊
五月三十一日（航海中）
鉛色の空が切れて朝が来る。鈍色《にびいろ》の海に雨が降り動揺次第におさまる。夕刻雨が止み、曇天となる。月は雲にかくれているが海上はほの明るい。
六月一日（航海中）

曇、小雨時々降る。

今度の作戦の全貌を知る。

味方の編成

北方部隊――旗艦「那智」及び警戒隊

主力部隊――「大和」以下戦艦五隻

機動部隊――一、二、三、四航空戦隊

攻略部隊――四戦隊「愛宕」以下巡洋艦戦隊、水雷戦隊、及び「瑞鳳」

輸送部隊――七戦隊、二水戦護衛の大川内中将を司令官とする第二艦隊特別陸戦隊、一木大佐の率いる山砲、速射砲及び独立工兵各一個大隊

敵情

ハワイ――戦艦二、重巡三乃至四、軽巡三乃至四、駆逐艦三十、潜水艦三十（大半は出動中）、戦闘機二百、大型爆撃機二百、空母二、特設空母二、修理中の戦艦三

ミッドウェー――五インチ砲二十四、十二センチ砲十二、大艇二十四、駆逐艦二、他に戦闘機若干

作戦予定

北方部隊はミッドウェー攻略作戦と同時にアリューシャンを攻略する。主力部隊及び機動部隊はミッドウェー西北方六百カイリの地点を適宜行動、ハワイ敵艦隊の出撃を待って捕捉殲滅。攻略部隊は南方三百カイリ付近を適宜行動。機動部隊は攻略日の二日前ミッドウェー

島の爆撃を敢行。第五潜水戦隊はすでに二十九日いらいハワイ、ミッドウェー間にあり、敵情監視、情報連絡の任に当たる。輸送部隊はパラオを出撃北上中。作戦遂行後約一週間、攻略部隊は該海面に行動、後サイパンに帰投、第三期作戦（ハワイ攻略）に待機。揚陸軍は第一に飛行場の整備を行なう。攻略日は六月七日。

六月二日（航海中）

日出〇四〇〇、日没一八〇〇。日課は一時間繰り上げられる。健洋丸、「鶴見」「佐多」の重油船合同し、洋上曳航補給を行なう。

六月三日（航海中）

日課はさらに一時間繰り上げられる。それだけ東へ来たわけである。急な日課の変更に、内地時間が頭にある兵隊は夜の時間の観念を忘れて遅くまで起きていては、起床の早い朝、多くの者が寝不足の眼を充血させている。晴天で、波低く、風は弱い。

米本土よりハワイに向け、戦艦三隻その他増勢したとの情報をきく。

六月四日（航海中）

快晴、海上平穏。再び曳航補給を行なう。

北方部隊、今晩ダッチハーバー空襲を行なう。

敵機飛来の様子がある。哨戒中の「神通」水偵より「敵機九、大鳥島ヨリノ方位三四度距離五百十カイリ」とあり、輸送部隊が敵機の爆撃を受けた情報も入る。対潜警戒を厳にする。

六月五日（航海中）

日課さらに一時間繰り上げられる。午前二時十分配置につく。対空砲戦用意をしたが敵機五十というのは味方機の誤りとわかる。味方機動部隊のミッドウェー空襲の報入る。敵潜水艦発信の水中電波を明瞭に聴取する。警戒をつづける。

発機動部隊指揮官、宛連合艦隊司令長官、

「……〇五〇〇ミ島一〇度方向二四〇カイリノ地点ニ空母一、巡洋艦五、駆逐艦五ヲ発見、〇六〇〇之ニ向フ」

八時四十五分昼食。三戦速となる。午後三時以後敵に遭遇する予定である。

午前十一時、「愛宕」から艦隊へあてた強い発光信号が晴れ上がった水平線上に明滅する。

「今夜夜戦ヲ決行セントス、夜戦準備ニ万全《ばんぜん》ヲ期セヨ」

米軍の平文電報は日本飛行機によるミッドウェー、ダッチハーバー爆撃をしきりに報告している。

発艦隊長官、宛艦隊「……攻略部隊ノ一部ハミ島爆撃ヲ行ヒ、他ノ一部ハ輸送部隊ヲ回避セシムベシ、第二機動部隊ハ第一機動部隊ト合同セヨ」

同「ミ島攻略部隊ノ退避中ノモノハ再興セルニツキ東経一七四度北緯三〇度付近ニ集結、適宜行動スベシ、北方部隊ハアリューシャン群島攻略ヲ開始スベシ」

――作戦は齟齬し、一時中止したものを再興したが、私たちは次いで「赤城」「加賀」が敵機の爆撃により航行不明になり、「蒼龍」「飛龍」が火災中であるのを知った。主力は後退の余儀なきに至った。二水戦の一部が攻略部隊に合同し、三戦隊の直衛に当たった。味方に致命的な打撃を与えた敵は避退を始めた様子である。

午後四時十分日没。九時十分月出。

十時、水雷戦隊は集結し、四、五、三戦隊を中央に右に二水戦、左に四水戦がつき、針路北北東に展開索敵を起こす。北東に避退中の敵空母発見の飛行機よりの情報をきく。

十一時、水雷戦隊は列を解き警戒航行序列に復帰、第三配備となる。

六月六日（航海中）

午前一時半、昼戦に備える。針路西。四時、二水戦の艦影を見る。五時、主力部隊と合同し、味方空母四隻全滅を確認する。輸送部隊を護衛していた「最上」、雷撃を受けて航行不能を打電、次いでそれを回避しようとした「最上」と衝突した「三隈」が敵機の爆撃を受けて損傷したと伝える。

連合艦隊長官は「ミ島攻略ヲ一時中止ス」と艦隊に打電し、主力部隊、攻略部隊は合同、ミッドウェー島からの爆撃圏外に出た。午前五時、針路北北西。間もなく針路西へ変わる。

午後一時半、二水戦の一部船団護衛に向かう。

三時半、対空戦闘の信号が旗艦に揚がり、敵重爆二十機来襲の報せがあったが、ついに現われず、哨戒配備に戻る。霧がかかり、視界悪くなる。夜間五千以上の見張り困難。

発連合艦隊長官「増援部隊ノ到着ヲ待タズミ島攻略ヲ再興ス」

漂流中のヨークタウン型空母への攻撃命令、伊号六十八潜水艦に下る。

六月七日（航海中）

針路北。気温次第に下がる。「赤城」「加賀」「蒼龍」沈没確実。敵機百のうち五十を撃墜、魚雷はほとんど回避したが、爆撃により致命的被害を受けた様子で、索敵不充分が原因らしい。

針路をさらに東へとる。

発攻略部隊指揮官「明八日攻略部隊ハ敵ノ北方ニ相見ユルノ算大ナリ、『瑞鳳』艦攻二座水偵ニヨル攻撃ニヨリ敵ヲ撃滅セントス」――水偵による攻撃で敵を撃滅できるわけのないことは誰もが承知しておった。

敵機動部隊が行動を起こしている様子だ。

イ六十八潜、ヨークタウン型空母を撃沈。

午後九時以後会敵の予定で進む。針路南。敵空母に対する見張りをし、魚雷は即時待機をしている。

最後まで沈没をまぬかれておった「飛龍」、ついに沈没。

六月八日（航海中）

敵機動部隊への警戒つづく。午前三時対空戦闘の信号が揚がったが、敵機見えず。反転針路を北にとる。

今暁、北方部隊はアリューシャン群島キスカ島敵前上陸成功。

四時、七戦隊と合同、「最上」の艦首を失った姿を見る。「三隈」沈没した様子。四時半、艦隊はさらに反転針路南。

六月九日（航海中）

針路西。

十隻の戦艦戦隊の活躍も四隻の空母を失って無意味となった今度の作戦に、現代の海戦における航空機の持つ重要さを痛感する。

曳船補給を行なう。

発連合艦隊長官「八戦隊、三戦隊一小隊、二水戦、『瑞鳳』ハ北方部隊ニ編入、五戦隊一小隊、第九駆逐隊ハ敵機動部隊ヲ牽制、機ヲ得テ捕捉殲滅スベシ」

六月十日（航海中）

針路西。快晴。

米長距離爆撃機に六月十三日までに出動命令が下ったという情報をきく。

六月十四日（佐伯湾）

午後一時、四水戦佐伯湾入港。主力は柱島水道へ向かう。味方沈没空母腹中に、基地用飛行機多数分解収容しておった由をきく。

インド洋から太平洋への出撃

七月十七日
午前六時、七戦隊（熊野、鈴谷）の直衛として柱島水道出撃。
七月十九日（航海中）
動揺次第につのる。七一〇ミリの低気圧台湾中部より支那へ向かい、中心風速五十メートル。
七月二十五日（ジョホール水道）
午後五時、シンガポール島ジョホール水道西口仮泊《かはく》。泊地掃海を行なう。機雷なし。
七月二十八日（航海中）
午前八時半、メルギに向け出港。
七月二十九日（航海中）
午前九時二十二分、マラッカ海峡西口を出ようとした時、七戦隊が敵潜水艦の魚雷攻撃をうけ、直ちに対潜掃蕩《そうとう》に移る。午後一時半「村雨」は哨戒機の誘導により潜水艦を撃沈。そのおりの敵潜水艦の状況――潜望鏡露長五十センチ、黒褐色を呈す。

七月三十日（メルギ）

午後五時半、ビルマ南端メルギに入港。低い陰鬱な雨雲が立ちこめ、碇泊していてもうねりが大きい。

八月四日（メルギ）

セイロン島付近に英国戦艦一、空母二、その他重巡、軽巡等蠢動の情報をきく。

八月八日（メルギ）

昨夜来、「鳥海」を旗艦とする第八艦隊の主力がツラギの敵艦隊を夜襲し、戦果をあげたむねの電報を見た。敵の反攻がソロモン海に向けられたのを私たちは初めて知ったのだ。そして、陰鬱な海上の哨戒勤務にやり切れぬ思いをしていた私たちに、間もなく出動命令が来たのを知った。午後七時半、七戦隊を護衛する第十五駆逐隊と私たち第二駆逐隊はメルギを出港すると、対潜警戒に全力を注ぎながら、インド洋をマレー半島にそって南下した。当面の行く先はダバオということだったが、戦況は私たちがソロモン方面へ行くのではないかと思わせた。

八月十二日（航海中）

予定が変更されてマカッサルに向かう。夜、速力二十五ノット。

八月十三日（航海中）

バリクパパンで燃料糧食補給のうえトラックに向かえという命令をうけ、反転、バリクパパンへ向かう。

八月二十日（航海中）

ソロモン方面の戦況——ツラギ南方二百カイリに空母一、巡洋艦二、駆逐艦三よりなる敵機動部隊蠢動中。外南洋部隊に対して攻撃命令下る。

発連合艦隊長官「七戦隊、第二駆逐隊、第十五駆逐隊ハトラックニ急行セヨ」

八月二十一日（トラック）

午後一時トラック島入港。燃料補給。午後九時、「陸奥」の直衛として南太平洋に向け出撃。

八月二十四日（航海中）

明朝三時までに最大戦速即時待機完成の予定で、速力二十ノットで敵に向かう。

敵情——ツラギ東方海面に空母二、戦艦二、巡洋艦六隻、他駆逐艦。

戦況——敵空母二、味方艦上機の攻撃により大火災、残りの艦隊は東方に遁走中。「千歳」至近弾二をうけて左舷機浸水、片舷航行、出し得る速力十六ノット。味方は燃料不足と敵陸上機の爆撃圏内に入るため反転、北上中。敵損傷艦を明朝攻撃の予定。

味方兵力——「翔鶴」「瑞鶴」「千歳」「千代田」「大和」「陸奥」、七戦隊、六戦隊、「鳥海」、他駆逐隊。

八月二十六日（航海中）

日本丸から曳航補給を行なう。

艦隊集結――四戦隊三隻、五戦隊二隻、「陸奥」「由良」、第十五駆逐隊、第二駆逐隊、「千代田」、日本丸。

二十五日の味方機の偵察による敵情――北方部隊に空母二、戦艦一、駆逐艦七。南方部隊に空母一、戦艦一、巡洋艦四、駆逐艦六。

八月二十七日（航海中）

午前九時、対空戦闘。

午前十時二十分対空戦闘。敵大偵一機、前方一万五千乃至二万を右に進む。「陸奥」「由良」及び巡洋艦群発砲。弾着距離が近すぎる。敵機は距離を保って触接。反撃の手段がない。

午後四時二十五分、敵大偵後方一万五千に触接。「陸奥」威嚇発砲。艦隊は敵機の触接を回避するため韜晦《とうかい》運動をつづける。

八月二十九日（航海中）

敵に奪還されたツラギの一角に陣地を死守している百数十名の友軍救援のため、昨夜陸軍部隊が上陸作戦を行ない、今暁二千名中千名上陸完了、そういう情報をきく。

八月三十日（航海中）

七戦隊、八戦隊、「翔鶴」「瑞鶴」と行き合う。曳航補給をし、明日トラックへ向かう予定。

九月四日（航海中）

午前十時トラック発、サイパンへ向かう。

九月八日（トラック）

午前十時半、吾妻丸を護衛して入港。

新しい型の駆逐艦が入港している。二連装の砲塔が前後に二つずつあり、砲身が長い。普通二つある発射管がその代わりに一つしかなく、煙突は一本である。対空砲火の必要からつくられたものであろう。今まで駆逐艦の生命であるとされておった魚雷を犠牲にして主砲の数をましたということは海戦様式の変貌を――飛行機の占める位置を私たちによく知らしてくれる。後で駆逐艦は「秋月」といい、主砲は普通より口径小さく十センチで、砲身長も五十口径でなく六十口径だと知った。

トラックは今や柱島水道を移した観である。

九月九日（航海中）

午後三時トラック出撃。駆逐艦七隻が単縦陣で湾口を出ると、横に開いて、十分間隔で三個宛、爆雷の脅威投射を行なう。深度六十メートルで炸薬量二百キロの爆雷は三十秒ほどたつと海面に大きな亀裂状の振動を立てて爆発する。しばらくすると灰黒色の水坊主が多くの泡とともに盛り上がって、気泡はいつまでも消えない。艦は二十二ノットでつっ走る。やがて反転して湾口にもどると、ちょうど四、五、八戦隊の重巡七隻が単縦陣で出撃してくる。駆逐艦はそれぞれの艦の直衛としての位置につく。「五月雨」は「妙高」の右側についた。敵有力部隊がハワイからソロモン方面に南下したとの報を得て、これと決戦するつもりであろうか。私たちのこの巡洋艦戦隊は前進部隊と名づけられている。

九月十二日（航海中）

今夜味方機動部隊は飛行機により索敵し、発見すれば一挙にこれを攻撃する予定で、前進部隊よりも先に南下している。ソロモン群島に対する味方の総攻撃が始まるのだ。ことによると明日会敵するかも知れぬという。作戦は例の通り、先ず飛行機で攻撃し、逃げるところを艦隊が捕捉《ほそく》しようというのだ。兵隊は碇泊していて規則正しい日課に縛られているよりも、危険が多くてもむしろ時間的に余裕があり、当直時間以外眠っておられる航海の方を好んでいる。

九月十三日（航海中）

昼頃から敵の大型飛行艇が触接しはじめている。二万五千ほどの距離で低空で、かくれたかと思うとまた現われた。戦闘機を持たぬ味方は施す術なく、敵機の眼をくらまそうと北上を起こした。

日没近く、三戦隊が合同した。

九月十四日（航海中）

午前八時半、とつぜん対空戦闘となった。昨夜と同じ大艇が二機上空を通りすぎたのだ。五戦隊が発砲した。

午後一時四十五分、再び対空戦闘となった。艦橋に駆け上がった時にはもう空一杯の弾幕だった。B17が三機上空をとんでいる。するとつづいて他の一方から四機編隊が現われた。昨日いらいの大艇の偵察によって襲撃して来たのだ。今まで沈黙していた本艦の主砲がつづけざまに火を吐いた。各艦の主砲の弾痕が黄褐色にひろがる下に高角砲の黒い小さい弾痕が散乱する。敵は悠々と上空を旋回すると遠ざかり、また舞いもどってくる。幾度となくそれが繰り返される。各隊、各艦がバラバラとなって、その間を駆逐艦が気忙しく転舵運動しつつつっ走る。味方の弾片が海上に散乱し、プッッ、プッッ、と白い小さな水柱が跳び上がる。危ないから物の陰になっていろと怒鳴る先任将校の声にもかかわらず、こわいもの見たさの兵隊は艦橋後部の旗甲板に出て空を仰ぐ。何度目かに引き返して来た敵機は艦影の一番大きい三戦隊を目標に集中爆撃を行なった。主砲、高角砲はいぜん鳴りつづける。敵機の爆撃も味方の砲撃も当たらないのだ。そして艦隊はたった七機の敵機にただ逃げ回って射撃するよりほかに何の手段もないのである。機動部隊は後方におってもとっさの場合何の役にも立たない。十機でもいい、戦闘機がほしいと強く思う。飛行機には飛行機以外にはないのだ。高速を出しつづける艦隊は燃料がどんどん減って行く。敵機の恐威の下では補給は不可能だ。速力を落とせば目標となる。

敵機に翻弄された艦隊はようやく爆撃圏外に出た。

九月十六日（航海中）

昨日の朝から始まった曳航補給はまだ終わらない。

ソロモン群島に対する総攻撃は挫折したかたちで敵のツラギ、ガダルカナルへの防備は日一日と強化されて行く。作戦はソロモン海に釘づけされてしまった。ツラギの一角を死守しているという陸軍の様子も、付近に作戦している海軍部隊の後報も私たちの耳に入って来ない。

主砲の対空射撃計画が変更された。敵機の急降下爆撃に備えたもので、苗頭をとらず、距離を二千メートルと固定し、射撃指揮所の引金を引きっ放しで、砲側の方位盤の指針が合い次第に弾が出る方法である。それは私たちにソロモン海への進出が間近いのを思わせた。

九月十七日（航海中）

第二駆逐隊の一小隊「村雨」と「五月雨」は特別奇襲隊として、サンタクルーズ諸島のヌデニ島飛行艇基地砲撃の命を受けた。それは艦内に異状な反響を与えた。相手が陸上でしかも飛行艇基地というのが、海戦とは異なった何か手強い感じを与え、飛行機への一種の恐怖感とともに、今度こそ危ないのではないかと思う。遊弋中の前進部隊各艦が登舷礼式で送る中に、私たちは艦隊から分離すると南進を起こした。前進部隊指揮官からは「断ジテ行ヘバ鬼神モ之ヲ避ク」云々の激励の信号が着いた。

後に遠去かる「時雨」からの発光信号によって、ヌデニ島の状況が伝えられた。前にも、一度同じ計画がなされてい、前夜の潜水艦による砲撃の後突入しようとした「時雨」は、天候悪く照射も利かぬのに砲撃を加えただけで引き返した。何の反撃もなく、付近にも大した施設はない、とあった。兵隊はしかしこの作戦に一つの期待を持っていた。それは先日来しばしばきかされた、ソロモン海で活躍する僚艦「夕立」の戦果に刺戟《しげき》されたもので、途中での敵艦艇との遭遇であった。それはまた開戦いらいスラバヤ沖での海戦以外さしたる海戦の経験を持たぬ兵隊にとって夢であり一つの魅力であった。

高速を出しはじめた。舷側をうつ波の音が高く、飛沫が太陽の直射に輝く上甲板を強風に横に走り、リノリュームに飛びちるとすぐに白く乾いた。日没後、先任将校は水兵員を集めて次のような話をした。——ヌデニ島は北に湾口を開き、幅千五百メートルほどの湾口を入り、湾内でも径二千五百メートルにすぎない。開距離八百乃至千メートルで「村雨」につづき、湾口を西に回り、左折して東側の基地と浮標繋留中の飛行艇に対して砲撃を浴びせ、もし浅瀬に乗り上げた場合には陸戦隊を揚陸させる。先日の潜水艦の偵察では敷設艦と駆逐艦または掃海艇が入っているといい、その時は「村雨」が先ず雷撃し、次いで「五月雨」が照射砲撃を加える。狭い湾内での戦闘ゆえ危険は予想されるし、途中敵機の触接をうけるのも覚悟せねばならない——。私たちにとって戦争とは今は敵との交戦時をしか意味しなくなった。警戒航行も編隊行動もそれらはすべて平時でしかないのである。

九月十八日（航海中）

雨雲のかたまりが多く、次々とスコールを通りすぎる。うねりが高まった。夜空に、雲の切れ目に星が美しく輝き、仄明《ほのあか》るい。

九月十九日（航海中——ヌデニ島）

機密図書を衣嚢《いのう》につめて、投棄準備ができた。編成された陸戦隊員は三種軍装（陸戦隊装）に着替えた。午前、双発の敵飛行艇の触接をうけたが、敵機はすぐに雲中に消えた。雨雲が空一面を覆い幾度かスコールをくぐった。雨が止んでも雲低く、敵機への心配はなくなった。戦闘準備を終わったのだが艦内は何かなし落ち着かぬ気分にみちている。夕方から激しい雨になった。雨は五時ごろ止み、星が見えはじめた。このぶんでは襲撃に絶好の天候と思われた。艦はさらに速力をまし、動揺の中に高く波を切った。夜食の握り飯を食うと、酒保に残っていた罐詰類が配られて、あとは「配置ニ就ケ」の号令を待つばかりとなった。八時半、先任将校はもう一度艦内の防水扉蓋の整備を点検して回った。

二一四一、配置につく。右手に小さな島影が見える。これがヌデニ島だ。

「今夜の奇襲には確信がある、みんなそのつもりで落ち着いてやれ。見張員以外は湾口を通過する時身を低くしていろ、少しぐらいの敵の射撃には構わず侵入する」と艦長は言った。

二一五〇、「戦闘用意」、防毒面を負い、鉄兜をつけた。

二三一六、「砲戦用意」「魚雷戦用意」、ヌデニ島が低く姿を現わした。

二三一九、速力を十二ノットに落とす。魚雷を第一雷速、深度三メートルとする。敵の射撃に備えて発射管を左旋回、間もなく中央にもどす。島内には灯り一つ見えない。

二三二六、湾内に入る。艦影見えず。

二三二五、「戦闘」、一番連管魚雷の起動弁を開く。

二三三六、「右砲戦」、微速力となる。「村雨」が照らして目標が入ったら「五月雨」が射撃する予定。

二三三〇、「村雨」照射、光芒左に旋回、民家二、三軒のほか何物も見えず。

二三四六、「五月雨」照射。「村雨」の光芒の中に、飛行機の尾翼らしいものが水中に沈みかかっているのを見る。浮標らしいものが一つ。他に異常なし。

二三五〇、照射を止める。

二三四七、原速力となる。湾口を出ようとする。

二三五二、北の湾口左手の岬から赤色信号火箭が揚がる。

「奇計があるかも知れないから注意しろ」と艦長。

二三五八、強速となる。右手の岬上空に白色吊光投弾が落ちる。前の信号火箭に呼応したものらしい。

二四〇〇、「砲戦、魚雷戦用意要具収メ」、再び右手に白色吊光投弾を見る。

〇〇〇五、湾外に出る。第三配備となる。

結局私たちは何物にも遭遇しなかったのだ。緊張をはずされた兵隊は急にガヤガヤと騒ぎ出した。敵は早くも気配を見てとって基地を移したのだ。母艦と繋留浮標があればどこでも基地にできるわけである。兵隊は騒ぎにも倦《あ》きると緊張からの疲労にやがて着たまま横になり、すぐに寝入った。雨の後の風が冷たく肌にしみた。

九月二十日（航海中）
第二駆逐隊は外南洋部隊に編入され、第八艦隊司令長官の指揮下に入ることとなった。私たちがラバウルへ行くのも近いことだ。

九月二十三日（トラック）
午後、入港して補給している時、三水戦の旗艦を先頭にして機動部隊が入港して来た。
「翔鶴」「瑞鶴」「瑞鳳」を中心に、前後に重巡が二隻ずつ、周囲に十一隻の駆逐艦がついている。この機動部隊があと二つあったらと思われた。

九月二十四日（航海中）

午後二時出港。「村雨」と「春雨」はショートランドに向かい、「五月雨」は単艦パラオへ向かった。

今日正午までに手紙を托送《たくそう》するというので、昨夜は皆遅くまでかかって書いておった。私も寝たのは三時になった。昨日受け取った郵便物への返事も書かねばならなかったりして、航海中思いつくままに書いておいた手紙がこんな時助けになった。いつ出せるとも決まっていないから、少し落ち着いた手紙は航海中の暇を見て書かねばならない。

九月二十七日（パラオ）

夜、艦長室で艦長と語った。――現在やっているガダルカナル、ツラギの攻防戦は米国の政策 Wait and see の現われで、それゆえ敵は多くの犠牲を払っても確保しようとする、味方はそこを狙って艦隊決戦を行なおうとしていること、先日の出撃も同じ目的からであったが陸軍部隊の攻撃つづかず挫折したこと、いま私たちがこうやって待機しておるのも再度の総攻撃準備としての飛行場整備がおくれているからであること、そんな話をきいた。彼はまた、艦長としての立場、気持を語り、自分は死ぬかも知れないし、乗員の犠牲もまぬかれないが、「五月雨」というこの艦だけは戦争が終わるまで残して置きたい、例え沈んだとしても檣だけでも海面から出して置きたい、と言った。この話、感じ深く残った。そのおり一緒に、陸軍で潜水艦を研究しておること、ガ島、フラフチ島の友軍に兵器なく、小銃で対抗している、輸送せねば奪還されるは火を見るより明らかなこと、それらの話もきき、陸海軍の対立――というよりも陸軍の海軍に対する対立意識、そして科学兵器の欠乏、輸送力の貧困、それらを痛感した。艦長の言葉の裏に悲壮な鬱憤を覗く思いがした。

十月一日（航海中）

昨日の朝出港していらい、天気晴朗、海上平穏。迷彩を施された商船が七隻後をつづいてくる。速力十ノット。

十月二日（航海中）

ショートランドに味方戦闘機五十機集結、着々ガ島総攻撃準備が完成している由。十日頃がいい時期じゃあるまいか、と士官の一人が言っておった。

十月三日（航海中）

昨夜三水戦の「秋雲」その他が陸兵二百七十名を搭載してショートランドを出撃、メジル島に揚陸成功、今夜「日進」は戦車、大砲等の兵器を積んでガ島揚陸作戦の予定。もうガ島方面への輸送は速力のない船団では駄目で、駆逐艦、大発による夜間輸送よりほかになく、挺身輸送隊が組織されておるということだ。いま私たちが護衛している船団もそれにのっている陸兵も、そして私たち自身も、おそらく同じ任務を行なうことになるのであろう。ショートランドへ向かう予定だったが、敵状により変更されて、ラバウルへ行くこととなった。

十月四日（航海中）

今日伝令の発声教練を終わった時、二番連管の伝令をやっている師範徴兵の村田が、伝令を止めさせてもらいたい、と私に言った。耳がわるくて時々電話を聞き違えるから、艦橋に迷惑かけてすまない、同じ班にTという声のいい男がいるから、Tも一緒に教練に加えるようにしてほしい、彼はそう述べた。原因は私によくわかっていた。先日来、朝夕の魚雷戦教練に彼は指揮官伝令である私から聞き違いをしてよく注意されておった。今日の教練を始める前、少し風邪気味で咽が痛むから休ませてもらいたいと言ったが、それが自分の経験から、連日の発声教練の結果であるのを知っている私は、その痛むのを通り越せば楽に声が出るようになると、休むのを止めさせた。

戦闘教練のおりの彼らの弁解に手加減を加えることはいたずらに彼らの言い訳癖を増長させるばかりであるのを知っていたし、ことに彼の場合は、この一見いかにも馬鹿々々しい大声を張り上げる教練に嫌気がさしているのを、以前から私は感じていた。かつて海兵団の教員が新しい師範現役兵を転勤のため送ってきたおり、彼らが軍隊生活に対して批判的でまずいと言ったのを聞いたことがある。絶対服従をもって鉄則とする軍隊でそれがいけないことだという意味で彼は言ったらしかったが、私は、批判的であるのは必ずしも悪いことではないと思っていた。悪いのは彼らがそれをひけらかして、それで統一されておる秩序を攪乱することだった。

軍隊生活に矛盾撞着《どうちゃく》の甚だしいのは否《いな》むわけには決して行かない。しかし理の如何にかかわらずその命令は絶対であらねばならない。私たちは先ず行動しなければならないのだ。解決は行動以外にはないのだ。そして責任の限界というものは常に命令と服従の間に存在している。彼らはこの行動ということを躊躇する、そこに内的な批判が外へ現われる隙《すき》ができる。軍隊生活へのさしたる知識もなく、平時徴集されて来た彼らの先輩が単に客あつかいにされてすぎ去ったのをきき、陸軍に比べて小綺麗な感じを与える海軍生活を漠然と想像してきたのが打って変わって、新兵という、例え短い間でしかなくても最下級のみじめな生活からたたき上げられて、まして思いも設けなかった原始的な伝令の発声教練というものに突き当った村田が、いやになった気持はわかるのだった。

矛盾や不合理があるからといって、私たちは動かぬわけには行かない。彼らはそれを批判で止めて行動には移そうとしない。発声教練とは電話での声も、戦闘中の雑音に、ことに発射管の空気旋回音等にかき消されがちなのを防ぎ、それを配置全般に知らせるために、また電話の故障を予期してその時に狭い艦内での肉声伝令を行なうために訓練しているものであった。一般の兵隊に比べ、知性が高いと思っている彼らが、その知性に頼っておったらとうてい生活して行けないことを私は村田に語ったのだが、悲しいことには彼の眼に理解の色を見ることはできなかった。

十月五日（航海中）

午前四時、「初鷹」が二隻の輸送船を護衛して行き違った。「初鷹」はやがて引き返して来ると、第二梯団船団の先頭に立って走った。「五月雨」は船団の右側についた。

第九駆逐隊の三艦と「村雨」「春雨」が陸兵六百五十名をのせてガ島揚陸作戦に今朝ショ

ートランドを発ったのを知った。「五月雨」は明朝ラバウルに着いた後、三戦隊（比叡、霧島）、四戦隊（愛宕、高雄）とともにガ島砲撃の作戦に従事するという。

十月九日（ラバウル）

昼戦に備えるために配置についた午前四時、右前方を特設巡洋艦が三隻、駆逐艦が一隻、護衛についているのを見た。ラバウルから迎えに来たのであった。今朝の昼戦に備えるのが早かったのは、ラバウル、ショートランド間に敵機動部隊の空襲のおそれがあるためとのことだった。それで後甲板に出してあった爆雷は全部しまわれた。もう島と島との間を入ろうとしていた。左にニューアイルランドの低く細長い島影を見て東進すると、やがてニューブリテン島の巍々《ぎぎ》たる山姿が右手に近より、海峡は次第に狭《せば》まる。ラバウル湾口の海岸近く、低いが美しい火口を持つ火山が三つ望まれる。中央に見える遠い火山からは淡く噴煙が立ち昇り、近い両脇の二つの火口には、朝焼けした黄白色の雲が噴煙とまがうようにかかっている。右折して湾口を入ると、湾外から見えた一番右の灰褐色の火山は湾の右手深く聳《そび》え、しばらく行くと左手にも相似形の火山が裾を湾内に流していた。噴煙を吐くのはこれであった。

湾内には大小数十隻の輸送船が碇泊し、軽巡以下各種の艦艇がそれとともに集結しておる、前進基地であった。休火山の山麓が飛行場となっていて戦闘機が間断なく発着し、その度に赤い砂塵が空高く舞い上がった。十数機編隊の艦上機が北方からとんでくると飛行場に集結する。中攻が飛び立つとどこへともなく去って行く。

私たちは、今までのように艦隊の主力とともにいた落ち着きから、何となく物騒がしい前線の気分への転換を余儀なくされた。それはすべてに殺気が漲《みなぎ》っている感じだ。

午前九時過ぎ、見張所に警戒警報の信号が揚《あが》ったが敵機は見えず、間もなく一式陸攻の迷《めい》彩《さい》されたグロテスクな姿が現われた。

陸兵移乗す

十月七日（ラバウル）

早朝、対空警戒についた時、海岸の林の中に囀《さえず》る小鳥の声をきく冷気の中に、次第に明けて行く火山が未だに動きのない水面に影をうつし、火口から白煙が静かに立ち昇るのを見て、どこか初夏の山間の湖上にいるかと疑われた。それは昼間のあの殺伐な景色からは想像もつかぬものであった。午前、「瑞鳳」の艦上戦闘機が十五機くるという電報があったが、やがてそれらしい飛行機が十二機、次いでまた十二機来た。夕方、「日進」が入港した。土人がバナナ、パパイヤ等を持ってカヌーで煙草と交換に来た。兵隊はそれを面白がってパパイヤ一つにほまれ一袋を換えたりした。

十月八日（航海中）

午前、「瑞鳳」艦戦が二十四機飛んで来た。「千歳」が入港した。中攻二十七機、戦闘機三十機がとび出して行った。ラバウルの空には爆音が絶えなかった。ラバウルの飛行場には中攻四十以上、戦闘機七、八十が集結しているとのことだった。
九時半、陸岸近く転錨《てんびょう》すると、やがて、第十七軍司令官百武中将以下百二十名の陸軍の将兵が乗り移って来た。ドラム罐、浮舟、機銃は昨夕積み込んであった。比島作戦いらい私たちになじみ深い川口支隊の川口少将も、鬚濃い戦陣焼《せんじんや》けした顔を見せておった。十二時半出撃。速力二十六ノットで「千歳」とともにショートランドへ向かった。二十六ノットとしては静かな航海であったが、高速に艦体が震動するのに陸兵の多くの者が船酔いして不快気であった。夕食はそれゆえ多く食わなかったが、夜食の汁粉は皆よろこんで食った。甘味に飢えている様が何か心に迫った。

十月九日（ショートランド）

午前三時ショートランドに着くと、「親潮」に横付けして陸兵を移乗させた。本艦はそれから錨を入れずに湾内を走ったり止まったりしていた。「日進」「千代田」「千歳」の水上機母艦が三隻、六戦隊の軽巡が三隻、ほかに軽巡が四隻、駆逐艦十数隻、輸送船、敷設艇、掃海艇、駆潜艇等、驚くほど入っておった。やがて「足柄」が入港し、「夕立」「春雨」も来た。それらの在泊艦船がすべて、空襲を警戒して昼間は投錨せずに湾内を低速で走っており、夜とともに周囲の島陰に寄り添うように隠れて錨を降ろすのだった。ブーゲンビル島のヴイン飛行場に発着する味方機の姿が遠望された。

所用あってやって来た「夕立」の掌砲長は用事が終わって内火艇を待つ間、上甲板で話していた。それは「夕立」がまだ前進部隊として、ソロモン群島北方を遊撃行動しておった頃、敵の駆逐艦二隻を撃沈したおりの話であった（第二駆逐隊のうち「夕立」だけはすでに以前からソロモン海を舞台に働いておった）。彼は誇《ほこ》らし気に身振り手振りを加えて話すのであった。

——他艦とともにガ島砲撃に行った「夕立」は陸岸近く碇泊している敵を発見するとすぐに砲撃した。敵も味方を発見して抜錨を始めた様子であったが、とっさの攻撃に間がなかった。「夕立」の初弾は遠、次発は近で、第三弾は照射とともに敵の後甲板に命中、火災を起こさせ、次からは全弾命中、敵は火達磨となった。その時の距離四千乃至三千で、さらにその左に一隻発見すると二千から千メートルまで近より、これも友軍とともに砲撃によって撃沈した。最初の敵艦は主砲一発、次のは機銃を射ったのみで、狼狽した敵はひとたまりもなかった……。

彼はまた「夕立」がショートランド、ガ島間の往復十一回であると言い、途中敵機との戦闘がいかに烈《はげ》しいかを、その間にうった七百発という主砲弾に裏書きさせて物語った。敵機は艦爆が主で一個ずつ爆装し、千二百乃至八百の高度から急降下に移り、四百乃至三百くらいまで突っ込んで来て銃爆撃を行なう由。

——今の兵隊には緒戦の頃持っていたような、戦闘への新鮮な気分——危険に対する一種の無神経さ、無暴さといったものが次第に失われて来ている。それは覚悟しておった死というものが、数度の戦闘を繰り返すうちにそう容易《たやす》く襲ってくるものではないのを知り、また戦闘の後の生きていたという感じの強さから、自ずと生への執着という人間本来のものにめざめて来たことからであるように思う。が、その反面、兵隊はいつも海戦を、そして華々しい戦果を挙げることをのぞんでいる。これは矛盾である。多くの者は、「夕立」の掌砲長の話にきいたような、自分たちが被害を蒙らずに戦果をあげるのを一番ねがっているに違いないのだ。兵隊の矛盾を解くただ一つのものは、この虫のいい考え方以外にないのを今日私は知った。

午後五時、私たちはラバウルへ向かった。

十月十日(ラバウル)

午前九時半、昨夜半から今晩にかけて空襲のあったというラバウルに着いた。昨夜九時頃から襲って来た重爆七機が、吊光投弾、焼夷弾、そして六十キロ爆弾を約六、七十個落とした。艦船には被害なかったが、陸上では死傷者百数十名を出し、火災が目標となって集中爆撃をくった、と隣の哨戒艇員からきいた。

次の艦長予定である現艦長の同期生という、しかし等級は一つ下のN少佐が乗艦した。だがいまの艦長は今度の作戦終わるまで退艦せぬとのことで、兵隊はやや安心した。

十月十二日(航海中)

午前対岸に散歩上陸した。熟したパパイヤはその場で食い、青いのを艦に持ち帰った。出港前電報で、昨夜ガ島砲撃に行った部隊のうち「古鷹」が大破沈没し、それを救助に行った駆逐艦のうち「夏雲」は沈没、「薄雲」も大破して沈没したらしいのを知った。敵の艦爆二十機ばかりに襲撃されたのだ。

総員集合で私たちは今度の作戦を説明された。

——午後六時、「五月雨」と三十八号哨戒艇は吾妻山丸、南海丸の二関を護衛して先発、次いで他の二隻が続行、ショートランドからさらに二隻が合同、計六隻を第二駆逐隊と第二十七駆逐隊が護衛する。船団は現日本の商船中でも最新鋭のもので速力十四ノットという。十四日夜船団はガダルカナル湾口に突入、船団は人員兵器の揚陸を行ない、その間私たちは付近海面の護衛に当たる。ガ島飛行場からは二万メートルほどの距離で敵十五センチ砲の射程内にある。

兵隊の胸に一抹の不安が流れ去った。

午後七時、予定は船団の都合で一時間おくれて私たちはラバウルを後にした。八時四十五分、ラバウルに空襲警報が発令されたのを知った。兵隊は上陸のおりとってきたパパイヤを子供のようにはしゃぎながら食っている。それには行く手に待ち構えている困難を不安におもっている気配などまるで見られなかった。

十月十三日（航海中）

早朝来哨戒に当たっていた味方戦闘機の姿がしばらく消えた十一時少し前、敵の双発機が上空を触接しているのを発見して「秋月」が主砲をうった。敵機は間もなく去った。

ガ島方面の敵情、戦況が次々と入って来た。——私たちの針路に当たり敵新型戦艦一、駆逐艦若干。さらにガ島四百カイリの地点、戦艦から二百カイリ離れたところに空母一、重巡一、駆逐艦二遊弋《ゆうよく》中。

午後六時二十分「若鷹」発「敵有力部隊近海ニ行動スルノ算大ナリ、警戒ヲ厳ニセヨ」

昼間の味方中攻による敵飛行場爆撃——大型機十、小型機三十乃至四十破壊、五機撃墜。

午後十時、三戦隊ガ島敵飛行場砲撃終了——飛行場火の海と化す。

味方揚陸地点に蠢動する敵水上兵力——駆逐艦六、哨戒艇一、輸送船二。

明日は戦闘機が六機船団の上空直衛に来て、燃料がなくなったら不時着し、人員は「五月雨」が救助する予定であるが、戦況によってそれが不可能な場合には陸岸近く不時着するという。背水の陣をしくわけだ。

ラバウルで英人スパイが二名捕らえられた由。先日、湾口に潜水艦見ゆという報があったが、そのおり揚陸したのではないかという。味方機の出発を打電し、ガ島の敵機がとび出してから十五分ほどすぎるといつも日本機が姿を現わすと、ガ島の友軍から情報が入っているというのだ。

十月十四日（航海中）

〇三三〇、昼戦に備える。終わって戦闘服装に着替え、そのまま第二配備の警戒つづく。

〇七〇〇、敵双発爆機一機見え、対空戦闘となったがすぐに姿を消す。上空に味方水偵十数機警戒に当たる。昼食から戦闘配食となる。空晴れ、鳶の群れが縦横《じゅうおう》に飛び交っている。

一一三二、対空戦闘。

一一三一、敵機、三機編隊の合計二十九機、左前方の遠い島上に低く、微かな点のように姿を見せ、見るみる近よる。各艦列を解き距離を開く。敵機左手を遠く味方後方へと迂回。

友軍機見えず、敵機は反転し、同航となる。近接、目測八千メートル。各艦一斉砲撃を起こし、転舵運動をつづける。敵機編隊を崩し急降下態勢をとる。そのうちの二機、「村雨」「五月雨」の後へ出る。一機が「村雨」に突っ込み、一機は「五月雨」の艦首へ出た。

「面舵、打方始メ」

と艦長の号令。敵機は機首を返し急降下を始めた。艦首が右に回り出した。

一四〇二、艦首に降雹《こうひょう》の如き連続音起こり、左舷海面に細かく水の跳ねるのを見る。伏せた身を起こそうとした時、別の一機が右艦首から急降下。「取舵」降雹音と同時にキューンとつん裂くような滑空音。さらに一機。

「戻せ、面舵に当て」危機を脱する。先頭艦「秋月」、敵機四機の銃爆撃を受けている。前を行く「夕立」の艦尾に爆弾二つ炸裂。「五月雨」は面舵転舵してそれを避ける。異様にたかぶった士官と兵隊の眼は気忙《きぜわ》しく八方に配られている。

「三番砲火災、消火中」と応急伝令の声。

「原因は何か」

「漏電らしい、取り調べ中」

つづいてまた、

「三番連管、斎藤兵曹重傷、他に軽傷三」

「二、三番砲火災、使用不能、死傷者あり」

みな顔色を変える。艦長無表情に振り向く。

「三、三番砲電話故障、伝声管にも応答がありません」とこれは射撃中継所から。

一四三〇、敵機去る。

一四三五、敵戦闘機四機現われ、すぐに去る。

一五一四、第一配備となる。

一五三〇、味方水偵上空につく。

一六〇〇、対空戦闘。黄昏せまる。

一六〇七、敵双発飛行艇（水陸両用）を味方戦闘機が水面すれすれに追う。味方水偵空戦に向かう。海上いよいよ暮れる。

一七〇〇、船団護衛の位置に帰る。船団の隊形ようやく整う。スコールに入る。

一七二二、「砲戦、魚雷戦用意」――敵らしき艦影見ゆとの報をきく。

一七四七、「砲戦、魚雷戦用意元へ」第二配備にもどる。――艦影はガ島砲撃の三水戦とわかる。

今までにわかった艦内の被害状況。

戦死五、重傷十四、軽傷七。

――敵機の機銃弾は三番砲の楯を貫き、一発は二番砲手の持っていた装薬に命中、引火、火薬は砲塔内一面に噴出して砲員全部火傷を負った。二番砲手の田村兵長は全身火達磨となって誰かが開いた扉から飛び出るとそのまま海中へ入った。弾は到る所に食い入り、砲身に入った一弾は腹中まで貫いており砲は使用不能となった。二番砲の戦死者はいずれも即死。

第二配備となり、見張りを代わって私は一服しようと艦橋を降りた。艦長室から浪岡の声で水をくれ看護長、と怒鳴っている。彼は三番砲の一番砲手だ。不審に思い踏み入った私の鼻に真っ暗がりの中から血腥《なまぐさ》い臭いがツンと来て、私はそこに立ち竦《すく》んだ。浪岡は窓際のソファーに横たわっているらしい。

「誰だ」

「須藤だ」

「水をくれよう、頼むよう」

「待っていろ、いま持って来てやる」

私は堪えられず踵《きびす》を返して下へ降りる。戦時治療室の士官室からの呻《うめ》きをきき中に入る。甲板は血の海である。リノリューム甲板上、ソファー、食卓の上、負傷者は到るところに横たわり、呻いている。火薬に吹かれた顔は真っ黒く、その皮膚が剝《は》げ落ちた下から赤裸の新しい皮膚が血を含んでのぞき、苦痛に歪《ゆが》んで、塗られた火傷薬が黄色くギラギラと顫《ふる》えて光った。血まみれな服、くすぶり、踏みつけられた八幡宮の朱印を押された鉢巻、使い棄てられたガーゼや脱脂綿——。鉢巻の幅だけ並みの色した額につづく頭髪が赤く焦げ縮《こ》れて、口もきけずにただうむうむと呻く者、痛い痛いと体をもがく者、水をくれと絶叫する者、ぐったりとして肩でわずかに息づく者——。

近藤兵長は、膝を機銃弾が貫通し、そこから切断されて、出血を止めるために足を紐で吊って横たわる

「痛むなあ、痛むなあ」

と顔をしかめて呟く、切断口の繃帯にふき出した血が光っている。小牧が濃い茶に塩を少し入れたのをくれという。近藤兵長が俺にもという。

「少しやってくれよ」

と私のうしろから衛生兵が言った。二人にそれぞれ与えると喉を鳴らしてのむ。ビールがのみたいと小牧がまた天井を見て独言《ひとりご》つ。下腹に弾を受けて腸のはみ出た身を、食卓上に仰向けている油井が私にも水をという。盃一杯の水を静かに唇に流しこむと、油井は快げに眼をつむった。小牧がまた、煙草があったら一本くれという。口にあてがわれた煙草をひと吸いして、

「チェリーはうまいですねえ」

甲板は血で滑った。ソファー覆いについた血はもう黒く凝結して火傷薬が黄色く染みついている。増島が入口近く蹲《うずくま》っている。

「おい、大丈夫か」

返事なく、繃帯に包まれた頭をかすかに振る。体温はまだ残っている。

「駄目だよ、頭に二発貫通だ」

側《そば》におった下士官が無雑作にいう。

士官室通路に今野兵曹が血まみれな服のまま肩と股に繃帯して眠っている。軍医中尉と衛生兵はもはや施す術《すべ》なしといった格好で、ひと通り治療終わった身を椅子にぐったりとよせ

かけている。

——私は興奮した。何物かに向かってこの憤りをたたきつけたい衝動に駆られた。が同時に生きていてよかった、と我身をいとおしんだ。先刻の弾の雨が艦橋をおそっていたら、そう思うだけで慄然とした。まだ耳元に降雹音が残っている。

一九二七、配置につく。

一九三〇、戦死者四名の水葬が行なわれた。

一九四三、艦影三を右後方に発見。——三水戦らしい。

二一一〇、第一配備。

二三三〇、第二配備。

二三〇〇、戦死者二名水葬。頭に貫通を負った増島と腸のはみ出していた油井の二体が毛布で包まれた上から麻索で数個所ギュッと結わえられ、錘《おもり》として教練用の砲弾が抱かされた。一端を艦尾から突き出した二枚の道板に頭を手前にして載せられると、二人の兵隊が道板の他の一端を持って構えた。伝令によって水葬準備が艦橋に報告されると二人の兵隊ははしをやや持ち上げた。

「敬礼」の号令とともに道板が傾斜度をまし、英霊は微かな摩擦音を残して、吸われるようにスクリューに渦巻く艦尾の海中に入って行く。また一つ。道板が鉄甲板の上に冷たく二枚並んで残った。何か白けた気分があたりをつつんだ。

二三五五、ガ島飛行場上空をしきりに吊光投弾が落ちて島影が遠く浮かび上がった。やがて高く低く砲声が夜空をふるわせた。「鳥海」以下の味方水上部隊の飛行場砲撃が始まったらしい。火災が起こり、明滅していた火の手は次第にひろがって行く。

十月十五日（ガ島沖）

〇三二五、配置につく。「戦闘用意」「砲戦、魚雷戦用意」空が白み、靄《もや》の流れの淡くたち切れた中からガダルカナルの島影が浮かび上がった。船団からは揚陸が始められている。

〇三四七、敵機三機飛来し、すぐに去る。このまま終日第一配備がつづく。

〇八三〇、敵艦爆十五機来襲、味方戦闘機八機、敵に向かう。空中戦が行なわれ、敵機二機撃墜、林の中に落ちて火災が起こる。

〇八四六、一番船に爆弾命中火災となる。味方戦闘機一機、飛行場近くに墜落、次いで水偵一機が落ちる。敵機は弾がなくなると反転してガ島飛行場に着陸し、やがてまた一機、二機と舞い上がる。それが水平線辺りの島上によく見える。航空兵力のまだそれだけ充実しておらぬのがこれでわかった。

〇九四五、B17が七機来襲、大きく円を画いて上空を去らず。対空砲弾はいたずらに下の方で炸裂する。味方戦闘機が二機食い下がって、一機は補助タンクを射ぬかれ、油が左右に走った。宙返りして低空に降りたが間もなく反転、急上昇して敵機を追う。

一〇一二、五番船にB17の爆弾命中、大火災となる。片足を切断された近藤兵長と、ビールをのみたがっていた小牧が息を引き取ったと聞く。

一〇三二、味方中攻二十四機、戦闘機三機、南側を敵飛行場に向かう。敵機の早くも飛行場から舞い上がるのを見る。戦闘機四機、B17を追撃。

一〇四五、味方中攻隊敵飛行場を爆撃中。敵機が去り、一瞬辺りが平静にもどると、艦長室の浪岡の水を求める叫びが耳につき、昇降口付近は下からの血の臭いが鼻をつく。

最初に揚搭を終わった六番船を「有明」が護衛、ショートランドに向かう。途中、「薄雲」（十一日夜ガ島砲撃に来て大破沈没した）の漂流者救助の予定。

一一二五、四番船に命中、大爆発。敵機はもっぱら船団に攻撃を集中し、一度抜錨して走り出したが、敵機の姿見えぬ機をうかがって再び投錨したところを爆撃された。上空に友軍機なし。

一二四五、湾外に出る。

一六〇〇、残る二、三番船を率いてショートランドに向かう。

浪岡ついに逝く。頭髪がまるで無く、全身ぺろっとした赤裸の、化物といった感じで、粘って光る油薬が一層怪異さを強めており、皆あまりのことに顔をそむけた。戦死者は十名となった。通夜が行なわれ、午後八時半、四柱が水葬された。うち一柱は自ら海中に投じた田村兵長で、毛布でつつまれた砲弾だけが海底に葬られた。二、三番砲員の死傷により、三番砲員の残り若干と二番砲員と合して二番砲を操作することとなった。

ソロモン海付近の海戦

十月十六日（ショートランド）

午前八時半、ショートランドの湾内に入った。私たちはさっそく曙丸に横付けして燃料補給をした。Ｂ17が二機見え、対空戦闘となったが敵機は沖の船団を爆撃して去った。被害はなかったようだ。負傷者はラバウルへ帰るという六番船に移された。動きのとれぬ負傷者を担架にのせて、高い商船の舷梯へあげるのは容易ではなかった。負傷者を送って帰ると、明朝ガ島へ輸送するという陸兵が弾薬、舟艇とともに乗艦していた。内火艇を一隻おろして付近の島陰に錨を入れて置き、その空いたダヴィットには陸軍の小発が吊るされた。居住甲板は陸兵で一杯となり、私たちは発射管の上にうたた寝するよりほかなかった。その雑沓の中に横須賀を出てから転々と「五月雨」を追い回ってきた新兵が二十数名乗りこんで来た。血痕の滲む甲板を洗う古い兵隊の姿や、物々しい陸軍の様子に彼らは驚きと恐れを混じえた目を見はって、ただうろうろするばかりだった。若い志願兵の姿は荒々しい艦内の情景の中に、何か悲しいまでにういういしく映った。

十月十七日（ガ島沖）

午前二時四十五分、B17のショートランド飛行場爆撃に、配置についた。轟音が至るところに起こった。敵機の去った三時四十五分、軽巡三隻、駆逐艦十一隻の警戒隊、輸送隊はショートランドを出撃した。速力二十六ノット。午後一時以後二十八ノットに増速した。陸兵の大部分は高速に参っていた。午後八時半ガ島に付くとすぐに揚搭が始められた。陸岸からは大発が各艦めざして走って来た。揚搭が終わった後、負傷者を収容して帰るむねの司令からの信号が着き、間もなく私たちは舞鶴鎮守府特別陸戦隊員十八名、「吹雪」遭難者及び陸兵を十数名収容した。そのうち重傷者が三人混じっていた。

先任将校は最初それらの負傷者を機関科の居住甲板である第四兵員室に入れさせた。彼らがあがったすぐ下であり、歩行困難な者も多い彼らに慣れぬ艦上のくらやみを歩かせないためもあり、前部よりも動揺少なく換気がよいのを考えてのことと思われた。収容終わり帰途についた頃、機関長は先任将校に負傷者を前部の兵員室に移してくれるようにと言った。機関科員が休養できないからというのが理由であった。この申し出がいかに無茶なものであるかは誰にも考える余地がなかった。負傷者の収容や看護に当たった水兵員はことに憤激した。戦って傷ついた者、病に倒れた者へのおもいやりは誰彼の差別ないのが当然であるべきだった。居住がいいばかりでなく、その半数または三分の一が当直に立ったあとの空いて広々と使える機関科の居住甲板は、居住悪く狭いごたごたした兵科のよりも負傷者にとってどんな

にいい知れず、それもショートランドまでの十数時間でしかないのだ。若い人の好い先任将校は、

「機関科っていう奴は昔からそうなんだ」

と呟いて機関長の申し出を承諾した。一旦落ちついてすでに眠りはじめた者もある傷病者は、いぶかし気な蒼い顔で起き上がると、背負われたり肩を借りたりしながら一足々を不安そうに踏んで移動をはじめた。兵隊は遣場《やりば》のない憤怒《ふんぬ》を、

「彼奴《きゃつ》は鬼だ！」

「高橋徳蔵みたいな奴こそくたばるがいいんだ！」

と夜の海上に向かって怒鳴ることによりわずかに晴らしていた。この出来事は全く不愉快なものであった。そして私は彼、高橋機関特務大尉の他のどんな功績も、この汚点を拭い去ることはできないと思った。

「吹雪」の兵隊は沈没した時に泳いで陸岸までたどり着いたものだが、戦友の多くは泳ぎついた時に敵機の機銃掃射に遭って戦死した、特陸の兵隊は商船におって火災のため海中に飛び込んだもので、陸兵は爆撃による負傷者だった。

十月十八日（ショートランド）

朝スコールを通りぬけた。兵隊は裸になって雨水を浴びた。途中、「由良」が敵潜水艦の雷撃をうけ、魚雷は命中したが不発で、魚雷を腹に刺したままショートランドへ帰った。

十月二十日（ショートランド）

夜中に二度対空戦闘の号令がかかった。午前一時近く、飛行場近くに碇泊しておった輸送船近く百メートルほどに二発爆弾がはねた。一時間近くたち、ふたたびB17が一機襲った。探照灯の光芒の上に白く浮かび上がっているのがハッキリと映った。対空砲火に敵機は間もなく去った。

午前十時、上空で味方戦闘機が反転したり急上昇したりしているのを見た。W兵曹が機銃射撃をしている、と叫んだ。すると、太陽の光線を背にして、蒼空の上に灰青色のB17が、守宮《やもり》のように吸い着いたまま徐々に移動するのが見えた。太陽の直射に遮られて今まで見えなかったのだ。たちまち対空戦闘となった。今まで漂泊《ひょうはく》しておった艦船が一斉に走り出した。味方戦闘機が追撃に移ったころ敵機はぐんぐん遠ざかり、やがて雲間に消えた。

十月二十一日（ショートランド）

午前三時半対空戦闘となった。発砲した艦もあったが敵機は見えず、薄明となって味方水偵が上空をとんでいるのが見えた。

夜、先日の戦死者の初七日をした。

昨日各艦長が「川内」に集合して作戦を打ち合わせ、ガ島総攻撃が明二十二日となったこと、私たちはガ島東方海面で敵が逃げ出すところを待って撃滅する任務を帯びることになったのを、今日知らされた。出撃は明日午後六時だという。

十二月二十二日（ショートランド）

ガ島総攻撃の日はまた一日延期された。そして私たちの出撃も明日となった。

昨夜半対空戦闘の号令に起こされた。探照灯の光芒のうえに双発の飛行艇が浮かび上がった。一度遠ざかり、午前二時、再び姿を現わした。陸上から対空砲火が起こり、各艦の探照灯が敵機に向かって集中した。次いで一斉射撃が起こった。いい弾着が見えるがなかなか当たらない。そのうち敵機が急にグンと高度を下げた。撃墜かと見えたが、再び高度を上げて姿を消した。陸岸近くにいた輸送船が若干爆撃されたらしい。

月明の下を淡い雨雲が流れて空気は冷たく澄んでいる。内地の秋が思われた。昼間、軍港在泊中の整備についての書類の話をきき、母港入港も近いかとひとしお内地へ心傾いた。

十月二十三日（ショートランド）

午前零時半対空戦闘。爆音ばかり聞こえて機影が見えなかったが、そのうちとつぜん山腹に低く双発機が姿を見せた。輸送船、駆逐艦の上空を低空で通過して投弾した。水面すれすれに去るのが相次いでの各艦の照射の中に浮かんだ。速力も低く味方の射撃が当たるかと思っていたが、今日もまた逃げ去られた。駆逐艦近く投じたのが爆弾でなく魚雷だったのが今日の信号でわかった。

ガ島付近の状態――戦艦二、巡洋艦三、駆逐艦二。

午後三時半艦隊は出撃したが、「秋月」「由良」及び第二駆逐隊はとつじょ反転、錨地に還った。総攻撃が二十四日に延期になったのだ。

十月二十四日（航海中）

午後、「津軽」「龍田」、第二十七駆逐隊が陸兵と兵器をつんで出撃した。飛行場占領後上陸させる兵隊だといった。水兵員集合があって私たちは先任将校から作戦に関する話をきいた。——今夜五時、陸軍は飛行場に突入してこれを占領する予定になっており、準備は完了した。私たちの部隊（「秋月」「由良」、第二駆逐隊）はガ島東方海面に進出して、逃去する敵及び救援に来る敵艦艇を捕捉殲滅すべき任務を持って出撃する。この部隊は第二攻撃隊と名づけられている。連合艦隊は東北方海面で私たちの作戦を支援している。

午後三時半、第二攻撃隊はようやく隊形整って、速力十九ノットで湾外に出た。夕靄の流れるブーゲンビル島の巍々たる山容が後ろ遠くながめられた。山麓に白雲が延び、あるいは片々と漂うその遠景は高山から俯瞰した四周の峰々に似て、郷愁に似た感じを見る者に与えた。

旗艦「由良」の沈没

十月二十五日（ガ島近海）
午前零時、陸軍部隊から飛行場占領の報が入った。士気は昂《あが》った。黎明に第二攻撃隊は予定の地点よりも東へ出ていた。間もなく、飛行場占領が誤報であり、その一角に突入したのみで、敵機の執拗な銃爆撃に苦戦しておることを知った。第二攻撃隊はやがて反転、ガ島に向かって西進を起こした。第六駆逐隊がルンガ泊地に突入して敵巡洋艦、駆逐艦各一隻を撃沈したとの電報が入った。飛行機によって爆撃する予定が変更されて敵飛行場を砲撃しての出来事だった。第二攻撃隊は次第に敵小型機の爆撃圏内に入り、数回、前方に出没する敵機を認めた。十時二十分第一配備となり、私たちは次第に緊張した。
とつぜん、急降下してくる四機の艦爆に色めき立った。速力票が三戦速、五戦速と上がった。が、速力は急には出ず、舵もとっさには利かない。発見が遅かったのだ。四機が四機、一番艦姿の大きい「由良」めがけて次々と急降下爆撃に移った。発砲する余裕はなかった。

たちまち「由良」の艦橋頂の射撃指揮塔は粉砕され、前檣の上半が姿を消した。至近弾に取り囲まれて爆柱の消えた後から現われた「由良」は左舷後部に大破孔があいて浸水を始め、直撃弾による火災が中部にひろがっていた。敵機は目的を達すると、狼狽している私たちを尻目にいちはやく飛び去っていた。誘爆の怖れのある魚雷を射出した「由良」は操舵装置が故障しており「間モナク航行不能トナルヤモ知レズ」と信号した。敵機はその後幾度となく襲って来て、味方はそのたびに大きく転舵しつつ爆撃を避けて応戦した。二十機の味方機が上空に現われたのは敵機来襲の合間で、私たちにとっては何にもならなかった。

午後三時、敵襲が途切れてひと息ついておった時、B17を中にした、戦爆連合の十数機を発見した。第二攻撃隊はようやく整った隊形を再び開いて対空砲撃に移った。先頭に立った艦爆と戦闘機の数機がとつぜん機首を返すと二機が例の驟雨のような掃射音と滑空音とともに「五月雨」めがけて急降下して来た。私たちは経験から間髪を入れずに物陰に身をひそめ、あるいはその場に伏せた。

「かくれろ、退《の》け退け」

と乗り組んで間もない若い少尉の通信士は叫んでぐんとおしのけるようにしてラッタルを五、六段下った。滑空音が頭上を過ぎたとたん、ルルルルという回転音につづいて数発の爆弾が間近くはね、煽られるような衝撃をうけた。爆風で点滅信号灯の蓋が、上にのっていた信号受信帳とともに頬をかすめ、主砲の黄褐色の装薬煙が熱気をもって顔を覆った。身を起こした時に、右艦首二十メートルの海面と左舷中部及び後部にそれぞれ至近弾をうけたのを知った。掃射音を耳にしてから爆弾がはねるまで、それはほんの数秒でしかなかった。敵機は取舵転舵した「五月雨」の右艦首から左艦尾へと通過したのである。

　私のすぐ後ろの、七番眼鏡についておった信号兵の菊地が、しゃがむように腰を降ろした。左脚を両手で摑み、苦痛を耐えた顔で、脚の下には血がしたたっていた。その脇の外鈑に径五センチほどの穴があいて、点滅信号灯の電纜《ケーブル》が同じ幅だけたち切られている。この断片が彼の脚にあたったのであろう。この若い志願兵はほとんど泣き出さんばかりであった。私は彼が汗取りに頸《くび》にまいていたタオルをはずして股の付根をギュッと縛って応急の止血をすると、蒼白になっている彼の頭を一つ撲《なぐ》りつけた。

「シッカリしろ！」

　彼は驚いて、呆《あ》きれたように私を見上げた。気付け薬は利いたようであった。傷を検《しら》べようと腰のナイフを取って血だらけの彼のズボンを切ろうとすると、

「切るのは止めて下さい」

と哀願した。この場でも自分の服を破られるのを否《いな》むさまは私に安心を与えた。私の服にも彼の血が点々と染みついているのを私はこの時初めて知った。

「艦橋に負傷者一名」

　私は下の応急員に怒鳴った。

　ふと空を見上げると、左艦尾からB17の六機編隊が頭上に向かって来るのを認めた。私は絶叫した。艦は取舵一杯に急転舵した。爆柱が到るところにあがり、爆発音と砲声が耳を聾

した。けたたましい機銃がその間に鳴り響いた。応急員が来て、菊地を簾状担架《れんじようたんか》にまいてラッタルを滑り降ろした。船橋の負傷者は菊地一人ではなく、たち切られた電纜の細片は他の三人の顔や手足につき刺さって血が糸を曳いていた。が、彼らはいまの場合、負傷者の数には入らなかった。一番連管の魚雷に至近弾の弾片がくいこんで、熱により燃え出した頭部の火薬を消火器でようやく消し止めたこと、右舷一面に無数の小孔があいて木栓を差して浸水を防いでいること、次々と応急員からの報告が来た。

頭上近くさしかかったB17は、私たちの右にほとんど停止している「由良」を爆撃した。「由良」は瞬間、爆弾で包囲された。二番煙突が倒れ火災は全艦をおおい、「由良」の吃水《きっすい》は次第に下がって行く。「秋月」も至近弾に一、二罐使用不能となった。「秋月」に乗る司令官から第二駆逐隊宛「『由良』ノ乗員ヲ救助セヨ」の信号が出た。第二駆逐隊の各艦が「由良」に近づいた。「夕立」が早くも前甲板を「由良」の後甲板に横付け、道板を渡して収容を始めた。とっさの「夕立」の処置は見事だった。「由良」爆発の危険ありと、一度近よった各艦が反転しても「夕立」は救助作業をつづけた。しかし前部におる者は火災に遮られて後部へは移れず、彼らは間もなく近づいた各艦のボートに乗り移った。おろそうとしたボートが至近弾の弾片を食って使えず、立ち遅れた「五月雨」はカッター一隻を送った。

「遅い遅い、『由良』の艦長に顔向けできんじゃないか」

艦長はいつになく烈《はげ》しい調子で言った。カッターは四名の負傷者を収容しただけでもどって来た。敵機はもう見えなくなった。陽が水平線にかくれて夕靄《ゆうもや》が海上に漂いはじめていた。

「由良」の前甲板下に二隻のカッターを残すのみでほとんど移乗は終わった。

とつぜん「気ヲ付ケ」のラッパが響いた。最後まで残った「由良」艦長以下の乗員が煙の流れる前甲板に艦橋に向かって姿勢を正す中に「敬礼！」おそらく艦長の号令であろう、黄昏の空気をとおして力のこもった声であった。褪《あ》せ始めた夕焼け空の下に「由良」は燃えしきっている。敬礼を終わると、前甲板の索梯子をつたってカッターに移った。その時飛行機の爆音が私たちを緊張させた。がすぐにそれが「由良」の艦載機であるのがわかった。任務を終えてもどってきた水偵は、火の海となった「由良」の上空を見定めるように数回旋回するとやがて夕闇の中に姿を没した。

「春雨」に「由良」を雷撃処分せよと命令が下った。さらに「夕立」が雷撃した。しかし水防区画のしっかりとした旧艦の「由良」は艦体の大部分を水中に没したけれど、それよりは容易に沈もうとはしなかった。「夕立」が砲撃を加え、「由良」の最期を見とる各艦は静かに周囲をまわっていた。私は、かつてパラオできいた艦長の話を憶い出し、しんとした心になった。いよいよ濃くなる闇の中で赤々と辺りを照らしていた「由良」もついに力つきて海中に没した。急に暗くなった海上に、今まで気づかなかった満月が静かに光を注いでいた。

「由良」の沈没を境に海上の景色は全く変わった。この平穏な月明の海上のどこに烈しい戦闘が行なわれたかと疑われるのだった。

「夕立」を先頭に第二攻撃隊は、味方識別の白幟を月光に浮かして、予定の避待地点に北上を起こした。午後七時、第二配備となって私は兵員室へ降りた。ほとんど負傷者のおらぬ今日の戦闘をみな談笑していた。菊地の傷はさほどひどくはなく、さっきは死んだと思った、とはにかんで語った。室内の空気は先日の機銃掃射をうけた時に比べてはるかに明るかった。ふと飯のにおいが鼻をつき、私は急に空腹を感じた。そして昼も夕も乾パンで過ごしたのに気づいた。間もなく「夜食受け取れ」の号令がひびくと、すでに烹炊所の前に群がっていた若い食卓番が先を競ってラッタルを降りて来た。汁はないが、銀飯に梅干のこの夜食を、兵隊は飯がこんなにうまいものであるかと改めて知った思いで嚙みしめるのだった。

陸軍によるガ島飛行場攻撃は敵の第二陣地を突破したのみで、その後の頑強な抵抗に後退の止むなきに至り、この攻撃は中止して他日を待つよりほかなくなっていた。最近の激しい戦闘は私たちに一期作戦の頃の気楽さをなつかしくおもい起こさせた。敵機の反撃は取るに足らず、味方機掩護の下にあった私たちの心には余裕もあり、そのうえ初陣に気負っていた。それが最近、ことにこのソロモン海では、まるで戦闘様式が異なって来た。飛行機——制空権が戦闘のすべてを決した。艦隊決戦に夜襲を期していた私たち駆逐隊は、今や対空戦闘に日を送らねばならず、またそれが果たしていつまで持ちこたえられるか計り知れなかった。戦局はソロモン群島の一角のガダルカナルに集中し、この島の攻防が南太平洋の帰趨《きすう》に重要な連なりを持っていると考えられる。そしてまた私たちは戦闘が決して生易しいものでないことや、戦友という言葉がふつう考えられておるようにロマンティックなものではなく、血の洗礼を受けた時に発する怒りに、自他が通い合うところに初めて浮かび上がる奔流であることを教えられた。すべて軍人に対する栄冠は戦場で傷つき斃れた者にこそ与えられるべきで、生き残った者にとっては生きているという以上の何物も必要とはしない。

午後十一時すぎ、「由良」の負傷者を「秋月」に移した。「秋月」はすぐにラバウルへ向かって帰途についた。

十月二十六日（航海中）

午前六時、空母を含む敵の大部隊がサンタクルーズ諸島北方に現われ、味方前進部隊がこれに向かったという情報が入った。間もなく戦況を傍受した。——機動部隊の飛行機の攻撃により敵サラトガ型空母一隻大火災となり右傾斜。「翔鶴」「瑞鳳」は飛行甲板に被弾、発着不能、「翔鶴」は通信不能。部隊は北西方に避退中。「筑摩」被弾、出し得る速力二十四ノット、「谷風」「浦波」がこれを護衛してトラックに向かう。第二航空戦隊に第二次攻撃命令下る。敵勢、戦艦二、巡洋艦二、駆逐艦八、空母を中心の輪型陣で航行中。またしばらくして、空母二隻火災、戦艦二隻轟沈等の九時半までの戦果を傍受した。牽引作戦は功を奏したようである。

十月二十七日（ショートランド）

二十五日の敵艦爆の急降下爆撃のおり、艦橋天蓋の軽機について射撃しておった荒井兵曹と、一番連管の魚雷頭部に引火した際、敵機の爆撃の下を潜って消火した渡辺兵曹の二人が艦内で激賞されている。機銃台の機銃についておる者と異なって、仮設の銃架で、しかも敵機の目標の中心である艦橋の天蓋で、掃射の中に敢然と射撃をつづけるということは、一見容易なようでもいかに至難なことかは誰もが承知しておった。あの篠《しの》つく弾雨の音をきいただけで私たちには抵抗すべからざる圧迫感を覚えるのだ。これは渡辺兵曹の場合にしても同じで、すべてこれらの行為は些細なようであって、冷静な判断と勇気を必要とするものだ。

十月二十九日(航海中)

敵機の機銃弾貫通によって使用不能となった三番砲の砲身換装のため、昨夜九時、ショートランドを発ってトラックへ向かった。湾口を出かかった頃、後方飛行場上空に吊光投弾の落ちるのが見えた。対空戦闘の配置についた。月が出ており、夜の海上を直進する艦の航跡が白く浮いて、上空からはよく見えるゆえ敵機がこっちへ来ればとうぜん爆撃目標となる危険があった。探照灯が二度照射され、海上からも陸上からも高角砲が鳴っていた。敵機のうつ機銃の曳跟弾《えいこんだん》も流星のようにとんだ。しばらくして静寂にもどった。飛行場爆撃に来たらしい敵機は私たちの上空を通らず帰ったのだ。

十月三十日(トラック)

午後トラック入港。南太平洋海戦で被害をうけた「翔鶴」「瑞鳳」の飛行甲板がめくれ返った姿、「筑摩」の艦橋と後甲板の破壊された姿があった。空母はほかに「飛鷹」がおった。間もなく機動部隊が入って来た。「瑞鶴」「隼鷹」を中心に三戦隊、四戦隊、五戦隊、七戦隊、八戦隊と、次々と連合艦隊は集結した。

十月三十一日(トラック)

工作艦「明石」に横付けして砲身換装作業が始まる。「五月雨」の右側にさらに「照月」が横付けした。「照月」も至近弾をうけて右舷側に無数の弾痕が見えた。本艦の四十ミリ機銃もトラック入口水道で座礁して間もなく内地へ返る予定の「峰雲」の二十五ミリ機銃と交換することになった。突っこみの多い旧式の四十ミリから二十五ミリに代わったことは少しでも対空戦闘に際して力強さをました。

郵便物を多数受け取る。編集委員の一人に志賀さんも加わっておるという季刊誌に作品発表することになったと川崎長太郎さんから便りがあった。『太洋』という雑誌に丹羽文雄氏が第一次ソロモン海戦に旗艦に乗り組んで、敵地突入の際弾片で負傷したと載っているのを見て愉快に思った。被害のない戦闘から真の姿を摑めないように、自ら負傷した者は一層戦闘のきびしさを感じるだろうし、それが軽傷ですんだということも丹羽氏にとっての幸福だったと思い、何となくうれしくなったのだ。このことについて私は早速、尾崎さんへ便りを書いた。

十一月五日（トラック）

艦には桟橋が渡され、櫓《やぐら》が組まれて、太い電纜が甲板上を縦横に重なり合っている。熔接の尖光が気忙しく明滅し、鉄板の響きが湧く。「明石」の工員たちは昼夜を分かたず両舷にかかえた数隻の損傷艦の修理に当たっている。軍港の工員の狡猾と怠慢を見慣れた私たちの眼にそれはいかにもキビキビした働きぶりであった。それは敵前での兵隊さながらの真摯《しんし》さを持っており、私たちは彼らに非常な好感と感謝を持った。

正午、総員集合があり、艦長の退艦に際しての別離の言葉があった。ラバウルで交替する予定のN少佐が乗り組んでいらい、艦長の退艦の迫っておるのを知っていた兵隊も、今日彼との別離を目の前に見てひとしお感が深い様子だった。去る十月十四日の戦闘の際数十名の死傷者を出し有終の美をなさなかったのは遺憾であるが、みな実によくやってくれた、私は心から感謝する、と彼は次の艦長となるべきN少佐を紹介して、私が官庁向きの人間でないことは皆のよく知っておる通りだ、また艦船に乗り組んで一緒に前線で戦闘するのも遠いことではあるまいと思う、いま別れても、今後道で出会ったおりにはお互いに心置きなく言葉をかけ合おうじゃないか。彼は独特の大きな眼差《まなざし》を一同に投げて挙手の礼をすると壇を下りた。私たちは彼の言葉が決して単なる儀礼的でないのをよく知っておった。そして道で出会ったおり、本当に彼に言葉をかけることができるだろうと確信した。静まり返った中に洟《はな》すする音が所々にした。艦長は明日の飛行便で内地へ向かう予定であった。

十一月九日（ショートランド）

午前九時、ショートランドに着いた。「春雨」に横付けしてトラックから持って来た魚雷を二本渡した。大発で受け取りに来た「夕立」へも魚雷と爆雷を渡した。各艦宛に出した「郵便物アリ受ケ取リニ来ラレタシ」の信号はたちまち多くの内火艇を集めた。

距離二千メートルの混戦

十一月十一日（航海中）
午後三時半ショートランド出撃。四水戦旗艦「朝雲」と第二駆逐隊の計五隻で、明十二日主力と合同、明夜のガ島飛行場砲撃の直衛につく予定である。午前ショートランドを出撃した味方戦爆連合二十七機は、途中敵機約三十と衝突、うち二十五機撃墜（不確実五機）、味方艦爆五、戦闘機七を損失。
十一月十二日（ガ島沖）
朝来、敵飛行艇、B17などが、遠距離に触接しておった。昨夜サンタクルーズ諸島北方にワシントン型戦艦三、巡洋艦一、その他駆逐艦、別に巡洋艦、駆逐艦からなる部隊を発見したむねの情報があり、今暁さらに、ガ島ルンガ泊地に防空巡洋艦五、輸送船三、駆逐艦十一入港しつつありとの電報が入った。もし今夜敵がルンガ泊地におるとすればとうぜん艦隊の夜戦が予想されて、島影に抱かれた敵との戦闘は味方にとって不利と思われる。味方中攻三コ中隊は今朝五時ラバウルを進発、途中ショートランドから艦爆と合同してガ島へ向かった。午後、三戦隊の「比叡」「霧島」、四戦隊の「愛宕」「高雄」と合同、幾度となくスコールを通りすぎた。速力二十六ノット。十一航空艦隊の戦爆連合がルンガ泊地の敵艦隊を攻撃し、巡洋艦一隻撃沈、四隻炎上せしめたむねの電報が入った。雨雲の多い海上はみるみる暗さをまして来た。

一七二五、スコールに入る。

一八四〇、針路南。

一八五七、配置につく。フラフチ島北方を迂回して徐々にガ島東海面に近づく。

一九〇〇、針路南西。「戦闘用意」ガ島とフラフチ島間の海面に侵入。

一九〇四、第一配備となり、主として魚雷艇警戒に当たる。

一九五四、最大戦速即時待機完成。

二〇三五、十月十四日の戦死者に対し黙禱《もくとう》を捧げる。

二一五〇、泊地侵入開始。激しいスコールが四周を取り囲む。視界利かず。三戦隊に先行する第二駆逐隊は味方の識別困難となり、反転、三戦隊の後ろへ出る。「五月雨」は「村雨」に続行する。二小隊の「夕立」「春雨」は連絡とれなかったが、スコールの中を敵中に侵入した様子。やがてスコールがはれる。

二三四〇、爆音をきく。味方水偵が敵に触接、たちまち七、八個の吊光投弾が輝き、海上を照らし出した。「配置に就け」同時にルンガ泊地に砲戦が起こる。中央の艦から両舷に機銃らしい曳跟弾《えいこんだん》が真っ赤な弧を画いてとぶ。と、両側の艦から中央の艦を跨いで互いに激しく弾道が交錯する。両側が集中射撃をし合う間で、中央の艦のみ両舷戦闘をつづける。砲声が遠く、無言劇を見ている感じだ。両側から大きく弧を画いておった弾道はようやく中央の艦を見定めたか次第に弧をせばめてその方へ近づいて行く。とつぜん、陸岸近い艦影が大きな火柱となって闇の中に盛り上がる。

「味方です」

「いや敵です」

口々につぶやく見張員の声が耳元をかすめる。火柱が辺りを照らし出し、手前の艦影が黒く浮く。

「真ん中のは『夕立』と『春雨』です」

と見張員が叫ぶ。つづいて別の一艦に火災が起こる。照明弾、榴散弾が上空に炸裂して花火のように傘を開き、そのたびに艦橋におる者の顔がほの赤く浮き上がる。低空を赤や緑の曳跟弾が何を目標にか狂いとぶ。探照灯の光芒がくるくると狼狽そのもののごとく動く。戦場から離れておる私たちは余りの美しさに半ば呆然と見惚れている。再び機銃と砲撃の弾道が交錯し、火柱があがる。数艦が火災を起こし、火災の影に黝々《くろぐろ》と大きな水柱が湧き上がっている。

「発『夕立』、本艦魚雷攻撃ニヨリ敵巡洋艦一隻轟沈ス」と電話室から。「五月雨」はいぜん「村雨」に続行、転舵しつつ走る。

「艦影、右六八度、五〇《ゴーマル》（五千メートル）」と見張員。

「魚雷戦」と艦長の号令。

遠い火災の灯りに浮かぶ大型の艦影が肉眼に近く映った。機銃が指揮官の独断で射撃を始めた。

「『比叡』です、艦長、『比叡』です」

「味方だ、『比叡』だ、打方止メ」

一番眼鏡について確かめた艦長があわてて叫ぶ。

「とーりーかーじ」航海長は「村雨」の後をつける。

「敵らしき艦影、右二〇度、七五《ナナゴー》」と見張員。

「早く打方を止めないか、機銃は」と通信士が怒鳴る。

「どうしたんだ一体」

「打方止メ」の号令は容易に機銃に達しない。艦長伝令の飯尾は機銃台への伝声管に叫びつづけて声がかすれる。機銃弾が「比叡」の後檣《こうしょう》に弾着を始めて火の粉が赤く散っている。自身の射撃音に聾されて機銃員には伝声管の声がきこえないのだ。

「『比叡』発砲！」

反撃し出した「比叡」の高角砲弾らしい曳跟弾がブルルルと回転音とともに頭上をかすめた。

「味方識別灯をつけろ」

と艦長が言った。後檣に赤灯《せきとう》が一つ点《とも》った。それに初めて気づいたかようやく機銃が射撃を止めた。「比叡」も反撃を中止した。「比叡」からは初めからこちらが味方とわかっておったのかも知れない。だが「比叡」はもう敵の目標となってしまっていた。数弾を艦橋に受けているようだ。

「敵の駆逐艦、『比叡』に突っ込んでいます」

「敵取舵反転、発射したらしい」

「『比叡』砲撃」

「命中、敵の駆逐艦火災となる」

見張員が刻々報告する。戦艦戦隊は深入りしすぎた観がある。第二駆逐隊が先行して偵察した後に突入の予定が、視界悪く、「村雨」と「五月雨」が反転したために後先《あとさき》となってしまったのだ。右にも左にも、遠く近く艦影が出没する。敵だ、味方だ、と喧騒《けんそう》たる声々。どれを攻撃すべきか、眼の回るような艦と艦の錯綜に、全くの混戦だ。敵も味方がこれほど接近しようとは思わなかっただろうし、昼間の偵察による報告が先入観念となっておる味方も敵がこんなにいようとは予期してはいなかったのだ。

「『村雨』より本艦宛——発射始メ、発射始メ」

電話員が報告する。「発射始メ?」この混乱のさなかで何を目標としているのか艦長にもわからないのだ。「村雨」が取舵転舵、発射態勢をとった。と、「村雨」の陰から「村雨」の照射の中に二本煙突の敵の軽巡らしい艦影が二千メートル足らずに浮かび上がり、後檣の軍艦旗が抜け出たように青く輝いてはためく。

「発射始メ」

艦長が叫んだ。敵が応戦し、高角砲の曳跟弾が「村雨」に向かい、次いで続行する「五月雨」をかすめる。が、次の瞬間、轟音とともに敵の艦影は中央を上げて二つに折れ、照射の中の軍艦旗が傾いて闇に吸いこまれた。衝撃音がピタと止み、ほっと緊張がゆるむ。「村雨」の魚雷命中で「五月雨」は発射の機会を失した。

十一月十三日（ガ島沖）

〇〇五〇、「比叡」の直衛につこうと近寄ったが、射撃される危険を感じると反転、「霧島」の直衛についた。

〇一一五、「霧島」から「夕立」救助の命をうけてそれに向かう。

〇一五一、「夕立」を南東五千メートルに発見。

〇一五二、右舷横付け用意をする。

〇二一〇、「五月雨」の右舷を「夕立」の右舷に、逆に横付けすると中部から収容を開始。「夕立」はすでに艦首なく、重油と塗具を燃やす炎が艦尾にも回りかけている。

〇二二五、艦橋の機密書類に火をつけると「夕立」艦長が乗り移った。

〇二三〇、横付けを離す。ルンガ泊地の戦闘は終わったらしく砲声は聞こえず、焼け残った火が遠望され、時々ドッと崩れ散る。頭と頸と左上膊に傷つき、血痕と油と煙に汚れきった白服姿の小柄な「夕立」艦長は傷の手当ても受けずに艦橋を駆け上がって来た。

「艦長、沈めて下さい」

と彼は言った。切羽詰《せっぱ》まった響きだ。薄暗い中に見るその顔は眉が吊り上がって口を一文字に結んでいる。

〇二三三、「戦闘、魚雷戦」

「夕立」を雷撃すべく距離を離す。

〇二四〇、「右魚雷戦同航」

〇二四四、魚雷二本発射。艦底を通過したか、命中しない。反転してさらに近づく。

〇二五二、「砲戦用意」

〇二五三、魚雷発射。「打方始メ」

砲弾は命中したが、魚雷は一向に当たった形跡がない。艦長は砲撃と一緒だったからわからなかったのだろうと言うが、魚雷が命中すればハッキリわかるわけだ。砲撃がつづけられる。東の空が白んで来た。「夕立」の左舷中部に敵弾による破孔が黒く口を開いて水を呑んでいる。艦体はだいぶ傾き出した。

〇三〇二、「敵！　重巡一隻、駆逐艦一隻、左二六〇度、一〇〇《イチマルマル》（一万）」

後方見張員が慌ただしく叫んだ。遥かガ島方向の水平線に小さく艦影が肉眼にも見分けられる。

「最大戦速、取舵」

速力通信器が一挙に最大戦速に上がり、しばらく細かくふるえておったログ（速力指示器）の指針が次第に右へ移動する。艦首の水切る音が高く、風が強まった。「夕立」を見送っていた「夕立」艦長がツカツカと「五月雨」艦長のうしろへ寄る。

「艦長、まことに済まないが、もう一度引き返して魚雷を射ってもらえないか」

彼はそう言うと瞑目した。

「艦長、大丈夫魚雷は当たっている、当たっていなかったら儂《わし》が腹を切るから安心してくれ、ええ？——今引き返したら君、『五月雨』ばかりじゃない、みんな一緒だ。残念だがこのところは引き返そう」

チラとその言葉に一瞥を与えて再び瞑目した「夕立」艦長はツと踵を返すと旗甲板へ出て、もうだいぶ遠去かった「夕立」の艦影を見送っている。

「敵発砲」

黄褐色の砲煙が先頭を走る重巡の前にひろがる。「夕立」艦長はそれには眼もくれない。

彼は三たび「五月雨」艦長に近づいて言った。

「艦長、何とかならんかなあ——頼む」

彼の両眼は光っている。私の脳裡をまたもかつての艦長のパラオでの言葉がかすめる。艦は全力で逃れている。早く戦場を遠ざからぬと敵機の襲撃に遭うおそれがあるからだ。磁気羅針儀の脇の信号受信帳が風にふるえて鳴き、パッとめくられて落ちる。高速に艦体が鈍い金属性の音を立てる。夜は全く姿を消した。蒼さをました空の南方に敵の艦爆が二機姿をあらわしてぐんぐん近づいて来た。一番砲が極度旋回して後方の敵機に向かって火を吐き、爆風に身体がよろめく。機銃が射程内に入らぬうちから射撃を始める。みなの眼が不安の色をます。必死だ。目標は本艦だけで、沈んでも救助されるあてはないし、しかも後からは敵艦が追っている。機銃は撃ちに撃つ。追い越して前に回った敵機は反転、急降下に移った。機銃の必死の射撃に妨害されてか、やや高度から爆撃すると、ぐんと右に折れて遠ざかった。が、二百メートル付近につづいて爆柱があがった。敵機は再び襲って来た。機銃掃射を伴った急降下爆撃は今度も艦尾の海中にどす黒い爆柱をあげただけで被害はなかった。敵機が視界から消えてほっとする。「夕立」の水雷長も主計長もみな血を浴びた姿で上空を見張っている。

敵の巡洋艦は見えず、追撃を断念したようであった。

〇五〇〇、五機の敵機が追って来た。皆の顔に観念を決めた色が浮かぶ。一艦を五機で攻撃されたらとうてい敵《かな》うはずがない。両手を下腹に組んで観念の眼を閉じる。すべては運だ。直撃をうけたらどこにいようと何も彼もおしまいだ。キューンとつん裂くような音が耳元をかすめ、爆発音を残して上昇した。砲声も機銃音も聞こえず、私の全神経には敵機のみが感じられる。眼を開く。一機が右艦尾の海中に落とした爆弾の跡が白い泡となって湧いている。他の四機は爆弾を持たなかったか通過したのみであったらしい。

「七時までだ、七時になれば敵の小型機の爆撃圏外に出る。もう少しだ。シッカリ見張れ」――先任将校の水雷長はそう言って自ら先立って陽焼けした顔で空を仰ぐ。段々と酷暑を加える太陽の下に、高速による風をうけて私たちは疲れ切った身体を見張りに専念し、艦も全速力だ。誰の顔も汗と脂と埃でうす汚く、充血した眼にはともすると眠りが襲ってくる。時間のたつのがおそろしく待ち遠しい。

〇五四八、B17が一機触接、砲撃により去る。

〇七五八、Ｂ17が一機触接、近寄らないため反撃はしない。サボ島北方五十カイリの「比叡」救援に向かえという電報が着いた。爆撃圏外に出たばかりの私たちに、それは余りに重荷に感じられた。機関長へ燃料残額調査が命じられた。機関長は「比叡」救助にもどって引き返す余裕はないと報告した。この報告は乗員に安堵を与えた。狡猾な男ゆえ彼の報告には虚偽があるかも知れないが、こんなおりには彼の狡猾も一概に悪くも言えないという者もあった。信号の下士官の一人がはき棄てるようにつぶやいた。

「『五月雨』だけ放り出して帰っちまいやがって、何を言ってやがる！」

機関長の報告によって、一度反転した艦は再び爆撃圏から遠ざかった。

午後三時、ショートランドに着いた。先に帰投して補給を終えた艦隊と船団はもう出撃して、輸送船の最後の一隻が湾口を出ようとしていた。四時、曙丸に横付けすると三百トン余りの重油を六時までかかって補給、六時半、「白鷹」に横付けして夕方、掌砲長以下の重傷者を移した。灯火管制下にもかかわらず点けられた事業灯の下の桟橋を彼らは背負われたり担架にのせられたりしながら送られた。

「ご苦労さまでした」

「白鷹」の乗組員は口々に声をかけた。残りの「夕立」の乗員はそのままに、作業終わった午後七時、前進部隊を追って「五月雨」はショートランドを発った。明夜のガ島砲撃に参加するのである。

「シッカリ頼みます」

「白鷹」からはいつまでも叫んでいた。

陽焼けした顔に深い皺の刻みこまれた、始終怒ったような小男の「夕立」艦長は、繃帯姿で、艦橋前方の羅針儀をはさんで「五月雨」艦長と並んで、一重瞼の底に光る眼を向けてしわがれ声で話しかけた。私たちは前の艦長の風貌に似ていると感じたが、同時に重要な一点が異なっているのも知った。前の艦長は進むとともに退くことを知っておった。昨夜、一度両舷戦闘を行なった後、「春雨」は戦場を離脱したが、「夕立」は単艦反転すると再び敵の真っ只中に入り、そのおり致命傷を負ったのだ。「夕立」以前に二隻の駆逐艦を乗り潰しているこの人を「夕立」の下士官の一人は無茶すぎると評した。だが、心の動揺を表面の平静に装って切り抜けようとしているのが露わないまの「五月雨」艦長と比べて、遥かに力強い感じに溢れていた。

十月十四日（ガ島沖）

午前十時、前進部隊と合同。「愛宕」「高雄」「霧島」「榛名」、二水戦、三水戦、「朝雲」、そして特設空母「隼鷹」。「五月雨」は「愛宕」の直衛についた。「陸奥」及び二航戦が前進部隊の後方に待機しておるむねを知った。

敵情――空母一、戦艦四、巡洋艦六。

昨夜ガ島飛行場砲撃の帰途、「衣笠」は至近弾のため傾斜度をましつつあり、「摩耶」は直撃弾をうけて火災となりようやく消火。

B17の触接をうけたが何事もなく、午後に入る。「愛宕」が潜水艦の雷撃を回避、爆雷戦となったがついに発見できず、艦隊は東進をつづける。

一六三四、配置につき、夜戦に備える。

一八〇〇、配置につく。「戦闘用意」第一配備となる。

一九三〇、敵影を認むとの報に配置につく。「魚雷戦用意」そのまま戦闘配置につき通す。

二〇〇五、『長良』より二水戦宛──砲戦魚雷戦用意」

二〇〇六、四戦隊の直衛を撤し、「長良」を先頭に順番号単縦陣列をつくる。「川内」を旗艦とする三水戦は別働隊として、ガ島、フラフチ島間の小島サボ島北方を先行、侵入態勢をとる。

二〇四四、二水戦集結、「長良」「五月雨」、第十一駆逐隊、第十九駆逐隊の順序。三水戦敵に触接、「敵巡洋艦見ユ」「敵駆逐艦見ユ」等の電話報告しきり。

二〇五六、二水戦を追って行った「浦波」から「我敵巡洋艦ニ触接ス」二水戦はもうサボ島東方に進んでいるらしい。

二一一二、「戦闘」「魚雷戦」号令は相次いでかかる。「第一雷速」(高雷速)、「深度三メートル」、「特距離」(至近距離)──雷撃準備完了。南南東に変針。突然、静まり返った海上に「愛宕」が砲声を轟かし、戦闘の火蓋を切った。

「二水戦ハサボ島北方ヨリ侵入セヨ」三水戦の後方に出ようとする。サボ島を隔てて三水戦へ向けた敵の発砲の閃光をみる。

二二二〇、『愛宕』より二水戦宛――サボ島南方ヨリ侵入セヨ」面舵反転。「左砲戦」

二二二二、『長良』より――戦闘」ルンガ泊地に高速突入を始める。左はるかに三水戦が
敵と交戦中。弾道は見えず発砲の閃光ばかりしきり。

二二二七、「右魚雷戦同航」「右砲戦」右前方のルンガ泊地は動いておるかおらぬか息を殺
している。

二二三〇、「巡洋艦らしき艦影一つ、右二五度、四〇《ヨンマル》（四千）」

見張員の報告、とたんにヒュルルルルーンと「長良」の主砲弾が夜気《やき》をふるわせて飛んだ。

戦闘開始。

二二三二、「打方始メ」「最大戦速」

主砲が瞬間一斉に鳴り響き、艦体がグッと左にあふられる。硝煙が顔を覆い鼻をつく。一
番砲の閃光が眼を射って視界が利かない。「一番砲、打方止メ」「発射始メ」「取舵」しばら
く出ていた月が急に雨雲にかくれた。視界が悪くなった。

「目標が見えなくなりました。水雷長、発射願います」

闇の中に方位盤眼鏡をこらしていた右射手が狼狽気味で、いまいましそうに叫ぶ。

「よし」

ブルルルルーン。ヒョロロロロロ。頭上を越した砲弾が左舷はるかに落ち、それより近く
曳跟弾《えいこんだん》が吸われるように海中に入る。すべての敵弾が艦橋めがけて、今にも自分の懐に入っ

て来るかと思われ、弾道の回転音をきくたびに反射的に身をこごめ首を下げる。それが果てしない。艦首がどんどん左へ寄る。

「用意」

水雷長の声はうわずる。

「テ！」

シャーッ、シャーと発射空気の響きを残して八本の魚雷が後方の管から二秒おきに、飛沫を立てて海に入ると、やがて黒い水中をつっ走る。順調らしい。敵弾がいっそう激しく集中する。気狂いじみた白、赤、緑の曲線の交錯、機銃音、発砲の響き、閃光、叫び——いろんなものが一緒くたになってその中にただこちらへ向かって飛んでくる曳跟弾ばかりが眼に焼きつく。魚雷を射ってしまった後の緩みからくる恐怖感。

「戻せ、面舵」

「長良」の後を追う。「取舵」避弾運動である。

二一三四、「敵、轟沈、轟沈、轟沈です」

見張員が狂ったように叫んだ。右艦尾数千メートルに真紅の火柱が高く、凍りついたようにあがっている。目標の敵の重巡である。さっきよりはやや下火になったが、射撃の閃光と曳跟弾の弾道はなおつづいている。

二一三五、「発射止メ」「打方待テ」

前方で四戦隊が戦艦らしい敵を照射し、砲撃を交わしている。敵艦にパッ、パッ、と火の手があがり、四戦隊も敵弾を受けている。その左手に、「霧島」と「榛名」がこれも二隻の敵戦艦と砲戦を始めた。二千メートルほどしかあるまいと思われる敵味方の間に機銃弾が真横にすっとび合う。戦艦同志の機銃の撃ち合いだ。それがよく当たる、敵にも味方にも実によく当たる。一弾々々が焼きつくように火を散らしている。後方でまた一隻轟沈した。

「白露」から「本艦雷撃ニヨリ敵巡一隻撃沈」

つづいてさらに一隻轟沈。その付近の一隻が火炎に包まれ、炎が海上に映っている。が、次の瞬間、大爆発を起こした。弾庫が誘爆したか火玉が八方に飛びちり、爆発音に本艦自身被弾したような衝撃を感じる。と、急に右正横の闇の中から砲撃が起こり、「五月雨」を包囲した。

「取舵」

「長良」につづいて左に変針する。

二二〇五、「戦闘、魚雷戦」

「長良」から再襲撃の令が来た。「長良より——次発装填整備セルヤ」電話員の声。

「装填はまだか、水雷長」と艦長が振り返る。

「おい、連管にきいてみろ」

私は水雷長の言葉に電話器を耳におしつける。

「次発装填はどうか」

連管の装気の響きが聞こえる。

「一番連管、次発装填終わり、爆発尖装着中」

「二番は？」

「二番連管、次発装填終わり、今から第二空気の装気にかかります」

「遅いなあ」

水雷長は苛立つ。

「次発装填急げ」

「宛『長良』整備セズ」

艦長が電話室へ言う。

「二三二〇、「艦影、右一一〇度、七五《ナナゴー》」

「二三四〇、「艦影、左一四五度、六〇《ロクマル》」

「二三四四、「左魚雷戦同航」

前方の四戦隊と交戦中の戦艦の一隻に突入するのだ。闇のために敵は一向に気づかぬ様子だ。「装填はどうか？」「まだ」「急げ！」「発射始メ」「面舵」

艦首が回り始めた。ついに魚雷は間に合わない。「長良」は水戦中で「五月雨」しか持っておらぬ九三式魚雷を頼りにしていたかと思われる。「長良」につづき蛇行しながらガ島東端に敵を求める。「長良」と分かれる。後につづく第十一駆逐隊も間もなく離ればなれとなる。再び「長良」と合同してそれにつづく第十一駆逐隊の後につく。月が時々雲を出て、すぐに隠れる。速力はやや落としている。ルンガ泊地の戦闘はおおかた終わりを告げて、ただ、時々誘爆する火の手があがり、思い出したような連続の射撃音がしてまた静かになる。四戦隊は北方に離脱したらしい。

二二五三、「『長良』より――戦艦ラシキ艦影見ユ、我ヨリノ方位一三〇度、七〇《ナナマル》」

「戦艦？　どれ」

二番眼鏡についた水雷長は直ぐに目標を摑んだ。

「艦長、戦艦です。傷ついているらしく速力を落としています」

「よし最大戦速、取舵」

「戦艦、右六〇度、六〇《ロクマル》、方位角左一七〇度、速力を出したようです――敵速二十六《フタジュウロク》」

敵はガ島東海面を南方へ脱出しようとしている。味方の追撃を知ったらしく右、左と回避運動を起こした。敵の西方に進出、さらに追撃する。

二三一〇、「左魚雷戦反航」「駆逐隊ハ戦艦ニ突撃之ヲ撃滅シ直チニ反転、北方ニ避退セヨ」と「愛宕」から電話が来る。敵はガ島をかわすとやや速力を落とした様子で、距離は徐々に近づく。

二三四二、「敵、面舵、方位角――右九〇度」と見張員。

「左魚雷戦同航」「同航射角一三度」「敵、煙幕展張」

二三四四、「発射始メ」「面舵」「斜進右へ三〇」

二三四五、

「用意」「テ！」

残った三本の魚雷がサッと水を切り、姿を視界から消す。

「当たってくれよ、頼むから当たってくれよ」

艦長は魚雷の行く手を七倍双眼鏡を手に見送って呟く。

二三四九、「発射止メ」魚雷はもはや一本もない。反転して「長良」の後を追う。「『愛宕』より本艦宛――『五月雨』ハサボ島北東方、『霧島』ノ救援ニ向ヘ」――数分経った。

連続三つの水中音が艦体を通して感じられた。

「何、当たった？　確かに響いたか」

水雷長は喜びと疑いで繰り返して訊ねた。そして艦底の探信儀室を呼んでなおも確かめた。

「三つ、たしかに聞こえました」

艦底から張りのある答えが響いた。

十一月十五日（ガ島沖）

〇〇五四、「霧島」警戒の位置についた。月から雲が出た。「霧島」の陰に二つの艦影が現われた、それが同じように「霧島」救援に来た「照月」と「朝雲」であることがすぐにわかった。「霧島」から「乗員ノ九割戦死、直チニ救援サレ度シ」と電話が来た。「朝雲」が横付けした、続いて「照月」が艦首を近づけた。その時、「霧島」は急に左傾斜の度をました。

「照月」が直ぐに離れ、「朝雲」も後進《こうしん》した。

〇一二〇、「朝雲」から「照月」「五月雨」宛「『霧島』ヲ砲撃セヨ」

「『霧島』を？」

艦長は電話員にきき返した。

「『霧島』に間違いはないか?」

「間違いありません」

電話員が答える。

「人間が乗ってるじゃないか」

「射つんだね、艦長」と「夕立」艦長が冷淡に言い放った。しばらく考えておった艦長はためらいがちに、

「射ちますかな」
○一二五、「砲戦用意」
主砲が「霧島」に向かって目標を据えた。とつぜん海底からの咆哮のような響きのうちに沈みかかった艦尾をこちらに見せて左へグッと傾いたかと思うと、あッと思う間もなく艦底を不気味に浮かべ、それも瞬間、没し去った。夥しい浮流物が湧き上がった。青黒く光る一面重油の海上に必死な叫びが起こった。

「おーい」「おーい」

それはあたかも海底の亡者の執念を思わせる声である。「霧島」のすぐ脇の「照月」の右舷の海上に黒く犇《ひしめ》き合う人影が眺められる。「五月雨」は静かに近づく。総短艇卸方《おろしかた》準備を始める。

「『朝雲』より——『照月』左舷ニ魚雷艇見ユ」

電話員の報告に艦長は、

「砲戦用意」

と言う。迂回して見たが何物もおらぬ、遠く味方輸送船が一隻北上しているばかりである。カッターをおろし、内火艇もおろした。すぐ前の月光を砕く海面の到るところに浮流物に摑まった人影が三人五人とかたまり、少しも早く救助されようと絶叫する。たちまち沈むほどに溺者を収容したカッターはさらに櫂《かい》の動く以外の舷側の到るところに手をかけた者を曳いて、あふりに入った海水をそのままに帰ってきた。

「おーい、負傷者がいるから早く来てくれえー」

「おーい、今行くぞー」

「艦長がいるから頼むう」

「おーい」

敷板様なものに摑まる一群の中にいるのが「霧島」艦長らしく、数名が板片で水を掻《か》いて近づこうとしている。

「泳げる者は泳いで来い！」

救命浮標、竹竿、空樽、石油箱、外舷索──あらゆる物を投げてやる、外舷にはあるったけの索梯子がかけられる。重油に真っ黒な兵隊を艦に揚げると、人の群がったところを見きわめて再びカッターは漕ぎ出される。

「『朝雲』より──速ヤカニ溺者ヲ収容シ北方ニ避退セヨ」

「まだまだだいぶかかるわい」

艦に揚がってそのまま動けなくなる者、数人に助けられてフラフラと治療室へ向かう者、呑んだ重油をもどしている者——褌一つの兵隊が上甲板一杯になった。

「負傷者は急いで士官室へ運べ、作業員以外は通路の邪魔になるな」

先任将校が艦橋で叫ぶ。「霧島」艦長、砲術長が収容された。海上の叫びは次第に下火になって来た。

「『朝雲』より——速ヤカニ溺者ヲ収容シ北方ニ避退セヨ」

再び電話員が報告した。

「待て待て、もう少しだ」

艦長は救助作業を急がせる。

○二四五、収容が終わった。カッターが収まり内火艇もあげられた。無言に返った海上に大小さまざまな浮流物が月光を浴びて浮き沈みし、どれもみな重油に濡れて光っている。油におおわれた海はねっとりとうねりつづけて小波も立てない。

「『朝雲』、艦尾信号灯をつけました」信号員が言った。

「『朝雲』、艦尾信号灯、最大戦速」

○二五〇、「最大戦速」

「朝雲」「五月雨」「照月」の順に、戦場を後に北進を起こした。

○三一〇、二水戦と合同。

○四三二、左艦尾に敵艦爆二を発見、「対空戦闘」
○四三三、散開隊形となる。敵機去る。B17が一機、遠く触接。
○六四〇、第二配備にもどる。
○六四三、「戦闘用意要具収メ」
○九〇〇、「艦内哨戒第三配備」
「夕立」「霧島」をあわせて、収容人員五百名近い。
十一月十六日（航海中）
三戦隊、二航戦、三水戦、四水戦及び油槽船三隻と合同し、曳航補給を行なった後に、「五月雨」と「春雨」は二航戦の直衛についた。居住甲板はもちろん、露天甲板、兵器の陰、倉庫の上、ボートの下、到るところに休んでいる「霧島」「夕立」の兵隊に、ともすると本艦の兵隊を見失ってしまう。「霧島」の兵隊の話で、「霧島」は最初敵の直撃弾によって右舷に多く破孔があき、浸水して傾斜をはじめた。そして傾斜復原のために左舷に注水したのだが左舷にもすでに破孔があったらしくそのまま左に急傾斜して、艦底を見せて転覆したとのことだった。
遭難者で一杯な兵員室へでっぷりと肥った私たちの班長目黒兵曹が降りてくると、卓にどっかと腰を据えて遭難者を睥睨《へいげい》し、甲板の乱雑さに顔をしかめながら、そのくせ小心者に特有な赤くした顔でブツブツ言い出した。班の若い兵隊があわててそこらの片隅を片づけ始めると、遭難者の古い者は厭《いや》な顔をして上甲板へ去り、二、三人残った若い兵隊がいっしょになって掃除をはじめた。白《しら》けた気分が室内を支配したが、そのために乱雑だった甲板はキチンとした。綺麗好きだが遭難者だからと黙認しておった高橋兵曹がその時ちょうどラッタルを降りて来た。彼は室内の空気にすぐに様子を察して、またかといった顔で目黒兵曹をさけて他の一隅に腰を降ろすと一服した。目黒兵曹は片づいた卓の上に大胡座《おおあぐら》をかいて、古い下士官とともに雑談を交わし出した。片づけるのに残っていた遭難した兵隊の二、三は終わると逃げるように立ち去った。高橋兵曹は目黒兵曹を横目で睨んで、不愉快な気持ちをペッと唾をはくことで現わしておった。

午後五時、針路北北西。トラックへ向かっている。

十一月十八日（トラック）

午前五時から例の爆雷の脅威投射しながら、七時半に北口水道を通ると九時半ようやくトラックの錨地についた。「霧島」乗員を「榛名」に移し、「夕立」の者はそのまま、糧食搭載をする。

十四日夜の海戦で、「長良」「雪風」「時津風」などの各艦に艦体、兵員ともに相当の被害があったのを知った。私たちが至近弾一つ食わず、一人の軽傷者をも出さなかったのは不思議なくらいだ。

十一月十九日（トラック）

神風丸に魚雷受け取り準備に行ったおり、「五月雨」が数日中に横須賀に帰る予定であると知らされた。それは着いたばかりの暗号電報であったらしく、「五月雨」自身はまだ訳しておらぬようで、誰も知らなかった。この報せは兵隊を有頂天にさせた。みなソロモン海の戦闘の後ゆえ内地に帰りたがっていたのだ。ガ島の戦況を知り、幾多の僚艦の沈むのを目撃した兵隊は自らの運命を感知しており、再びソロモン海に行く前に是非とも一度故郷の土をふんで来たい想いで一杯なのだ。

十一月二十二日（トラック出発）

十二時四十五分、「日進」「高雄」「雷」とともに横須賀に向かう。

ガダルカナル撤退作戦

十二月十九日（横須賀出撃）

午後一時、「高雄」の直衛となって出撃。

前線へ向かっておるのに、かえって古巣に帰るような気持がするのは何だろうか、私はこの考えを追っている——。

それだけ戦争に慣れたのだろうか。たまたま帰る故郷の地がかつてと違い、いまの私の気持とかけ離れた、ちょうど水に入った油のような自分を見いだしたところから、日夜労苦をともにした風物の中に、といっても蒼い海とスコール雲と緑の島でしかないのだが、その中に、爆弾と砲火の下に死ぬと決まっておるような身を持って行くのに、愛着に似た気持すら抱くのであろうか。私は戦争前の長い航海休暇のおりのことを憶い出すのである。——楽しみにしていた十数日の休暇も一週間ばかりすぎると、何となくあきが来て落ちつかぬ気分となり、かえって艦に郷愁《きょうしゅう》に似た想いさえ寄せるのである。が、休暇が終わり、横須賀線の電車が田浦駅まで来ると、長浦港在泊艦船の檣の先が水雷学校兵舎の脇に見え始める、その時、淋しい、取り返しのつかぬ悔恨《かいこん》のようなものがほろ苦く胸を流れる。この休暇一週間目の気持の中にはもちろん、艦に帰って行くことが自分にとってのっぴきならぬ運命であるという無意識なものが流れているのは否めないし、また、休暇という生活の急変による空白感もあるかも知れない。けれども、これから行こうとしている南の戦場——艦爆の急降下やB17の爆撃の待っている戦場は私たちにとって決して安穏なところではないのである。しょせんいつかは死ぬものと覚悟はしているにしても、いつ自分の頭上に落ちて来るかも知れない爆弾の下や、懐に飛び込んで来そうな砲弾の前に身を曝《さら》すということは、全然恐怖心なくてできるものではない。そういう私たちを支えておるものは軍規と、卑怯者になりたくないという誇りである。それにもかかわらず私が古巣へ帰るような気分を味わうのは何故か。それは、人間は慣れてしまいさえすればどんな生活にも順応《じゅんのう》できるものだということを示しているようにも考えられる。だが、すべてこれらの考えは結局休暇一週間目の気持であって、檣の見える田浦の駅まで行ったなら、帰って来たことに悔恨を感じるだろうというのも私にはわかっているのだ。

私はまた、横須賀の工員たちについても書き留めておかねばならない。工員は内業と外業とに分かれているが、私の眼にふれ、そして書こうとするのは主として外業といわれる艦船にやって来る工員のことである。数十名、あるいは百名以上来ることもある彼らの果たして何割が働いておるかと私は疑わぬわけには行かなかった。鋲打ちのような請負工事をやっている者はなるほど、深夜まであるいは徹夜してまでやっていたが、その他の者はすべてと言っていいほどに、できるだけ工事をなまけるのを信条としているかと考えられた。

例えば探信儀の工員がやってくる。十七、八からせいぜい二十代の若者である。昼飯は持っては道具袋を置いて一服する。そうしてまあ午前中は無駄話で過ごしてしまう。昼飯は持って来ない。昼飯が終わると再び探信儀室に入りこんで、そこらにある雑誌か何かを探し出してめくっている。帰りがけの小一時間ばかり、ようやく腰をあげて、少しばかりそちらこちらちょっかいを出す。それじゃ明日改めてよく見るとしようということになる。これが彼らの一日の仕事である。結局修理は最後の一日か一日半でけりをつける。

そうかと思うと、組長とか伍長とかいう一般の工員の上に立つ者は――多く古くから工廠に巣食って裏をよく知り抜いている男たちであるが、彼らは先ず配線室とか各科の倉庫とかに入って暇をつぶすことを考える。中で何をやっているか知れたものではないのだ。室内には始終煙草の煙が立ちこめている。艦が陸続きにいる時とか船渠《ドック》に入っている時には、たまに工廠の守衛が巡回に来るのだが、老練な彼らは、決して摑まりはしない、そんな時にひっかかる獲物は決まって、たまたま魔のさした男たちで、常連は守衛の去った後から赤い舌を出してのこのこ出てくるのである。

あるいはまた、兵器の一部を取り外して修理に出した場合、それを少しでも早く、そして完全なものにしてもらうためには、兵隊は一升か二升の酒を携えて行くのを忘れてはならない。これは兵隊側にも責任の一端はあるのだ。例えば修理請求書に書いた以外の不良個所を後で発見したおり、改めて七面倒臭い書類を出して、おまけに数日後に直してもらうよりも、その場で一緒にやってもらうためには、兵隊は自腹を切って酒保員を口説き、何かしら工員を満足させ得る品物を贈らなければならない。

だがこんな場合はまだいい。もっとひどいのは彼らが公然と品物をねだってくることだ。彼らは決してくれとは言わず、買ってもらいたいと言う。自分の兵器が可愛い兵隊にそう言えば、黙って都合つけて彼らに与えるのをよく知りぬいているのである。工員側が先か兵隊が先かよくわからないけれども、とにかく彼らはすべて以前のままであった。彼らの頭には戦争そのものよりも、それを利用して自腹を肥《こや》そうという気持があるのではないかと疑われた。艦船から持ち帰った品物を工廠の門から持ち出すのぐらい、彼らにとって大した手数を煩わさない。

兵隊は彼らの態度を憎んでいた。弾の下で暮らさねばならない兵隊がどんなに兵器を頼り、そして愛しているかを彼らが少しでも感じてくれたなら、こうした不正な不愉快な事柄が減ってもよさそうなものだと考えるのだった。兵隊は彼らとトラックにおった「明石」の工員とを比べ、高雄の人々と内地の人々とを比べた。

内火艇を修理に出して、何か持って来なければ硝子を入れぬと口にした工員に向かって、

「貴様らは爆弾をくってくたばらなきゃわからねえんだ」

と高橋兵曹は言った。

これは悲しいことであった。兵隊と工員の疎隔《そかく》――それは戦争しておる現在決して有益なこととは思われない。それにしても、彼らの怠業《たいぎょう》気分は何に原因しているのであろう。内地にひと月とおらぬ私たちにはそれが何とハッキリ指摘することはできないけれども、工廠の一隅にある各地から集められたに違いない真っ赤に腐蝕した鉄屑の山が、いつ使われるとも知らず積まれておるのと一脈通じているのではないかとも考えられた。

十二月二十三日（航海中）

戦闘によるものは別として、普通の警戒航行で艦船の一番被害を蒙るのは、内地への往還である。それは内地近海に敵の潜水艦が集まっているからばかりではなく、兵隊の緊張度の如何にかかっている。どっちかといえば内地を出たばかりの艦に被害の多いのは、よくこのことを表わしている。前線で極度の緊張状態におかれた心が内地で一時に解放されて、再び以前の緊張を取り戻さぬうちにやられてしまうのである。だから長い間内地におった艦はとかく緊張度がうすい。兵隊一人ひとりについても同じである。相当な等級の者でも長いあいだ内地部隊に勤務していて急に艦にのり、戦地へ行く場合、他の者との懸隔が一層ハッキリする。

軍港付近の湾口に敵の潜水艦が多いのは、誰もがよく承知しておりながら、なお多くの被害を受けているのは、何と言ってもこちらに油断があるのだ。それゆえ出港していらいの先任将校のやかましい注意には充分理由があり、私たちもそれを知っているから警戒する。潜水艦を攻撃すべきはずの駆逐艦が、逆に潜水艦の犠牲になった例が今までに非常に多い。ちっぽけな駆逐艦はたった一本の魚雷で、完全に死命を制せられてしまうのである。

十二月二十六日（トラック）

三時四十五分起床。四時から五時まで早朝訓練が行なわれる。

トラックのような前線とはいえ比較的後方の基地にいる時ばかりでなく、最前線でも、いやこれから戦闘に向かうという途中でさえ、その合間に、多くは朝夕の警戒前後に、私たちは短時間ずつでも訓練を繰り返して来た、そして今後もそれをつづけるに違いない。戦闘訓練は、内地へ帰って若干の補充交替をした後では大事である。たった一人の未熟も全体の戦力の低下となって現われる。

軍艦には、ことに小さな駆逐艦には定員以外に余分な兵隊は乗っていない。一人ひとりがみんな固有の戦闘配置を持っていて、その一人がいなくても戦闘に多少なりとも支障をきたすのである。だから一人の新乗艦者のためにも、それに関係する多くの者が一緒になって訓練をしなければならない。すべての者の呼吸が合わなければいけないのだ。発射指揮伝令をやっている私は、ことにそれを痛感する。一発必中を生命とする魚雷の発射は初弾の弾着を見て修正しつつ射てる大砲のような具合には行かない。一つの号令が間違っても、遅れても、八本の魚雷はとんでもない方向へ進んで行ってしまう。それゆえ一人の発射管側伝令が代わっても、私はすべての伝令を集めて訓練する。戦闘中いろいろな騒音や故障によって聞きそこなった号令も、訓練がつみ、みんながその気になりさえすれば勘が働いてくる。これは理窟ではなく、まったく繰り返し訓練の結果であるのを三年間の私の経験が教えている。

訓練はまた兵隊のためばかりではなく士官が代わったおりも必要である。いやその時こそ、部下のすべては彼のために、彼が充分な指揮ができるようになるまでは一緒に訓練しなければならない。例えば水雷長が交替したとする。私たちは前の水雷長の下での方法にはすっかり慣れているのであるが、はじめて駆逐艦の水雷長になった彼に、基本的なものを摑ませるために同じことを何回でも繰り返さなければならない。兵隊はそれを水雷長を『教育する』と言っている。だが、やがてひと通り覚えてしまうと、水雷長は今度は自分の研究の結果による射法計画をつくって兵隊におしつけてくる。私たちはそれに従って訓練させられる。こうして私たちにはいつも訓練がつきまとうのである。

訓練は戦争前に比べて今は遥かに重要なものである、その日その日の戦闘に備えねばならぬのであるから。けれども、兵隊にとってダラダラと長い時間の訓練は有難くないものである。短時間、『気合の入ったところ』をやって終わりとするのが一番喜ばれる。事実その方がよほど効果的であるのだ。

昭和十八年一月十五日（トラック出撃）

十二時、「隼鷹」に先行して湾外の対潜掃蕩《そうとう》をなし、後から出て来た「朝雲」「隼鷹」と合同して直衛についた。ニューギニアのウエワク基地へ第二航空戦隊司令部を移動するため、「隼鷹」に搭載された艦上機を途中から発進させる目的である。「春雨」は昨日、基地物件と陸兵を載せて先行している。

一月十六日（航海中）

去年の十一月ソロモン海を後にしてから二ヵ月、直接戦闘に参加しなかったためか、私たちは戦況に対して余り関心を払わなかったようだが、ガ島やニューギニアのブナでの味方の被害は自ずと耳に入って来る。精神力が重要であることは言うまでもないとしても、現代の戦争が兵器の如何にかかっておるのはもはや明白である。小銃で戦車に向かうガダルカナルの戦闘が、どんなに無謀《むぼう》なものであるかは論をまたず、駆逐艦が何隻向かっても飛行機に叩かれて帰ってくるのを知れば、どんな優秀な駆逐艦でも、どうにもならぬ戦闘方式の限界というものをハッキリと知らされるのである。戦艦との夜戦ならば、例え兵隊は艦とともに砕け散るともその間に魚雷を放って相手を斃《たお》すこともできようが、飛行機ではまるで違う。しかしそのどうにもならぬことを、私たちはあえてやらねばならぬ運命に置かれており、そこにまた南太平洋をめぐる重要な問題が横たわっていると考えられる。これは戦闘に対する恐怖心とは別な事柄である。

一月十七日（航海中）

十時半、戦闘機、艦上攻撃機合わせて四十数機を発進させると、「隼鷹」を中心に私たちは反転帰途についた。快晴の、夜は月の明るい日だった。

一月二十四日（トラック）

ヴィン飛行場（ブーゲンビル島）砲撃の目的をもって敵防空巡洋艦四、駆逐艦六が向かいつつあり、との報に、昨日味方潜水艦及び艦攻が出撃した。兵隊は結果如何に後報をまっておったが、夜半すぎての電報で、敵の対空砲火激しく近寄れず、また他の六機は、敵見当たらず、といずれも引き返したのを知った。

基地物件を載せてウエワクへ行った「春雨」が、湾外で潜水艦の雷撃を受けて一番砲から先を破損したむねをきいた。午後二時頃というから、見張員の油断であったに違いない。

――尚々うつりかわる世の中、そこもとにもひとり／＼なき数に入候　身は不思議に残り候て、むかしかたりを仕候――（沢庵和尚書簡集一七）

一月三十日（トラック）

夕食前総員集合があって明三十一日前進部隊出撃に関する話をきいた。「五月雨」は「朝雲」とともに四戦隊及び五戦隊直衛となってガ島作戦援護――つまり敵の海上兵力が現われたなら撃滅する目的をもっている。その後おそらく外南洋部隊に編入されて、他の三隻の駆逐艦とともにガ島方面の作戦に従事するだろうという。

二十九日のガ島方面の戦況――ツラギ南方九十二カイリに戦艦四、大巡三、軽巡三、駆逐艦十数、二万トン級輸送船数隻を発見、味方航空部隊に攻撃命令が下る。戦果、戦艦一隻轟沈、大巡一隻のほか命中魚雷あり、火災中。味方の損害、未帰還機三。ガ島基地に対する日本軍の爆撃熾烈《しれつ》のため上空直衛を頼むとの敵の発した電報に対して、送れずとの返電を傍受。その後なお戦艦か大巡か不明なもの七隻、軽巡数隻蠢動《しゅんどう》しておる様子で、さらに味方攻撃機に対して攻撃命令が下った。

一月三十一日（航海中）

午前六時四十五分トラック出撃。先頭に軽巡「長良」、次いで四戦隊、五戦隊の重巡それぞれ二隻、「神通」、三戦隊の「金剛」「榛名」「阿賀野」「隼鷹」「瑞鳳」、それを前、中、後と護衛するのはたった六隻の駆逐艦であった。駆逐艦がいかに少なくなったかを私たちは如実に知らされた。

二月三日（航海中）

昨夜九時「『朝雲』『五月雨』ハ南東方面艦隊ニ編入、ガ島作戦参加ノタメショートランドニ急行スベシ」との命をうけて、前進部隊から分離、反転すると南下しはじめた。速力二十一ノット、針路二二〇度。やがて、明四日午前十時の増援部隊出撃に間に合うようにとの命にさらに二十六ノットに増速した。明朝五時ショートランド着、入港後ただちに補給の予定である。

去年十一月いらい三ヵ月、久し振りのガ島作戦に参加するということは自ずと艦内を緊張させ、騒がしくさせた。戦闘服装、脚絆、黒帽、鉢巻、防毒面、靴、腹巻、ナイフ、それらのしばらくしまいこまれてあった物が調えられ、可燃物の始末、防火用水の準備をする。「五月雨」にとっては最初の犠牲者を出した去年十月のことが、いまもなまなましく脳裡に刻みこまれているのだ。「五月雨」は今度参加する駆逐艦の中では一番形が小さいから、最初に爆撃される心配はないと電信員の一人は笑って言った。みな騒ぎにもあきると横になって鼾《いびき》をかき始めた。

夜、敵大型機の爆撃圏内に入った。灯火管制が一層厳重に行なわれた。上甲板から私たちの兵員室に降ろされている換気の通風筒にも、いつもと違った注意が払われて、周囲を帆布で取り囲んで光の漏れるのを防いだ。明朝もし輸送隊に回って陸兵を載せることになれば、昼間でも休むことは不可能だからと、いつも遅くまで本を読んだり将棋をさしたりしている連中も、今日は早くから止めにして眠りについた。

ガダルカナルへの定期便

二月四日(ガ島沖)

午前五時三十分ショートランドに着くと直ちに日栄丸に横付けして燃料補給、午前十時、ガ島に向かって出撃した。二十隻の駆逐艦が十隻ずつ二列に並んで、ガダルカナルをめざして進んでいる。それは、宿命を背負って歩みつづける人生の姿——何かそういった感じを与えずにはおかぬものであった。右側が警戒隊、左側の輸送隊の先の三隻を除いた残りが、艇首をあげて飛沫を浴びる大発を曳いて、二戦速、三戦速、四戦速と増速して行く。破滅を予期しながら、もはや避け得られぬ絆《きずな》に曳かれてがむしゃらに突進するどうにもならぬ気持——。珍しい隊形だ。「五月雨」は警戒隊の二番艦である。去年ガ島増援を行なっておった頃は、敵機に対して手に負えぬ感じを抱きながらも、次第に慣れて来たという強みがあったが、当分戦闘に遠ざかっていた私たちがいまガダルカナルに向かって行くのに、私は微《かす》かな不安を感じている。

防水扉蓋の開閉を厳重にし、防火用水はオスタップ（洗濯桶）にみたされて居住甲板に備えられた。十時の昼食が終わって戦闘服装に着替える。——晒《さらし》の腹巻を固く巻いてその上を千人針でおさえる。事業服を着る。守袋を右の腰にブラさげ、左の腰に手袋、八幡宮の朱印の押された鉢巻をはさみ、バンドをギュッと締める。上衣の内ポケットに手帳と鉛筆を、外ポケットに砲撃の爆風除けに耳につめる綿と頸《くび》からかけたナイフをさして、帽子は黒、略靴を単靴に履きかえて脚絆をまく。夜、着るための雨衣は、防毒面とともにすでに戦闘配置に持って行ってある。万一に備えて、預かっている分隊の書類を鞄に入れて、中に一緒に自分のノートと写真を挿《はさ》む。居住甲板の可燃物は処理され、重要書類の投棄準備は終わった。一端を吐水口に嵌められた蛇管が甲板上にうねっている。

準備が終わってさっぱりと洞窟《どうくつ》のようになった兵員室に、当直までの時間を、どうせそのうちに対空戦闘になるだろうと覚悟しながら、それでも夜はまた寝られまいからと横になった。高速に、上甲板から降ろされた通風筒の帆布は一杯にふくらんで涼しい風を送りこんでいる。興奮からあっちこっちで高話が交わされている。どうどうと外舷を打つ波の音。オスタップの防火用水がうねりに乗りつつ、表面を細かくふるわせている。

十二時、「対空戦闘」の号令に急いで配置についたが、発見信号が揚がったばかりで敵機はどこにおるのか皆目わからない。

午後一時、「艦内哨戒第二配備」

二時、「対空戦闘」、前方に敵機三十という発見信号が輸送隊の先頭艦に揚がったのだ。三十という数字が私たちに手強い感じを抱かせる。しばらくは肉眼に捕らえられない。やがて左艦首方向から、七機──九機と次第に姿を現わし、輸送隊の左手を後方へ回る気配である。例のやり口だな、と緊張する。と、先頭艦のやや前方から、急に襲撃態勢をとった。

「突っ込んで来ます！」

甲高い声が響いた。機銃と主砲が鳴り渡った。敵は二手《ふたて》に分かれて、一隊は輸送隊へ、他の一隊が警戒隊を襲って来た。急降下と見てみなが一瞬たじろぐ、糞！　と思って姿勢を低めたまま窺う。警戒隊を襲う敵機は以前のように艦をやり過ごしてから突っ込まずに、中腰で、途中から反転すると先頭艦を狙った。「五月雨」上空を五機が反航して行く。機銃はなかなか目標を掴《つか》まない。

「機銃、機銃！」

敵機を教えるのに声をからす。

「早く射て！」

しかし反航の五機は、「五月雨」を攻撃しないで警戒隊の後方へ向かって行く。輸送隊の先頭艦「舞風」が黒煙蒙々《もうもう》と左に反転すると速力を落とした。二罐室左舷に命中している。ふと気づくと、いつどこから現われたか、味方戦闘機が十数機しきりに空中戦を始めている。間もなく敵機は私たちの上から姿を消した。空中戦の邪魔になるのか、思いがけぬ方向の海中に爆弾が落とされて大きな水柱をあげる。味方の二機に追われていた一機が、墜ちる、と思って見る間に、落下傘を白く開いて風に流され、機体は真っ逆さまに海に突っ込んで黒煙を吐いた。他の一機が高度を低めて、そのまま海に躍りこんだ。

――もとの静けさに返った。不気味な平穏である。水雷長が声を張り上げて見張員を督励する。若い軍医中尉が二人、一人は新任の、乗艦早々で、初めての対空戦闘に心持ち蒼ざめた浮かぬ顔で、陰の方から眺めている。まるで口を利かない。主計長は「夕立」におっただけさすがに落ちついて、眼鏡をかけた陽焼け顔で見張りに協力している。総員が戦闘配置についたまま、駆逐隊は高速で目的地へ向かってつっ走って行く。

三時十五分、左前方はるかを近づいてくる十一機を発見した。敵味方の識別がつかぬうちにぐんと近くなった。輸送隊はまだ発見しておらぬらしい。

「敵!」

やはり敵の艦爆だった。

「機銃!」と怒鳴って指さす。敵機は急降下に移った。その後を味方戦闘機が七機追って来るのだ。その後の方を双眼鏡で捕らえていた鈴木兵曹は味方だ、味方だ、と言っている。「舞風」はさっきの爆撃で落伍して遥か後方に黒煙を吐きながら見えなくなり、「舞風」に代わって輸送隊の先頭を進む「江風」が敵機の目標になった。日本の艦隊は必ず旗艦先頭であるのを彼らは知っているのだ。艦爆隊が一機、また一機と襲って行く。「江風」の右後方に大きな幅の広い爆柱が二つあがり、他の一機が艦首百メートルほどに一つ、あわてて取舵とった「江風」の二番煙突の右に大きな奴がまた一つ、これは命中して火が散った。つづく一機が三番砲塔付近に二つ――この瞬間「江風」の艦影を全く見失った。

「『江風』轟沈！」

見張員が叫んだ。爆柱が消え去ったが「江風」は見えないのだ（後で考えると、「江風」は取舵とったまま反転して後続艦の陰になっていたのだ）。

空中戦をやっている。右に、左に、敵味方が舞い狂っている。また落下傘が開いた、と思うと、大型の敵機が海面で大きく爆発してしばらく煙が消えない。味方戦闘機は実によく働いている。追われている敵機が水面すれすれに警戒隊の前を横切って行く。雷撃機だ！　さっきから艦爆にしては大きいと思っていたのがそうだ。四機が、先頭の「朝雲」の間近く大きな翼を魚雷の重みで左右に振って、定まらぬ腰つきで魚雷を放った。当たらない。追撃が急なあまりシッカリ照準する間がなかったに違いない。その敵機に向かって「五月雨」の主砲が直撃する。機銃がうちまくる。低空の目標に弾はおおかた海に落ちて、大小さまざまな水柱が「朝雲」の右に群がる。左後方で戦闘中の味方機が高度を落とした。不時着だ、と口々に言っている時、ちょうど飛行場に着陸するように水面を滑走し、しばらくするとぐんと機首を突っ込んで垂直に立ち、海中に没した。敵機はまだ上空を去らず、空中戦が遠くで行なわれている。「黒潮」が爆弾を食って三番砲が火災を起こした。後部兵員室満水という「江風」は、一旦避退して島陰から間もなく姿を見せて追って来た。

五時。ガ島まであと百カイリである。日没までにもう一度来るかと思っておった敵機はとうとう来なかった。もう大丈夫だ。三十ノットで走っている。このまま行けば八時半頃には目的地に着く。夜戦に備える。日が全く暮れる。日が暮れてほっとしたところで夕食の握り飯を頬張《ほおば》る。星明かりにほの白い夜である。第一配備のまま二つに分かれて短時間ずつ休む。今日の揚陸地点は以前のところよりだいぶ手前で、新しい兵力を揚げて傷病者を収容してくるのだという。

七時半、突入隊形をとって各艦は散開して侵入して行く。サボ島が後ろになった。ガダルカナル島影が星明かりにくろぐろと浮かんでいる。輸送隊が揚陸地点に近づくと警戒隊は受け持ち哨区の警戒に当たる。何の物音も起こらない。立ちつかれた私は代わりの者に受話器を托して、傍らに背をもたせてうとうととした……。爆音に眼覚めた。もう十時近いらしい。上空をしきりに飛行機がとび回っている。味方の水偵だろうと話している。前方のガ島飛行場辺りに、味方機の夜間爆撃に対してか、探照灯の光芒が十数条空を射ていたが、やがて一ヵ所に集中した。捕捉《ほそく》されたのだろうが、ここからは遠くてわからない。ああして敵の注意を向けておいて、その間にこちらで作業を終わらしてしまうんだなどと言っている。するといま上空におる飛行機も魚雷艇警戒の味方機かも知れないと考えている。しかし違っていた。だいぶ遠いところに吊光投弾が落ち、それにすかして、こちらへ反転してくる白燈が見え、あかあか複葉の敵水偵であるのがわかった。と、左舷二、三百メートル先に吊光投弾が輝き、あかあかと「五月雨」の艦影が浮かんでしまった。反対側に魚雷艇でもおったら絶好の餌食になる。じいっと息を殺す。前の方の艦で機銃をうつ音がしている。爆弾の響きが遠く聞こえる。敵一機ではないらしい。再び沈黙に返った。そして私はまたねむ気におそわれた。輸送隊はどうやら順調に作業を進めているらしい。艦長の声が聞こえてくる。

「主計長、『夕立』が沈んだのはこの辺だよ。無事にすむのもみんな戦死者の霊がまもっていてくれるんだねえ。有難いことだ」

二月五日（ショートランド）

午前零時、今から引き返す、と艦内号令がひびいた。平均三十ノットで走っても二百カイリの爆撃圏外に出るには七時間足らずかかる。五戦速三十二ノットからさらに最大戦速となった。第二配備にもどった。一時間の見張りの当直を終えて兵員室にもどると、案外涼しいのに私はぐっすりと眠った。四時十五分前に当直の交替用意で起こされた時にはもう海上は白んでいた。左側列の輸送隊が九隻、警戒隊が八隻の計十七隻で、三隻は被害を受けて引き返したのだ。「江風」も平気な顔でついて来ている。「五月雨」は警戒隊の殿《しんがり》である。敵機に追撃されたら真っ先に狙われるにちがいあるまい。だが間もなく味方の戦闘機が十一機上空直衛につき、ついに敵機の追撃をうけずに爆撃圏外に出た。七時、第三配備となった。また生きて還ったぞ、と思い、我身をいとおしむ感じを強く味わう。

二月六日（ショートランド）

古くから乗っていた方の軍医中尉が退艦した。この曰《いわく》つきの軍医中尉の退艦を皆が気にしている。すでに、つづいて三隻、彼が去った後の駆逐艦が沈没したり大破したりしているというのだ。兵隊は御幣《ごへい》をかつぐのが好きだ。以前、「五月雨」が基地を出た後とか入る前にばかり大空襲があっていつもそれから免れておったので、「五月雨」のいる間は、と何か堅い信念みたいなものを、兵隊は持ったこともあったが、それが当てにならないことをその後知らされた。この軍医中尉みたいな立場になる者もしばしばあるものだ。艦が沈むのは少しも彼の責任ではないけれども、彼の去ったあとと沈むところに彼の巡り合わせがある。いい面の皮である。別に彼を厭《いや》な奴とも気の毒とも思いはしないが、変な気持がするのは否めない。確かに死相が浮かんでいるとか、三度つづいたからもう大丈夫とか、しきりに騒いでいる。生死のほどがわからぬ身には、気分を支配するあらゆるものが入りこむ隙《すき》がある。御幣をかつぐのではないが、私たちの入るまで毎日、午前九時、午後三時、午後九時と決まってあったという空襲が今日は一度もなかった。

二月七日（ガ島沖）

今日もまたガダルカナルへの『定期便』である。午前九時、再び警戒隊として右側列の二番目につく。十八隻の駆逐艦が同じように二列に並んで、今度はガダルカナルと、それより六十カイリ手前にあるラッセル島との二手に分かれる。四日の出撃も、今日のも、ガダルカナルへの増援ではなくて撤収であるのが、どうやら事実らしいのが消息通の話によってわかって来た。少なくとも今日のラッセル島には、ガ島から大発で後退した陸兵がおってそれを収容して来るのだということは間違いなかった。ガダルカナルの味方兵力の大部分を後退させて、残りのわずかな兵力ででき得る限り抵抗し、今後はもっぱら敵の輸送路の破壊作戦に出るのだという。どっちにしても、あれほどの犠牲を払って増援したガダルカナルの運命も、もはや先が見えて来たようである。

雲が低く、雨から雨を潜《くぐ》る。その雲の上と下に味方戦闘機が姿を見せている。

午後三時五十分、戦爆連合の三十五機が北側から襲って来た。上空直衛についておった十五機か十七機の味方機が敵を邀撃して、雨雲を挟んで空中戦を展開した。味方機の攻撃を潜って駆逐隊に向かって来たのはそれゆえ十数機だった。各艦は隊形を崩《くず》して散った。左の列の三番艦「浜風」は、早くも右に転舵反転すると列の後方へ向かった。その時やって来た五機の敵機は左の列の二番艦と三番艦につっこんで行った。たちまち三番艦の「磯風」は煙を濃くはき始めた。至近弾、直撃弾が次々と水柱や爆柱をあげた。すると他の十機余りが右側列の「五月雨」を目標にぐんぐん迫って来た。主砲と機銃が休みなく火を吐き、曳跟弾が真っ赤に尾を曳いて敵機の前へ前へと向かった。いい弾着だ。敵機は激《はげ》しい砲火についに左右に開くと、取舵とった六機はそのまま、煙を吐きつつ砲撃する「磯風」に向かって、八〇度近い傾斜の急降下爆撃を行なった。「磯風」は爆柱に見えなくなった。面舵とった残りの数機も、隙《すき》を窺っておったが、断念するとこれも反転、「磯風」につっこんだ。一艦に急降下爆撃を集中された「磯風」は、赤黒い煙に包まれて反転し列を離れたが、そのまま速力は出ず、後に取り残された。雲の中の空中戦はまだつづいており、真っ赤な火の塊《かたまり》になった一機が雲を破って落ちて来るのが見えた。

陽焼け顔に剽軽な縮れ鬚を生やした水雷長は、例の通り兵隊を督励して見張らさせたが、二回目の今日は気持にいくぶん余裕ができていた。それにしても対空戦闘のおりの水雷科員ほど手持ち無沙汰なものはない。戦闘中攻撃兵器を持たぬ兵隊は全く心細い限りである。幹部員は船橋で眼鏡につき、あるいは旗甲板で対空見張りをしているが、発射管員は連管長一人が残るだけで、機銃の給弾を手伝う者のほかは、ただ安全な場所に身を潜《ひそ》めておるよりほかはないのだ。砲員や機銃員は射っているから案外平気だし、見張員も、危険を感じながらも自分の戦闘配置についているからまだ落ち着いているが、状況知れずにただ避難している彼らは全く頼りどころのない不安と恐怖を抱きながらどうすることもできずにいる。

被弾した「磯風」を護衛してショートランドへ反転していた「長月」は、途中で遅れて来た「江風」に護衛をたくして追及して来た。五時四十五分ラッセル島へ向かう部隊が分離、七時半、前方にガ島が見えて来た。「朝雲」と「五月雨」はカミンボ西方の哨戒に当たった。敵影を認めず、異状はない。「鳥海」の飛行機から、サボ島東方に魚雷艇三隻あり、と報せがあり、間もなくその一隻を撃沈すと来る。カミンボ西方を針路北で進み、サボ島南側を左に折れる。八時頃から始まった揚陸（実は撤退なのだ）は十時に終わり、駆逐隊は反転する。十一時、速力四戦速となった。夜風が寒く、星明かりの下にときどき雨が降る。

二月八日（ショートランド）

午前八時ショートランドに入ると直ぐに油槽船に横付け補給をした。昨日被害をうけた「磯風」が私たちの前にいる。一番砲塔の下の外鈑が両舷ともに大きくげっそりとめくられて、右から左へと筒抜けに見えている。一番砲は左旋回のままいびつになって傾いている。それでも下甲板には浸水しておらぬか、低速で走っているのには驚かされるのだった。おそらく一番砲員は総員戦死であろう。

二月九日（ショートランド）

今度のガダルカナル輸送がすべて撤退であったことが初めて明白にされ、海軍部内の者に対しても口止めされた。種々の情報を総合してみると、近くニューギニア方面の作戦が始められるらしい。ニューブリテン島西南部からニューギニアへ増援するのだ。

朝七時頃、ロッキードが一機上空を高速で偵察して行った。爆撃にくるかと思っておったが、終日何事もなかった。

二月十日（ショートランド）

今日の新聞電報は、大本営が九日、ニューギニア、ソロモン群島方面からの撤退を発表したことを報じた。そして今日の衆議院予算総会での、軍部を代表する政府委員による南太平洋方面の戦況に関する報告を伝えている。

「同方面に於《お》ける戦略的展開を整斉確実に完了せしめ、大東亜共栄圏の外壁を固め次の積極作戦の足場を獲得するに至ったので、今やガダルカナル、ブナの戦略的重要性はなく」云々。

だが、兵隊はガ島に敵が基地を確保したことがどんな意味を持っているか、余りにあからさまに眼前に見ておった。いま兵隊が語り合っている南太平洋の戦局に対する疑懼《ぎく》や不安は、今までの例から見て全然行きすぎたものでないことを兵隊自身はよく知っている。それは内地に帰ったおりの兵隊が、戦況に関して悲観的な言説を全く吐こうとせぬ裏に、いつも戦況の不利を痛感しておるのと同じものだ。

十時半、上空をロッキードが二機、二、三度旋回して去った。しばらくしてから戦爆連合の味方三十数機が飛行場を発進して行った。

二月十二日（航海中）

午前五時、ショートランドへ来る「川内」と合同すると反転、午後一時ショートランドに帰った。

午後三時、「五月雨」「朝雲」及び第十駆逐隊の三隻、計五隻の駆逐艦はパラオへ向かった。そこから輸送船を護衛してニューギニアのウエワクへ行く予定である。

二月十六日（パラオ）

十一時、パラオ入港。靖国丸、愛国丸等の優秀船とともに古ぼけた輸送船が集まっている。みな内地あるいは支那方面から、陸軍部隊をここまで輸送して来たもので、「五月雨」は「朝雲」とともに、十九日、愛国丸以下三隻の高速船を護衛して出撃する。

ニューギニア増援への出撃

二月十九日（航海中）

午前九時、船団に先立って出撃すると湾口付近の対潜掃蕩《そうとう》を行ない、反転すると、午後二時半、船団と合同した。合同して間もなく、とつじょ「爆雷戦配置ニ就ケ」のブザーがけたたましく響いた。いま潜水艦の雷撃を受けたところだといい、まだ潜望鏡が見えていた。左七〇度方向の近距離から魚雷が三本、「五月雨」めがけて走って来たのを、取舵一杯、一戦速急げ二分の一でようやく回した。一本は「五月雨」をすぎると間もなく沈んだが他の二本はずっと走っていたという（この魚雷が命中しておったらその頃兵員室で横になっていた私はどこかへ消えてしまっただろう）。

敵の潜水艦は潜望鏡を出したままさらに船団に向かって攻撃した。二本の魚雷を商船は巧みに避けた。その時、いま来たばかりの水上機が露出している潜望鏡のすぐ脇に爆弾を落とした。しばらくしてまた落とした。いい狙いであった。「五月雨」も攻撃に行きかけたが、船団右側の警戒が留守になるので、護衛の位置にもどった。眼の前にみすみす潜水艦がおりながら攻撃せぬのを兵隊は残念がった。それにしても敵潜水艦のやり口は不敵であった。先ず護衛の駆逐艦を攻撃しておいて後で船団を狙おうというのだ。しかも湾口間際で潜望鏡まで出して。

二月二十一日（航海中）

昨日、アドミラルティー島付近で船団護衛中の「大潮」が潜水艦の雷撃をうけ、「荒潮」に曳航されておったがついに沈没した。また、さきにウエワクで雷撃された「春雨」は現状のままでは航行不能のため、一罐室から前を切り離すことになった、そんな電報を見るにつけて、魚雷一本で死命を制せられてしまう駆逐艦では見張りを油断してはおられぬと思う。月のある海上の見張りは楽だ。日中のように強い光線の反射もなく、海が白々と浮き上がってどんな小さな物までも黒くハッキリと映る。ことに月に向かって見る時は格別《かくべつ》である。やわらかい光、涼しい風、そして畳の上を滑るように艦が走る。

二月二十二日（ウエワク）

午後一時、ウエワク泊地着。正面の浅葱《あさぎ》色の芝生のある山腹に教会堂が立ち、これが司令部である。右手の出島になった小山の下に桟橋が構築され、各商船からは荷揚げの大発が忙しく往き来している。私たちの護衛して来た清澄丸、護国丸、愛国丸のほかに商船が一隻、他に敷設艇、駆潜艇も碇泊しており、艦載水雷艇が爆雷を二つ積んで、艇首に機銃を据えて湾内の対潜警戒に走り回っている。鬱蒼とした林は海岸から一面につづいて遠い山容がこの大きな島の奥行きの深さを思わせる。夕方、早くも夕食の支度するらしい白煙が林から静かに流れてくる。「朝雲」と「五月雨」は湾口を南と北に分かれて哨戒する。「春雨」はもうトラックへ帰ったらしい。五時四十六分日没、七時十五分月が出る。今夜も美しい月明である。

二月二十三日（航海中）

午前四時、ウエワクを後に北上。「朝雲」がラバウルへ向かって分かれた。護国丸も明日スラバヤへ向かって分離する予定である。

三月五日（パラオ）

今日の予定だった出撃は明日に延期された。ラエに向かった船団全滅の報が私たちを愕然とさせた。輸送船は全部撃沈され、護衛駆逐艦十隻のうち「時津風」「荒潮」「朝潮」「白露」の四隻が沈没し、他の多くが損傷を蒙ったというのだ。敵機は、B17、雷撃機、爆撃機等合計百機余りで、それらの猛爆を受けたのではたまったものではない。私たちが今日出撃の予定だった行く先はラエから七十カイリしか離れぬメダンである。兵隊は顔見合わせて暗澹とした気分におそわれた。陸兵はしかし相次いで輸送船に乗り移っているのだ。

三月六日（航海中）

六隻の輸送船を五隻の駆逐艦が護衛して、午後二時半、パラオを出撃。予定のメダンは戦況によってハンサ湾へと変更された。十一日にモレスビーから七百カイリの大型機爆撃圏内に入り、十一日の夕刻ウエワク沖を通過、十二日朝ハンサ湾着の予定で、十一日の昼頃から日没までに敵機に発見されなかったら作戦は成功するだろうという。

信号員の渡辺は六番船に派遣されて行く前に、淋しい顔付きをして私のところに挨拶に来た。爆撃目標になり易い輸送船に乗ることになり、ましてラエでの被害を聞いた直後で、あるいは最期という気持を含めてであるらしく、なあにやってみれば大したことはないよ、と私は何気ない顔で言ったけれども、真っ黒ないかつい顔の彼が消気返《しょげ》っておるのがおかしくなった。

だが、全く、何でもない時でさえ他の艦に乗るというのは厭《いや》なものである。例えばこのちっぽけな駆逐艦から一時、戦艦「大和」に乗ったとしても、私たちは単なる便乗者でしかなく、何となく不安な気持を抱くだろう。そこには自分たちの息の通った甲板も卓もないし、戦闘の際にも除外されておらなければならないのだ。すべて自分の慣れ親しんだ雰囲気の中から未知の雰囲気の中に身を置きかえるというのは心細さを伴うものであるが、それが戦闘の中にあってはことさらである。対空戦闘となると私は真っ先に艦橋へ駆け上る。見張りにつくということはもちろんあるが、とっさに駆け上ること自体にはそんなことよりも先ず自分の戦闘配置につくんだ、死ぬなら自分の戦闘配置で死ぬんだという本能的なものの作用によっているように考えられる。だから警戒航行している時に、どんな危険な海面でも、非番の時間を吃水下にある兵員室で安心して眠っておられるのだ。

三月七日（航海中）

昨夜の電報で、コロンバンガラ島へ輸送に行った「村雨」「峰雲」は揚陸終了後、五日の夜、ムンダ飛行場砲撃に来た敵の巡洋艦四隻、駆逐艦三隻と遭遇、「峰雲」は轟沈して砲術長以下四十名が救命されたのみで、「村雨」は消息不明であったが、今朝になって、沈没したこと、百三十数名が生存しておることがわかった。相次ぐ駆逐艦の被害は兵隊の心を暗くさせた。これで第二駆逐隊も「夕立」「村雨」を喪《うしな》い、「春雨」は前半なく、動けるのは「五月雨」だけになった。「峰雲」と「村雨」はまだ横須賀を出て来て間がなく、艦内の緊張度の欠けておるのが指摘されている。相手が絶対優勢であったとしても一発も敵に報ゆることなく斃れたのはいかにも残念なことであった。

今日本艦で潜水艦らしい反響音を探知して爆雷攻撃に移ろうとした。「爆雷戦」の号令をかけたばかりの時、左の水圧投下機の爆雷がとつぜん海に落ちてしまった。艦はまだ半速で走っているのだ。深度六十メートルであったから幸い被害はまぬかれたけれども、これが三十メートルの深度であったら多かれ少なかれ被害はあったに違いない。まだ故障の原因がハッキリわからないけれども、これも緊張の遅緩《ちかん》と見られる。戦闘、そして戦死ということは、兵器の如何や運ということはあるにしても、ある一瞬、しかも重要な一瞬が人間の緊張度の如何にかかっているのは間違いない。

船団のハンサ湾到着の前に、味方機はブナ及びモレスビーの爆撃を行ない、なお、十一日からは上空直衛もつく予定だという。しかし一番望ましいのは輸送船からの揚陸作業中に敵機を防いでおいてくれることだ。

三月十一日（航海中）

朝食後、戦闘服装に着替える。暑い。ここ数日、赤道無風地帯を八ノットの速力でジグザグコースをたどっておるから暑いことおびただしい。朝からウエワク基地の水偵三機と陸軍の戦闘機が十二、三機上空直衛についている。もう大型機の爆撃圏内に入っているわけだ。夕刻通過する予定だったウエワクの沿岸がすぐそこに見えている。

三月十二日（ハンサ湾）

午前五時、配置につく、昼戦に備える。水圧投下機に最後まで出しておいた二個の爆雷も空襲に備えて全部しまわれる。五時半に太陽が昇る。目標の浮標を折れて船団は次々と海岸近く投錨する。美しい湾である。湾口は円錐形の火山が裾をひき、山頂には雲が漂っている。植林された椰子の林が海岸から丘一面に列を正して繁り地肌がいきいきともえている。まだ消え去らぬ朝靄が山襞《やまひだ》に低迷している。

六時、第二配備になった。この頃から商船の揚陸が始まった。ウエワクからの派遣隊の手で架けられた桟橋《さんばし》に十数隻の大発が待機していたのだ。広からぬ湾口を五隻の駆逐艦が回りつづける。直衛機が十二機、晴れ上がった酷暑の下を高く低く飛ぶ。やがて対戦警戒の水偵が三機姿を見せた。

暑い兵員室にはまるで兵隊はいない。常連の先任伍長の新井兵曹と私と、他に一人二人だ。人数が少ないから却って空気は落ちついておって汗もかかない。そこへ三分隊の若い兵隊が十人ばかりラッタルを降りて来た。何かひそひそ話していたがそのうちに退屈まぎれに拳《けん》をはじめた。負けた者には皆で『牛殺し』を喰わせる。「ジャン、ケン、ショイ――ショイ」そして、負けた者は痛さを予想しいしい額《ひたい》をなでて勝った者の前へ持って行く。勝った者は思いきり強く指先で彼の額を弾く。そのたびに悲鳴と哄笑《こうしよう》がわき起こる。眠りかかった眼は完全に覚《さ》まされてしまった。だが、こんな他愛ない遊びに非番の時間を過ごしているよりほかにない彼らの気持を考えると、うるさいと怒鳴りつけるわけには行かなかった。
終日敵機を見なかった。十時半に月が上った。五番船の帝竜丸は八時半頃に早くも荷役《にやく》を終わって錨を上げて湾口近く出て来た。船団を護衛してパラオへ行く予定だった「秋雲」と「皐月」のうち、「皐月」が取り止めとなった代わりに「五月雨」が行くことになった。
三月十三日（航海中）
午前三時。輸送船の最後の一隻がようやく出て来たのを護衛すると、もう湾口を出外れた船団を追った。やがて「秋雲」が右、「五月雨」が左の先頭に立って、六隻の輸送船は無事に北上を起こした。水偵が一機、戦闘機が十五機上空直衛についた。ラバウルに向かった駆逐艦三隻にB17が触接し出したという電報に対空警戒が厳重に行なわれた。十時四十五分、B17が一機、右前方に触接し、一万七千から二万の距離を保って大きく円を描いて飛んだ。「秋雲」が発砲すると味方戦闘機が気づいて追撃したが、敵機は雲中に姿を消した。敵機のモレスビー宛に船団発見を報ずる平文電報が傍受された。四時間後にはモレスビーを発った敵機が船団に追いつくだろうし、ハンサ湾の揚陸地点爆撃も予想される。午後四時、再び、B17が一機触接した。一万五千乃至二万の距離で、発砲したが、とうていとどかない。触接されたまま日が暮れた。商船六、艦艇二、と敵機が打電すると、間もなくモレスビーから、夜間爆撃により敵船団を撃滅せよと返電が打たれた。敵機は増派された様子である。

午後七時、爆音がきこえる。吊光投弾が三つ船団前方に輝いた。つづいて各所に数十個が、海を昼のように照らし出す。同時に船団爆撃が始まった。船橋を越す大きな水柱が吊光投弾に青く光る海上にもり上がる。一番船桃山丸の船橋と煙突の間に命中して貯炭庫だったか、火炎が次第に大きくなる。吊光投弾や三、四十個の爆弾があっちこっちで炸裂するところから見て、敵機は少なくとも五機は下らない。炎上中の桃山丸を掃射する敵機の曳跟弾《えいこんだん》が赤く浮いているけれども機影はさらに見えない。

一機が「五月雨」の右上空を低く通過すると機銃が射ち出した。「射つな、機銃、射っちゃいけない」射撃が止む。速力を落とし、航跡を消して黙々と敵の発見から逃れている。爆音はまだ聞こえるが機影は見えない。機影の見えぬ爆撃は昼間よりもうす気味わるい、爆音で方向と高度を知るよりほかにないのだ。輸送船の高角砲が時々火を吐く。ウエワク方向の陸上から空を射る六、七条の光芒が雲間をもれて見える。敵機はウエワク地区へ向かったらしい。爆音が聞こえなくなった。だが月が沈むまでは油断はできない。往路は対潜警戒に都合よかったこの月明も、今はただ早く暗くなってくれればいいと待つばかりだ。桃山丸救援に向かった「秋雲」が遠くうしろの水平線で照射している。桃山丸はもう沈んだのかも知れない。

十一時十五分、月が入ると第三配備となった。

三月十六日（航海中）

ハンス・カロッサの『ルーマニア日記』の中に次のような一節がある。

ハンガリーの観測将校の望遠鏡を借りて向こうの山腹を見ていた時、塹壕を掘っている多数のルーマニア兵を発見した。「観測将校に教えようかと思ったが、制止《せいし》されたような気がして、黙ってしまった。初めて私は謂《い》わば、人間に死をさし向けるべき義務の前に立たされた。というのは、敵を見逃がせば、次の瞬間に敵は味方の人々を危うくするかも知れないからだ。（中略）彼らは安心しきっていた。私が言わない限り、彼らは無事なのだ。――軍人ではなく、従って個人的にはどうにか平和のうちに過ごして来た人間にとっては珍しい場合だった。私の心臓が怪しく動悸し始めた時、年輩のボスニアの大尉がやって来た」そして「私」は遂にそれを忘れてしまった。

かつて、兵隊にくる前に、私はこの一節を読んで同感した。その時には、「義務」といいながらも次の瞬間忘れてしまっている「私」にヒューマンなものを感じてそう思ったのであろうが、今の私にはそんな気持はない。それはやはり「義務」であって、「敵を見逃がせば、次の瞬間に敵は味方の人々を危うくするかも知れない」のだ。そして私たちがいま経験している戦闘は、谷間を隔てての小銃の射撃ではなく、もっと咄嗟的な、しかも多くの犠牲を強要するものなのだ。ヒューマニズムは戦争を防止すべきで、現実に砲火の下にある私たちにとってはむしろ敵を助けるより先に味方の犠牲を少なくすることの方が肝要《かんよう》なのだ。

三月二十日（航海中）

午後四時、「秋雲」とともにパラオを出撃してラバウルに向かう。海上は波浪が高い。

三月二十一日（航海中）

商船護衛の任についておって雷撃を喰い、漂流中であるという特設巡洋艦第二長安丸救助の命令をうけて、午前十時、「秋雲」と分離してそれに向かう。前部に浸水して船尾が上がり、スクリューが空転しており、復元に努めつつあり、また、駆潜艇が救援に向かったともいう。昨日よりは静まったとはいえ、舷側をうつ波浪はどうどうとつづいている。

三月二十二日（洋上漂泊）

昨夜十一時半に予定の遭難地点についたが、第二長安丸は流されたらしく遂に発見できず、今朝五時、ようやく探し出した。状況を問う。

「第二船艙ニ魚雷命中、ビルヂポンプ使用不能ノ為第一船艙ニモ浸水、現在極力排水中ナルモ排水量浸水量殆ンド同量ニシテ……」

魚雷は命中したが不発だったらしい。潜水器を持って機関長以下十数名が先ず被害調査のために第二長安丸に派遣された。被害個所は、浸水状況から判断した士官は中部と言ったが、魚雷を見ていた兵隊は前部だと言った。左舷から走って来た魚雷は船底で尾部を触接したらしく、頭部は分離して右舷にかわって爆発し、尾部と気室は左舷の海面に死んだ魚のように浮かび上がったと、潜望鏡も雷跡も見ていた一番砲の哨戒員は言った。

潜水器は降ろされた。中部から調査にかかったが、結局、前の一番砲塔下に幅四十センチ、長さ二メートルの亀裂を発見した。帰って来た木工員は鱶《ふか》の話をした。潜った途端、彼は遊弋する四、五匹の鱶を見たのである。獲物を見極めるように白い腹を返しては、鱶は彼の周囲を遠くから近づいて来てはツッと通りすぎた。ちょっと動きのとれぬ感じで彼は梯子の最下段につかまっていた。あの鋸《のこぎり》のような歯で空気管を嚙み切られたら、そして命索も一緒にやられたら万事おしまいだ。しばらく躊《ため》らった後、遂に度胸を決めると彼は仕事にかかった。幸い鱶は彼に危害を加えずに、しかしいつまでも彼の周囲を離れずに戯れていた。空気管に長い布をつけておけばよかったのだ、と聞いていた下士官の一人が言った。無経験からそれには気づかなかったのだが、長い空気管が自然とその代役を果たしていたのかも知れなかった。

話は鱶でもちきった。練習艦隊当時、「八雲」で鱶を釣ったら間もなく弾庫が爆発し、「磐手」でも鱶を殺した直後カッター曳航の内火艇がもろともに四隻、それも静かな海上で転覆した、と高橋兵曹が言った。

「鱶にゃ滅多にいたずらをするもんじゃねえ」

「五月雨」は終日、第二長安丸の周囲を回って警戒した。大きなスコールが二、三度通りすぎた。夜になって晴れ、まんまるな月が美しく輝き出すと、昼間の暗澹《あんたん》とした気分はすっかり拭い去られた。

三月二十三日（航海中）

朝、駆潜艇が一隻、第二長安丸護衛のためにやって来た。作業員は今日も朝から出かけた。よくスコールの来る海である。明るく照っているのにパラパラと小粒が散って、大きな幅の広い紅がかかる。空と海とが一つになって真っ黒な雨雲の幕に覆われている水平線から、風の方向に両脚が海上を白く移動して、近づくにつれて小刻みにふるえている。パラリパラリと硝子に当たる滴が当たったまま玉となって、白い雲と蒼い海を半々に映している。うねりが至極暢気《のんき》そうにゆったりと移って行き、そのたびに原速で走っている艦は大きく揺れる。「五月雨」の応急工作は適切であり、第二長安丸は感謝した。だが、帰って来た工作員は、「徳さんと一緒じゃとても敵わねえや」

とこぼした。『徳さん』とは機関長の高橋機関特務大尉のことである。

「長安丸に着くと早速だ、作業員を集めてむこうの兵隊のいる前で演説をおっぱじめやがった、一場の訓示ってえ奴さ。芝居じみてるよ、全く」

作業員が空気ポンプを動かし工作員が潜水作業にかかっている間、彼は士官室で過ごしている。

「ひと休みしようってえ頃になるとのこのこ出て来やがるんだ。それもいいさ、御苦労のひとだって言ぐれえ言うんなら。ところがええ、御苦労どころか怒鳴りつけやがるんだ。そりゃ俺たちだって、いつまた潜水艦に狙われるかも知れねえ危ないとこにいるかぐれえ知ってるよ、だから少しでも早くやらなきゃいけねえぐれえな。だけど、もう少し何とか言い方があるもんだよ、なあ。兵隊なんて馬鹿なもんで、少しやさしい言葉をかけられりゃいい気持になってまたやるもんだ。何もね、徳さんが国家大事で俺たちにキツイことを言うんなら結構《けっこう》我慢できるさ。だけど彼奴あ、自分のカーヴを上げてえばっかりに、自分だけがいい子になりてえばっかりに、俺たちをコキ使うんだからいやになるんだ」

けれども、このこうるさい機関長によって作業が思いのほか早く終わったのも事実である。

第二長安丸の救難作業が終わった頃、八号掃海艇がやって来た。午後五時、護衛を交替すると私たちは一戦速でラバウルへ向かった。

三月二十四日（航海中）

密雲の切れ目に幾条か棚曳《たなび》く白銀色の雲の上に、いつ昇ったか知れぬように太陽が出て、朝焼けになりきれなかった名残がかすかに、低い雲にほの黄色い輝きを留めている。相変わらずスコール雲が数個所黒い集団となって伸びている。朝来海上は平穏になった。雲のために銀灰色にいぶって光線を直接反射しないので、双眼鏡についた眼は疲れない。夜九時半頃、前方に船影を認めた。最初白灯が一つ見え、次いで赤灯が縦に長くひろがっているのが見えた。赤灯が次第に大きくなり、それが二つに分かれて、火災のようであった。火災を起こしているに違いないとみなが思いこんだ。さらに近づいた時にそれが火災ではなく、むき出しの赤灯が水平線の浮き上がりに大きく見えたのだとわかった。やがてそれが煙突と船尾に大きく赤十字灯をつけた病院船であることがわかった。病院船は四、五千メートルほどの距離をすれ違って行った。

凄惨！　連続空襲下の撤兵

三月二十五日（ラバウル）

午前八時入港。「朝雲」「皐月」「望月」が碇泊しており、商船は相変わらず多い。陸上の郵便所へ行った作業員は空手《からて》で帰って来ると、「五月雨」がちっとも来ないのでトラックに回送された由と言った。コロンバンガラで沈んだ「村雨」に乗っていた第二駆逐隊の司令が、隊信号長、隊暗号長らとともに乗艦して来た。湾外で飛行機を警戒している時に、島懐《ふところ》におった敵の砲撃をうけて、十五分ばかりで沈没するまでの「村雨」の最後を私たちは聞いた。

三月二十六日（ラバウル）

昨夜九時半頃から湾口低空に白灯をつけた敵機が来ていた。十時半に再び、翼の両端に明《あか》明《あか》と白灯をつけた敵機が湾口をこちらへ向かって来ると、左に反転して姿を消した。空襲警報が発令されて湾口の見張所から赤色信号火箭が揚がったが、十五分ばかりで解除された。夜間爆撃に来るかと思っておったが何事もなく夜があけた。朝はいぜん静かな、平和な姿であった。小鳥の鳴き声も、涼風も、山麓に湧く温泉の煙も変わりなかった。そしてやがて花吹山の麓から砂塵をあげて舞い上がる飛行機の戦争そのもののような姿も。だがよく見ると、海岸に大破した飛行機が大半を水の中に入れていたり、爆撃に赤く焼け爛れた商船が横倒しの姿を曝《さら》していたり、爆弾に焼け枯らされた椰子の群れが林の中にポツリポツリと見えたりして、これらは以前見られなかった姿である。

三月三十日（航海中）

陸兵及び呉特陸乗艦。弾薬糧食の搭載をすませ、午後五時ラバウル出撃、ショートランドに向かう。速力二十ノット。

三月三十一日（コロンバンガラ沖）

午前十一時半ショートランド着。漂泊中、陸戦隊員さらに数名乗艦。午後一時戦闘服装に着替え、四時四十五分出撃。六時半、配置につき、砲戦、魚雷戦用意。七時半、吊光投弾二つ、右艦尾二万五千、再び二つ二万二千、さらに二つ二万一千。八時五十分、着水照明炬十、前方一万。

この頃から爆音が遠く近くしきりに聞こえる。上空を幾度か機影が過ぎる。二機か三機らしい。九時半、右舷から「五月雨」めがけて来た敵機は低空で凄まじい爆音とともに爆弾を落として去った。こちらからは全然発砲しない。右艦尾に飛沫が上がったのをオヤと思っているうち、轟音とともに三つ大きな水柱があがった。激しい震動は直撃かと思わせたが、至近弾だった。弾片で後部兵員室の鋲《びょう》がゆるんで若干浸水を始めた。煙幕を張る。吊光投弾、着水照明炬は相ついで落ちる。

「上陸困難ニツキ暫ク韜晦ス」とさっき打電したが、荷揚げ作業はいよいよ困難となり、中止して引き返す。「秋雲」も二回爆撃されている。敵機はまだ上空を触接している。短時間ずつ煙幕を張りながらそれをさける。速力を次第にます。

四月一日（コロンバンガラ沖）

午前三時、ショートランドに帰ると漂泊。午後五時再び出撃。九時半泊地侵入。十時、投錨して揚陸開始。入泊前にムンダ飛行場上空に見えた吊光投弾は、コロンバンガラ上空を偵察して帰ったばかりの敵機が落としたものと大発の艇員は言った。大発の連絡わるく作業は遅れる。正午すぎ、陸軍及び設営隊員を九十余名収容、帰途につく。

黄色く萎《しな》び切った陸兵や設営隊員は痴呆のようにぐったりとして、陸上生活特有の臭気をにおわせた。色褪《いろあ》せた、埃と汗の染みついた服についた糞のにおいが動くたびにツンと鼻をつき、艦内生活に慣れておる兵隊にとってそれは堪らなかった。厠ではそれがことにひどかった。のびっ放しのカサカサした頭髪が額を陰険に覆い、静脈の浮き上がる細い手で渇望していた煙草を挿んで吸うのだが、うまいという気持を表わす気力もない全くの無表情で、それでいながら起きているうちはしょっちゅう煙草を離さない。艦の兵隊が各々一袋ずつのほまれを与えたので彼らはたちまち数個の煙草を何ヵ月ぶりかで自分の物とすることができたのである。コロンバンガラにいる間、煙草のためには時計も万年筆も犠牲にしたと言った。島内には吸殻《すいがら》というものは見当たらなかった。その頃には口の中に入れて少しばかりの葉を噛みしめた。陸戦隊付近にやって来た陸軍中佐が、一人の水兵に先方から敬礼して一本の煙草を所望《しよもう》したという話も満更《まんざら》作りごとではないらしかった。彼は二里余りの道を海軍部隊の方へ行けば少しはあるに違いないとやって来たのだ。この話をきいていた兵隊の幾人かは煙草を止めようと呟いた。

彼らは横になってばかりいた。食事用意はだから艦の兵隊がしてやらねばならなかった。いかにも疲れ切った彼らの中で軍刀を背負った設営隊の班長らしい五十男が一人、彼らを叱るように励ましていた。食事の始末はやらせますからと彼は言ったが、それは艦の兵隊にとって見ておられぬことであったし、それに不安心で結局何から何まで彼らの世話《せわ》をした。班長らしい男は幾度も礼を述べた。行く時には呉所轄の駆逐艦であったがこんなに親切にはされなかった。私自身が関西の者だが、横須賀の兵隊の親切は忘れない、と彼は涙を浮かべた。彼らの中にはガダルカナルから大発で夜間撤退した者も多くおって中の数名はマラリヤに侵され、他の多くは営養《えいよう》失調であった。それでもこうして帰りの艦に乗り込めたのはいい方だと語った。班長らしい男は、糧食も弾薬も不足がちな敵の空襲下で苦闘している友軍の様を、張りのある調子で話した。弱さを見せようとせぬ彼の態度は気持よかったが、その実況を耳にして兵隊は顔を顰《しか》めた。

四月三日（ショートランド）

ブカで燃料補給をしてショートランドへ帰ると、五日出撃の陸戦隊の兵器、糧食の積み込みが明朝に延期されたのを知った。その信号が来る前に抜錨しようとしていた時、つめている錨鎖が衝撃をうけたようにピンと張った。オヤと思って辺りを見ると、第十駆逐隊の「風雲」の上甲板から舷側に水が滝をなしている。途端に信号旗が揚がった。

「我触雷ス」磁気機雷である。するとしばらくして「風雲」の触雷した付近を通りかかった商船の船尾でまた機雷がはねた。水面に白い波動がひろがって黒い爆柱がわき上がった。商船は通過した後で被害はなかったらしい。根拠地隊へ行っていた艦長が帰って来ると、昨夜敵の潜水艦が機雷を敷設《ふせつ》して行ったらしいとの情報を伝えた。磁気機雷と時限機雷で、明早朝から掃海にかかる予定だという。いままで飛行機の爆撃で一杯だったショートランドに今度は潜水艦と機雷の脅威が加わったわけで、味方がガダルカナル近くに機雷を敷設するという話のあった矢先、先手を食った態である。

「敵はよくやるねえ、こちらは百年一日の如しだが」

と司令は言った。

「外南洋に安住の地なしか」

航海長はそう言って大きな体を後ろに倒して笑った。

四月四日（ショートランド）

八時半、第二宜昌丸が横付けすると輸送物件を搭載した。我々が命がけで輸送しているのに弾薬、糧食を後にして酒保物品を積み込むとはもってのほかだと艦長は憤慨した。司令部と現地との連絡がうまくとれていないらしく、現地部隊のこうした処置を司令部でも知らずにおって、たまたま連絡参謀が行ってそれがわかり注意することなどある、と艦長は言った。

艦長が陸上基地へ打ち合わせに行って来た結果、X作戦及びY作戦が知れた。X日は六日で、「瑞鳳」の飛行機と南東方面基地隊の飛行機が合同してガ島の飛行場及び水上艦艇を撃滅する予定で、Y作戦は、「瑞鶴」「龍驤」「瑞鳳」「隼鷹」及び「飛鷹」の飛行機に基地航空隊が加わって、ニューギニア各地を爆撃するもので、モレスビー、ブナ等を中心に艦艇をも攻撃するものであった。航空部隊も最近余り働かなかったようだから少しは面白いだろう、と艦長は言った。

四月六日（ショートランド）

昨夜九時半頃、コロンバンガラ入泊直前、ムンダ上空に敵機が吊光投弾を落としたために一時避退したが、十時頃再び状況を見て入泊、投錨して荷役を始めた。途中一度敵機の触接を受けたために大発の連絡わるく作業はおくれた。午前一時帰途についた。湾口を出た途端に艦尾から来た敵機に爆撃された。中部右舷の百メートル足らずに炸裂した弾片が上甲板にいくつか飛んで来た。その後触接をまぬかれたが、コロンバンガラ島に再三空襲警報が出たのを電話で知った。午後、収容して帰った陸兵を降ろすと、代わりにラバウルへもどるという陸兵四百名近くが乗って来て艦内は再び一杯になった。

四月十日（航海中）

ココボで陸兵をのせると、十時半、ニューギニアのフィンチに向かって出撃した。速力二十一ノット。朝来ラバウル上空は中攻隊、戦闘機隊の往来が頻繁であった。「五月雨」と「雪風」はニューブリテン島南岸に沿って、「夕霧」と「秋風」は北岸に沿って西進するのだ。北岸部隊は私たちより三十分ほど早く出撃している。出港後間もなく、艦長は陸軍の指揮官を艦橋へ呼んだ。この前コロンバンガラ輸送のおり、いざ乗艇となって陸兵が逃げるようにかくれておって容易に大発へ移らなかったが、今度はそんなことのないようにして貰いたい、お互いに怪我をしては損だからね、と言った。応召らしい、初老の百姓然とした陸軍少佐はただはいはいと何度も頭を下げた。

日没まで味方機が上空につき、時々スコールの来る雲深い空は夜になってからも変わらず、敵機の触接を避けるにはいい天候であったが、九時半、ニューギニアとの海峡付近で遂に吊光投弾を落とされた。敵機は海峡を往復哨戒しておったに違いなかった。「我敵駆逐艦二隻ニ触接中」敵機はモレスビー宛に打電した。もしその電報によって敵が増勢するならばブナから一時間足らずで敵機は私たちの上空に到着するわけであった。もはや今日の作戦は延期するほかはなかった。

四月十一日（ラバウル）

ラバウルに帰って、北岸部隊も敵機の触接を受けて、ニューブリテン島の西端近いツルブに揚陸させて帰ったのを知った。ラバウル上空には中攻隊、艦攻隊、戦闘機隊が数十機入り乱れて飛び回っている。午食後、陸兵は荷物や手回品を艦に残し、小銃だけを持って陸上へ降りた。明日再び乗って来るのだ。彼らが去った後の上甲板を兵隊は大掃除しなければならなかった。飯盒をたたいた飯粒が外舷にこびりつき、リノリューム甲板は泥だらけの上に紙屑や藁《わら》が四散して水筒の水がうすぎたなく流れておった。掃き集められた芥は山になった。

艦上生活者にとってこれらのことは不潔極まるものであった。制限のある水を極度に利用して清潔を保っている海軍生活と彼らとの比較から、ルーズなようであって規律だっておる海軍に比べて規律正しいように思われていてしまりのない陸軍を兵隊は語り合った。陸兵が艦を降りる時、何々軍曹殿が見えないから乗らないとか、何々兵長はどうしてるのかと曹長がいつまでも突っ立っておって、作業が一向《いっこう》にはかどらないのなどは、先登《せんとう》第一で教育されて来た海軍の兵隊にとっては余りに固苦しく、焦々《いらいら》させられるというのだ。

四月十二日（ツルブ）

午前四時、空襲警報。Ｂ17が二機、湾口付近を旋回、四十五分解除。五十分、空襲警報。Ｂ17が湾口から湾内に侵入。艦船陸上ともに一斉砲撃が起こる。敵機は五千メートルまで降下したが空を覆う味方砲弾は一発も命中しない。至近弾すらない。まるで故意に敵機を避けているかのようだ。弾幕をぬって敵機は飛行場に小型爆弾の雨を降らせると南へ去った。叔母山の山頂から中腹、そして山陰の飛行場につづいて火災が起こった。山腹の芝生は白煙をあげ、飛行場は燃料が爆発したか赤黒い煙が高くあがった。敵機が去って間もなく、砂塵を高く舞いあげて中攻隊、戦闘機隊が相次いで飛び立った。四十五機の中攻隊は戦闘機隊の揃うまで幾度か上空を旋回しつづけ、やがて二百機余りの編隊は南東の山陰に消え去った。後は火の消えたように静まり返った。Ｙ作戦当日の今日、味方機はニューギニアへ向かったのだ。

数時間の後、「爆撃終了、帰途ニック」の打電があり、十一時半頃から戦闘機が三機、六機というふうに帰って来た。戦闘機はほとんど補助タンクをつけたままで、空中戦は行なわれなかったと思われた。中攻の胴に抱かれていた爆弾は見えなかった。十二時までに中攻二十七、戦闘機六十九機が帰った。朝、敵の大型と小型を合わせて百機ばかりが基地を発ったという情報が入っているから、味方の一部は途中でそれと遭遇したかも知れないと電信員の一人が言った。

午前中に昨日の陸兵をのせると、「白雪」とともに、午後一時四十五分、北岸航路をとってツルブに向かって出撃した。ハンサ湾揚陸部隊に夕方から敵機が触接し、モレスビー宛に攻撃慫慂《しょうよう》の電報を打つと、間もなく大型十数機が夜間爆撃に来たことがわかった。地上砲火が烈《はげ》しく船団には被害はなかった。私たちにとっては、自分たちが触接をうけるよりむしろハンサ湾に敵機が向かってくれる方が安心だった。ツルブに着いて揚陸を始めた時はもう十三日に入っていた。陸岸から三隻の大発と、内火艇ダヴィットに積んで来た二隻の小発、そして組立式の浮舟十一隻に全部を移すと、陸軍の患者七名を収容した。艦長は初手《しょて》から大発の来るのが遅いと焦々して信号兵に連絡を急がせたが、作業が順調に進み出すと静かになった。司令は落ち着き払って旗甲板から作業状況を眺めて、

「陸式は手ぬるいねえ」

と笑った。艦長がわめき立てているのは一つには性分でもあったが、うるさく言うのも艦のことを考えてだと思うと、彼を非難する気にはなれなかった。こういう種類の人間はどんな処《ところ》にも何時もいるもので、一人か二人のこうした存在は案外《あんがい》総員の緊張を高めるに役立っ

ているのだ。

五月二日（トラック）

近日中に空母の護衛をして横須賀へ向かう予定だ。在泊は一週間くらいだという。

キスカ撤退作戦

五月八日（航海中）

十二時半、「大和」「冲鷹」「雲鷹」、五戦隊の「妙高」「榛名」を護衛する「夕暮」「潮」「長波」とともにトラック出港、横須賀に向かう。

五月十三日（横須賀）

午後三時入港の予定で、五戦隊と分離して空母とともに横須賀に向かって間もなく、「五月雨」と「長波」が北方部隊に編入されて、佐世保入港の予定を変更され横須賀で補給することになった五戦隊を迎えに反転したため入港は七時になった。二十日間の在港予定が十日間になったばかりのところへ、今明日在泊しただけで明後十五日には北方へ向かって出撃しなければならぬと知った兵隊はすっかり消気《しょげ》返った。一回ずつしかない上陸だったので、当《あ》てもありもしないのに兵隊は十時過ぎてからも上陸した。ただ陸上が恋しいというに過ぎないのだ。

五月十四日（横須賀）

十二日、敵の有力な部隊がアッツ島に揚陸したのだ。巡洋艦、駆逐艦各数隻に、さらに後方には機動部隊がいる様子で、夏季の北方作戦は敵から先手《せんて》を打たれたかたちであった。形勢は味方に不利であるらしく、「摩耶」「鳥海」及び駆逐艦数隻の北方部隊が掩護に行ったが、まだ歯が立たぬゆえの今度の増援だという。艦砲射撃も食っており、内地は十二日から警戒管制がしかれている。防暑服が冬服に代わり、さらに防寒服装になろうとしている。

五月十五日（航海中）

たった二日間の在泊で、忙《せわ》しく取り乱したまま出撃する。防寒外套、半長靴、手袋、靴下、毛布、防寒帽——居住甲板に腰を降ろす余地なく雑然としている。朝から昨日に変わる空っ風が吹きまくって、気温はぐんと下がっている。南から来たばかりではなく、内地でも五月中旬の気温としては寒すぎる。その風に吹かれて、水兵員は艦橋前のマンドレットを張っている。寒さに真っ赤な顔の兵隊が時々兵員室へ降りて来て一服して行く。私は戦時日誌の作成や分隊事務に忙殺されている。東京湾の入口——小雨混じりの寒風が吹きまくり、うねりが高い。寒いので上甲板に出る者がいないからいっそう兵員室は一杯で、動揺が激しく皆横になり、不愉快な人いきれに満ちている。誰かが早速、『航海中禁煙』と大きく黒板に書き立てる。昨夜艦で飲みすぎた私も多少船酔い気分で、仕事を止めて横になる。

五月十六日（航海中）

午後、「防寒具着け」の号令がかかった。相変わらず霙《みぞれ》模様の灰色の寒々とした天気である。一週間前にトラックを出た頃、食後上甲板に出て、褌《ふんどし》一つになって汗を拭ったのを思うとまるで夢のようだ。暑さには慣れたが、果たしてこれからの寒さがどの程度のものか、予想ができない。

五月十七日（航海中）

曇、上甲板温度四度、日没六時十五分。

海は次第に静かになった。夕刻近く霧がようやく濃くなる。「霧中航海用意」。夜に入り、いよいよ霧は深くなる。姿は見えないが月があるので乳色《ちちいろ》の夜霧がしんしんと艦を包んで、夜明け方のような感じを与える。着ぶくれた体は動かすに大儀《たいぎ》である。午後七時頃から五戦隊の艦影は霧のために全く見えなくなった。

五月十八日（航海中）

朝から霧が深い。視界は三百メートルほどか。甲板温度三・五度。五戦隊を見失ったまま一夜明ける。二キロ信号灯で指揮し、サイレンを鳴らす。すると案外近いところからサイレンの応答が響いてくる。電話連絡がとれる。速力をだいぶ落とした。探信儀で五戦隊を探知し、測深儀で水深を測りながら走っている。いま通っているのはオホーツク海である。昨日は見えなかった太陽が今日は霧の上からまるく白銀色に姿を浮かべて、まともに見ることができるほどの弱い光だ。霙《みぞれ》が降る。針路の具合か、風がないので昨日より余程温い。島が近いせいか哨戒の漁船がだいぶ姿を見せている。まるまると肥えた雀がチッチッと、元気に飛び交い、水の中から時々首を出す見たこともない鳥が双眼鏡に映る。鴎《かもめ》に似たそれよりも遥かに大きい、羽が白く縁取られた綺麗な鳥が番《つがい》で飛んで行く。幅広く長い海草が外舷に戯れて過ぎて行く。

五月十九日（幌筵海峡）

蒼空が密雲の間からわずかに見えて、朝焼けが寒むざむと、しかし出港以来初めてで気持がいい。前にまっ白く雪に覆われた島が見えて来る。気温よりも、こんな景色や檣に鳴る風の方がよっぽど寒さを感じさせる。午前九時、幌筵海峡に入泊。占守島が北西に、さらに遥か向こうにカムチャッカ半島が延びている。すっかり雪に埋まった幌筵島の裸山の下に罐詰工場が数ヵ所、頬被りした男女の働いているのや、山頂の防空砲台の監視哨が外套の裾を風に吹きまくられて雪の上につっ立っているのもすぐそこに見えている。岸近いとさほどでもないが、島と島との中間は川のように速い流れで、舷梯に着いた内火艇がちょうど相当な速度で走っているようだ。釣好きが早速糸を垂らすと、鰈《かれい》や鱈《たら》が面白いようにかかって来て、たちまちバケツにみちる。

「摩耶」「那智」「木曾」、特設巡洋艦、商船、駆逐艦等、二十数隻が集結している。地勢の関係からか、雪の上を吹いて来た風は慣れぬ肌にしみ通るように寒い。敵は重巡、駆逐艦、さらに機動部隊をも動かせて、絶対優勢の海上勢力を保ってアッツ島反攻を進めている。それに対して私たちは増援輸送の護衛作戦か、輸送そのものに使われることになるらしい。南方で散々やらされた緊急輸送を北方に来てもやらなければならぬ駆逐艦に乗っておるということを、兵隊はブツブツ言った。夏になれば戦場になるに決まっているのに何故もっとよく防衛しておかなかったんだ、と南の戦場で身をもって味わった作戦の拙劣さを引例して口惜しがった。何よりも兵隊にとって厭《いや》なのはその度々に不利な作戦の正面におし出されるのが駆逐艦に決まっているということであった。

甲板温度四・五度、日没六時二十一分。

五月二十日（幌筵海峡）

日出、午前二時半。甲板温度三・五度。

北にくるにつれ日の出が早く日没がおそくなる。だから夜が短いわけだ。総員起床が午前二時、三時まで早朝訓練。昼休みが十時から午後一時まで。四時夕食、七時半巡検。夜ねむる時間はほとんど五時間とない。それを昼休みで取り返そうとするのだが、日課によく慣れないから骨だ。

敵の機動部隊が千島方面に来たという情報に対空警戒が厳重になる。私たちは明日夕刻出撃して輸送作戦の警戒隊となるらしい。今度の作戦で兵隊にとって一番に気になるのは敵が電波探信儀の優秀なものを、しかもほとんどの艦船が持っていることである。飛行機が海戦の鍵を握っておったが、電探は今後飛行機とともに戦闘の重要な役割を占めるに違いあるまい。ことに濃霧の多いこの北方の戦場で、姿を見せぬ敵から砲撃されるのを思うとやり切れない気持になる。

薄着になると寒いから、兵隊は毎日、ほとんどゴロ寝同様の寝方をしている。

五月二十一日（幌筵海峡）

珍しく晴れた暖かな日だ。横須賀を出ていらい寒さにせめられて、幌筵に着いて連日陰鬱な空と身を切られるような寒気に、ここはしょっちゅうこんなかと思ったけれども、聞いてみると今頃は今日くらいの気候が正常のものであるという。風もない上甲板に陽が当たって、兵員室の舷窓は久し振りで開かれた。

出撃が一日延期された。アッツ島の戦況は詳しくはわからないが、現在必要とするのは兵器弾薬よりも糧食で、私たちの輸送も糧食に重点が置かれておるのだという。

五月二十二日（幌筵海峡）

霧が朝から再び視界を閉ざした。波が閉めた舷窓の硝子をなめ回している。波とうねりがぶつかり合うと艦は異状な震動をうけてのたうち回る。そのたびに錨鎖がギリギリときしんで、最初は何事かと耳を澄ませるのである。

出撃はまた延期された。特令《とくれい》あるまで当分というのである。今日出撃の予定で、午前中先任将校は細かい注意をした。対空戦闘を予期したもので、被害極限、火災に対する処置、さらに万一の場合のことまで——要するに南方でやったのと変わることはないのだった。ただ、こちらが寒いというだけのことである。敵情は戦艦、巡洋艦、駆逐艦、船団、そして機動部隊で、前と変わらず、私たちはアッツ島の二百カイリ手前で様子を窺《うかが》い、天候がよければそのままアッツ島強硬揚陸作戦を支援するという。もちろん敵水上部隊との遭遇は予期しておリ、十二本の魚雷をいかに射つかも研究されている。

五月二十三日（幌筵海峡）

幌筵島一帯の雪は来た当座《とうざ》からみるとだいぶ解けて青褐色の地肌が覗《のぞ》き出した。ツンドラ地帯の地肌は一種翳《かげ》りある陰鬱な色を呈している。朝の甲板温度二度。曇天下に、洗濯物は一日干してもまだ湿っている。

五月二十四日（幌筵海峡）

午後ちょっとの間晴れると周囲の山々の雪に覆われた嶺から山麓が冷えびえと浮き上がった。風が強い。この風のなくなる七、八月頃は霧の深い日が続くのだという。

五月二十五日（幌筵海峡）

午後から夕方にかけて、「阿武隈」を旗艦とする第一水雷戦隊の大部分が出撃した。今日出撃しなければアッツの友軍は食糧難に陥るという。

昨夕の新聞電報にアリューシャン方面の飛行機及び潜水艦による戦果が発表された。兵隊はしかし少しも喜ばなかった。艦船を何隻沈めたところでアッツ島に揚陸されたという事実の前には何にもならないことをそれほど陸上基地が強みを持っているのをよく知っているからである。夏季攻勢を前にして飛行場設置の準備をしたところをそっくりそのまま敵の手に渡したのはガダルカナルの二の舞であった。

兵隊は、ただ命令の通り戦いさえすればいいというより戦わねばならぬことはよく承知しているけれども、単純な自分たちの頭でも考えられる最前線基地の重要さを知らぬ気な上の方の遣《や》り方に疑問と不満を抱いている。いくら海戦で派手な戦果を挙げたとしても戦争の最後は陸上基地の帰趨にかかっているのは明らかなことであった。

五月二十八日（幌筵海峡）

朝、阿頼度《あらいと》島近くで幌筵海峡へ向かって来た商船が潜水艦の雷撃を受けた。被害はなかった。「響」がすぐに対潜掃蕩の出動命令をうけ、駆潜艇とともに出動した。九時すぎた頃旗艦「那智」から「五月雨」あてに湾口北口の移動哨戒をせよと信号があった。私たちは早速錨鎖をつめはじめたが、潮と波浪でねじれておった錨鎖は容易なことではあがって来ず、抜錨に二時間余りを費やしてしまった。

よく晴れた空の水平線付近はほのかに霞んで、その中に、西に阿頼度島の富士に似た秀峰が、東にカムチャッカ半島がいずれも真っ白く雪に覆われ、春霞に浮かぶ風景は長閑《のどか》にながめられた。西風で、針路を東にとった艦上は風なく暖かな陽差しをうけた。幌筵の山々の雪は一帯に解けて、残雪も地肌に赤い斑点をにじませておった。太い幅のある嘴と水かきを持つ橙色の肢、他はまっ黒な鵜の一種らしい鳥が、艦が進むのに驚いて、あわてて水面で翼をバタバタさせ、肢で水を掻いてとび回る。水面から離れ切れぬところを見ると飛翔力がないのかも知れない。首だけ出しておるので潜望鏡とよく間違えるのはこの鳥である。空を映した海は黒いまでに蒼く、白波が風の方向に幾重にも続く。水偵も飛び出し、警戒艦も多数出動しているが潜水艦は発見できない。今朝出港して行った四本檣の帆船朝日丸が阿頼度島付近でまたも潜水艦に雷撃されて沈没した。

五月二十九日（幌筵海峡）

第十二航空艦隊司令部の、長官以下要員をのせた交通艦として武蔵湾に向かう。至極平坦な吹きさらしの低地に飛行場があり、戦闘機が十数機並んでいる。格納庫も整備されており、予想しておったよりも整備されているが、地形に防御性なく、大洋に面したままゆえ、潜水艦による夜間砲撃も考えられぬことはない。午後十一時、幌筵の錨地着。

五月三十日(幌筵海峡)

昨夜遅かったので、兵隊は今朝ぐらいと思っておったが、やはり二時に起こされたので不平を言っている。その上、午後休業だった予定が、昼少し前にとつぜん湾口警戒の出動命令をうけて出港することになった。一水戦がアッツに出撃中であるから、残りの少数の駆逐艦は使われる率が多いのだ。しかし考えてみれば、碇泊して休業するよりも、湾口哨戒の程度で出動して第三配備の哨戒直になった方が若い兵隊にとっては休める時間が多いわけなのだ。碇泊中の休業は結局古い者の休業でしかなく、若い兵隊はいぜんとして雑用が多いのだ。

五月三十一日(幌筵海峡)

一水戦が帰って来た。アッツの友軍に対しても敵に対しても、結局何のなすところなくもどったのだ。入港直後、「薄雲」艦長は次のような信号を、宛一水戦、通報在泊艦船で発信した。

「第一水雷戦隊青年士官ニ告グ、我等青年将校ハ、須《すべから》ク攻撃精神旺盛《おうせい》ナラザルベカラズ、一層ノ奮闘ヲ望ム」

アッツ島の友軍はついに玉砕したのだ。

一週間、増援のために出撃したのに何のなすところなく帰って来た司令官や参謀連へのこれは「薄雲」艦長の鬱憤の爆発に違いなかった。増援とか撤退とかいう作戦ほど厭なものはないけれども、やるんなら少し位の障碍《しょうがい》はおかしても決行した方が、何時まで愚図々々しているよりもましだと思っている兵隊は、むしろ「薄雲」艦長の気持に同感した。

六月二日（幌筵海峡）

湾口哨戒を終わって碇泊した艦は顚覆《てんぷく》するかと思われるほど動揺している。海峡北端のちょうど中央に投錨しているから一番うねりに乗り易いのだ。平均二〇度、大きいと三五度も傾斜して、うかとは上甲板に立っておられない。風と潮の流れが逆で艦は帰趨に迷ってうろたえているようだ。風が強いから空は晴れ上がっている。幌筵島北端を隔てて阿頼度島が清冽に雪をかぶっている。

六月五日（幌筵海峡）

寒いところにおると南方に比べて遥かに食欲をます。糧食の補給も内地に近いのでいいのだが、兵隊はそれよりもむしろ自分たちで釣った魚や海草を食うのを楽しみにしている。鱈はブツ切りにして石油罐に入れ、薄い塩水で、罐室の蒸気を通すと鱈ちりの熱い汁が体を温めてくれる。鰈《かれい》や比目魚《ひもくぎょ》は生を禁じられているので酢味噌で食う。流れてくる若布《わかめ》は鈎索でからめとられて、根についた細かい葉が煮え湯を通される。暗緑色の葉はたちまち眼覚《めざ》めるように瑞々しい緑に変わってとろりとする。これを叩いて細かくする響きが毎朝どこの食卓でもにぎやかだ。釣る者は食うたのしみが加わって、二の腕まで濡して寒風に吹かれている。たまに蟹船が通りかかって大きな鱈場蟹《たらばがに》を置いて行く。

酒保物品が少なく、酒はあっても時々一人宛五勺か一合配られるが、多くは古い者だけがのんでしまって若い兵隊には渡らない。それで菓子は彼らに配られる。こういう状態でいる時に、士官室で食いもせぬ菓子を買い占めたのを先任伍長は憤慨している。士官室といっても結局、食卓長をやっている機関長の高橋大尉で、買い占めておきながら不要になるとそれを兵隊に売らせるとか、食えなくして酒保に返すとか、そんなことをしている。以前からの彼への反感はいっそう拍車をかけられた。兵隊は間もなく彼が転勤する予定であると知って手を打って喜んでいる。若い兵隊ばかりが菓子を食いたいんじゃない、誰でもこんなところへ来ていれば同じだが、酒があるので若い兵隊に菓子をやっているんだ、と下士官の一人は言った。

六月六日（幌筵海峡）

半晴。雪の下の地肌が青褐色になり出したと思っているうちに何時かすっかり緑に変わった。冬から一気に夏になろうとしている活気が、その薄緑の中に含まれていて、見る眼に快い。

六月七日（幌筵海峡）

午後霧深く、視界百メートル。睫毛《まつげ》が霧に濡れて雫となって冷たい。霧がかかると気温がぐんと降《くだ》る。

「沼風」に「白雪」が衝突してどっちも相当な被害で、六ノットの速力で入港して来た。カムチャッカ西岸近く航行中の間違いである。駆逐艦がいよいよ傷つく。戦闘によらぬこうした被害が一番下《くだ》らぬ。人間でもそうだ。鷗が流し場から捨てる魚や肉の切れはしに集まって来る。一羽が獲物をくわえて飛び立とうとすると他の一羽が遮《さえぎ》って、肉片は海に落ちる。他の一羽が素早く漁夫の利を得ようとそれをひろって逃げる。追う。つまりは一番体の大きい奴が来ると、いままで争っていた鷗どもは威嚇《いかく》されて、あきらめて四散する。

六月二十四日（幌筵海峡）

特設工作艦八海丸に横付けして電波検知器を装備することとなった。逆探といわれて、電波探信儀の電波を捕らえて逆に敵の所在を知ろうというもので、防御兵器だ。幌筵海峡に着いた日、艦隊の中に新型の駆逐艦を発見して、それが「島風」で、五連装発射管三基持っていることと、速力が四十ノット以上出るというので私たちは驚かされたが、その前檣の中頃に備えられておる喇叭状《らっぱじょう》のものが射撃用電探であるのを知って、重巡以上の各艦では対空用電探を持っているのを見ていた私たちも初めて駆逐艦に電探が装備されたのに眼を見はったものだが、潜水艦はもちろん飛行機までが電探を持っているという米軍に比べたなら未《いま》だしの感が深い。

かつてラバウルを発った味方飛行機がガダルカナル上空に着く十五分ばかり前に、敵機が飛行場を飛び出してしまうのに、ラバウルにスパイがいると言っておったが、事実スパイがいたかも知れないにしても、敵は電探によって味方の攻撃をいち早く知っていたに違いないと、今にして私たちは気づいたのである。

六月三十日（幌筵海峡）

一昨日再び八海丸に横付けして大発の搭載準備をした。後甲板の爆雷施設を取り外して木材で大発の架台をつくったのだ。そして昨日明石山丸に横付けして実際に大発をつんで、滑り下《おろ》す予行をやったが、コロ材が破損して不成功に終わった。今日二度目の試験をした。大発は計画通り滑った。作業がうまく進まぬのに司令も艦長も業《ごう》を煮やしておったが、ことに艦長は、敵前でやらねばならぬこの作業を最もにがにがしく思っている様子であった。私たちは大発をつんでキスカの撤退作戦に参加する予定なのだ。

七月二日（幌筵海峡）

陸岸近く転錨すると、不要被服の陸揚げをする。出撃がいよいよ近づいた証拠である。第二駆逐隊（五月雨、春雨）は七月一日付で解隊され、司令は佐世保鎮守府付となった。

七月四日（幌筵海峡）

大発搭載準備は復旧、「五月雨」は小発二隻を搭載することとなった。

七月七日（航海中）

曇、霧が深い。

午後六時半、総員集合で航海長から作戦の説明があり、終わって艦長の訓示があった。彼はここへ来た当座発した「死を覚悟した」という言葉を「成功を祈る」と置きかえた。指揮者としての彼の言葉が部下にどんな影響を与えるかに気づいたようであったが、それは遅きに失していた。兵隊は濃霧の海上での電探射撃をうけるのを覚悟している。それにしても転進作戦ほど馬鹿気たものはなかった。作戦そのものがマイナスであるのに、さらにその際に被害を受けたとしたら全く泣き面に蜂であった。

午後七時半、艦隊は幌筵を出撃、東進した。先頭に「島風」、次いで一水戦旗艦「阿武隈」「木曾」、粟田丸及び日本丸の油槽船、「国後」。その右側に「五月雨」「長波」「朝雲」「薄雲」「響」。左側に「夕雲」「風雲」「秋雲」「若葉」「初霜」。主力の重巡は後方支援隊として残っている。

七月八日（航海中）

霧が深い。昼頃から「阿武隈」を見失う。午後四時、ようやく見いだす。夕刻霧中標的を入れる。

七月九日（航海中）

曳航補給を行なう。八十一トン。キスカ方面に敵機動部隊蠢動《しゅんどう》の形勢がある。気温降る。

七月十日（航海中）

霧はいぜん深い。この分ならば作戦に好適である。敵機が偵察に出た様子だ。夕刻霧が一時霽《は》れる。明るくなる。再び霧がかかり、また霽れる。午後六時半、電探電波を感知、方向南。十時半反転。キスカ方面の天候作戦に不適、敵に察知された形勢があるという。

七月十一日（航海中）

速力二十ノット、針路南西。日本丸より曳航補給九十七トン。天候の都合により、キスカ突入は十三日夕刻となる。月明朧《おぼろ》である。

七月十二日（航海中）

晴というほどではないが、視界一万以上。Z日（キスカ突入日）さらに一日延期となる。反転、針路南西。明朝日本丸と合同、再び補給のうえ明後日の天候を見る。

七月十三日（航海中）

日本丸より曳航補給。七四〇ミリの低気圧に向かう算大で、荒天準備を行なう。針路北東。空は時々晴れてまばゆいほどの天気になる。横波が甲板を洗う。夕刻近く霧がかかる。針路二二〇度。九時半さらに反転突入開始。速力二十二ノット。

コロンバンガラ島沖夜戦の発表がある。ニュージョージア島ムンダ方面の戦局急を告げ、敵は南北から揚陸、わが守備隊激戦中という。

七月十四日（航海中）

午前零時、配置につく。「戦闘用意」「砲戦、魚雷戦用意」「咄嗟戦闘用意」右艦尾からの風強く、横なぐりの霧雨が吹きつける。波が高い。視界悪くなり、艦隊の連絡困難。

午前二時、反転する。今日の突入は天候はいいのだが海上波浪高く短艇を降ろし得ぬため、見合わせるのだという。午後、波浪やや静まり、霧がかかって、反転せず突入すればよかったと思われる。夜、さらに反転、針路北東。明日突入の予定。

七月十五日（航海中）

午前零時配置につく。「砲戦、魚雷戦用意」「咄嗟戦闘用意」昨日キスカ島砲撃に来た敵艦艇と遭遇の算が大であるという。霧深く波静かで、いまのところ申し分ない天候である。

午前五時、霧が霽《は》れかかる。反転、針路南西。六時、さらに反転、針路北北東。再び突入。霧がうすれ、視界一万近くなる。八時、ついに突入を断念して反転帰途につく。燃料なく、補給もつづかぬゆえ、一時幌筵に帰ることになった。

キスカ作戦は天候——霧の如何にかかっている。霧にかくれて一挙に撤収しようというのだ。私たちの到着を待ちつづけているキスカの友軍が、艦隊が幌筵へ帰ったと聞いてどんな気持がするかと思うと堪らなくなる。彼らはアッツの二の舞かと断念しておるかも知れない。

七月二十二日（航海中）

午後八時幌筵海峡を出撃、七日の出撃と同じ隊形で同じ艦だが、油槽船二隻と「国後」は別に、南方海面で待機の予定。水雷戦隊は東進してアッツ島南方をキスカ島南東方へ出て、そこから北上しようというのだ。

七月二十三日（航海中）

霧が深い。霧中標的を入れ、サイレンを鳴らし、目標灯を艦の首尾に点じる。さらに少しずつの油を滴《した》らすことによって航跡を後続艦に知らせている。霧の立ちこめる海上の艦の近く、鉛色の水の中に青紫の油が途切れたりつづいたりしてひろがっている。

七月二十四日（航海中）

霧。日本丸と合同の予定が、見えず、「島風」が反転して捜索に行く。夕刻、日本丸と「島風」が合同。

七月二十五日（航海中）

霧。霧の中で曳航補給を行なう。キスカ方面の天候快晴、視界四方。突入に不適で、針路北東東から南へとる。単縦陣列となる。

七月二十六日（航海中）

針路北北西。夕刻霧は一時霽れ、再び濃くなる。二十二日以後はぐれておった「国後」がようやく合同して列に入ろうとした時、「阿武隈」に触衝。つづいて「若葉」と「初霜」が触衝、「長波」がさらに追突、隊形は一時大混乱になった。「国後」は艦首の吃水線より三メートル上に一メートル四方の破孔をあけたが行動に差し支えはないという。Z日は二十八日と一日延期された。

七月二十七日（航海中）

単縦陣列——「阿武隈」「多摩」「木曾」「島風」「五月雨」「夕雲」「風雲」「秋雲」「朝雲」「薄雲」「響」「長波」の順。「若葉」は単独幌筵に回航、「初霜」は「国後」とともに日本丸の護衛に当たる。「長波」は戦闘航海に差し支えないという。曳航補給を行なう。

針路北西。午前八時、反転、針路南東となる。Z日さらに一日延期。

七月二十八日（航海中）

霧が霽《は》れ始めると空が蒼々《あおあお》とひろがり、水平線付近だけがかくれている。針路北北東。この天候では突入は疑問だという。

朝食後戦闘服装に着替えた。キスカ方面の天候は作戦に適し、明日一日はそのままもつ見込みだ。針路北。

七月二十九日（キスカ湾）

午前零時、配置についた。「砲戦、魚雷戦用意」速力十四ノット、針路北。北上のために寒気が加わる。長官の乗る「多摩」は艦隊から分離すると反転南下を始めた。天候よく、曇って霧が深い。明日一日大丈夫という。敵の哨戒機四機が哨戒中という情報が入る。

午前八時、アッツ島まで直線距離四十カイリ、午後二時半突入の予定。舷外電路に電流を通して磁気機雷に備える。

十時二十分、「島風」「五月雨」「長波」の警戒隊は列を離れる。霧の中を静かにキスカ海湾に入る。錨用意をする。島影一切見えず。輸送隊も見えなくなる。……霧の切れ目に「阿武隈」が右前に見えて来る。

午後一時六分、「阿武隈」は「敵見ユ」と打電すると同時に取舵反転、魚雷を発射した様子だ。再び「阿武隈」はもとの針路にかえる。「第二警戒隊ハ敵ニ当レ」「島風」を先頭に取舵で主力から離れる。霧の中に岬が浮かび出した。数百メートル先の島影がかすみ、敵らしい艦影は一向に見えない。岬の背後の島のはしに岩が四つ五つ、海からつき出ている。これを敵と誤認したのではあるまいか、そう思っている時、とつぜん二つの爆発音が近くに響いた。敵の発砲かととっさに身を引き緊める。弾着らしいものは見えない。「阿武隈」で射った魚雷がどこか霧の中の岩に当たったらしく、その後物音はしない。

一時四十分、投錨仮泊する。輸送隊はいぜん見えない。濃淡の層をもって流れる霧を隔てた陸岸から、大発が二隻走って来る。陸戦隊員の操縦する大発の中には、銃一つ持たぬ陸兵が一杯に詰まっている。

「おーい大発！　本艦の艦尾の方へ行けえ」

「有難う」

艦影を見出して一気に近づいて来た彼らは満載の大発の中で雀躍《こおど》りして手を振り、応召らしい陸戦隊員の興奮に眼を充血させた顔がすぐ下にある。

「有難うございました」

「御苦労さんでした」

大発が艦尾の霧の中に消えて行く。艦の兵隊のほっとした微笑の眼も光っている。輸送隊は順調に作業を進めているらしい。

二時、第二輸送隊付近に転錨。「響」は一時間足らずで搭載を終わる。

二時二十五分、第二輸送隊は搭載終了。出港用意をする。

二時三十五分、出港、帰途につく。一戦速、二戦速、三戦速と相次いで増速。乳色の霧の中を湾口までさしかかった時、空の一角から霧が途切れ、蒼空がのぞくと次第に霽《は》れた。蒼空の下で輸送隊と合同したあと、霧は再び蒼空をかき消して海上は再びもとの乳色に返った。

艦隊は濃霧の中を南進する。

九時二十五分、第二配備となる。

七月三十一日（幌筵海峡）

久しぶりの蒼空を仰いで艦隊は午後三時幌筵に帰った。作戦は成功し、友軍五千数百の生命を助けることができた。しかしそれは悲しい成功であるのを私たちは認めないわけには行かなかった。太平洋に向かって張られた弧が、ミッドウェーで中央を、ガダルカナルで南を、今また北のはしから、次第に侵蝕されているのである。入港後総員入浴があった。裸で上甲板に出ても寒さを感じないほどの暖かさで快晴の山の端《は》のちぎれ雲が、白く、黄色く、夕陽を映したとぼけ顔で静かに西へ移って行く。それは冷厳に澄み返った空とともに北でなければ見られぬ、何か親しみのある景色であった。

「五月雨」は近く横須賀に向かう予定である。

コロンバンガラ島の夜襲

九月七日（横須賀出撃）
午前五時出撃。珍しく一ヵ月とまとまった軍港在泊は、私たちの体と気持をすっかり戦闘と航海から引き離してしまったようだ。これから再び訓練によって取り返さねばならないのだ。

九月十四日（トラック出撃）
十一日に入港して落ち着く間もなく、船団を護衛してラバウルへ向かう命令を受けた。まだマンドレットも何もしてない。補充交替後の低下した実力で、訓練の余暇に戦場へ向かう準備一切を完成しようというのだから多忙だ。午後一時半、五隻の輸送船を護衛して出撃。途中一隻が機械故障してトラックに反転したが、夜間入港は危険というので、故障の一隻を残して再びラバウルに向かった。

九月十五日（航海中）

かつてガダルカナルやコロンバンガラへ行く時に用意したように、今はショートランドはもちろんラバウルへ行くにも戦闘準備をととのえて行かねばならないほどに南方の戦局は変化しているのである。おそらく、明日あたりから私たちは戦闘服装になるのだろう。トラックとラバウルの間に、潜水艦は必ず三隻いるというし、この速力のない船団を引っぱって行くうちに、多少とも犠牲はまぬかれないかも知れない。

九月十七日（航海中）

昼戦に備えて、早朝訓練が終わる。未明から激しいスコールで、訓練が早く終わったらこの雨で体も服も洗いたいと思っていたが、私が艦橋を降りた頃はもう小降りで、止みかけていた。とにかくと褌《ふんどし》一つになって今まで着ていた物をひとまとめにして上甲板に出た。見ると、カッターの航海カヴァーのたるみに雨水が綺麗にたまって、オスタップ五、六杯分ある。もっとスコールの来るのを頼りにしておったのだが、次第に東の空から明るんで来て、雨もポツリポツリとなり、やがてすっかり止んだ。

洗濯がもう少しで終わろうとした時、とつぜん、爆雷戦用意の号令が裸の私を狼狽させた。泡を食って居住甲板へ降り、濡れた褌の上から防暑服を引っかけて艦橋に駆け上がった。潜水艦を探知したのである。反響音に疑念を持ち、なおも確かめている時、右後方の長行丸が発砲した。着弾が「五月雨」の右前にある。潜望鏡を発見したらしい。反響音が明瞭になった。とっさに爆雷攻撃に移った。反転して効果を確かめる。そこここに油が浮き出しており、それは石油よりも濃く、崩れた円形に赤黒く光っている。数回周囲を回って探信したがついに反響音はなく、効果は確実と思われたが、油を流して、沈没と欺瞞する手をよく用いると いうから、油の浮いている付近にさらに二、三個投射したら一層確実だろうと思った。しかし新しい艦長はそんなことよりも、浮いている油が本艦のものではなかったかどうかをしきりに気にしていた。どっちにしろこの夥しい油では潜水艦の沈没を確認しても差し支えないと考えられる。

九月二十二日（ラバウル）

二十日付で「五月雨」は外南洋部隊の襲撃隊となった。以前の増援部隊である。また輸送に使われるに違いない。一緒に来た船団を護衛してすぐにトラックへもどるつもりで、酒保物品を他艦に譲っていい気持になっていた先任将校や主計長は、この命令にすっかり泡《あわ》を食っている。しかし彼らがいかに泡を食ったとしても結局困るのは兵隊で、なければないで彼ら自身はどんなにでも都合がつくんだ、と先任伍長は憤った。

昨日敵船団十八隻が巡洋艦以下二十数隻の護衛の下にフィンチに揚陸作戦に来て、今日は味方航空部隊が幾度か爆撃に行った様子だが、とうとう成功されてしまった。爆撃行も多数をもってしなければ大した効果は望めない。そんなに飛行機が不足しているのだろうかと兵隊は疑問を抱く。少しばかりの被害を与えたとしても、結局揚陸成功の前には焼け石に水である。どうせ少ししかいないに違いないフィンチ警備の兵隊の身の上が思いやられるが、そこに飛行場でも構築されたならラバウルは連日小型機の爆撃に見舞われるのは間違いないことだ。

九月二十四日（ラバウル）

魚雷を十二本、陸上基地から持って来て試験した上で尾上丸に預ける予定で、昨日二本、今日六本持って来た。明日、射撃と発射の出動訓練があるというのでその準備である。ようやく魚雷が運び終わった時、襲撃部隊は明朝五時出撃の予定、と信号が着いた。フィンチへ襲撃に行くのだという。出動訓練は取り止めになったわけで、せっかく持って来た魚雷は二本を残して再び陸上に運ばれた。それが終わると魚雷と併行してやっていた爆雷の陸揚げにかかった。そんなことをしているうちに今度は、明日の出撃を取り止めて予定通り出動訓練を行なう、と信号が来た。命令が次々に変更されて艦内は多忙をきわめる。ことに魚雷、爆雷という大きな作業を持つ水雷科員は仕事の切れ目がない。陸上に行った作業員は十一時近くに帰って来て夕食を食った。

九月二十八日（コロンバンガラ沖）

午前二時十五分ラバウル出撃。夜襲隊、輸送隊、警戒隊と分かれてコロンバンガラ島の撤退である。同時に夜襲隊は付近に敵を索《もと》めて遊弋《ゆうよく》するのだ。在ラバウルの駆逐艦十数隻が全部そろっての出撃である。「五月雨」は「磯風」「時雨」とともに第一夜襲隊となった。正午から対空警戒を厳重にし、日没後戦闘配置についたまま一路夜戦の戦場に向かった。輸送隊は途中から分離してコロンバンガラへ向かった。ベララベラ島北端を通過する頃、前方コロンバンガラ島方面上空に照射砲撃が遠望された。輸送隊が任務を遂行する間、夜襲隊は付近を幾度か往復して敵を求めたが、ついに遭遇の機会はなかった。輸送隊は敵機の触接を受けて、爆撃されたりしたが被害はなかったらしい。午後十一時半、部隊は反転して帰途についた。

九月三十日（ラバウル）

弟への手紙――

この前の手紙で、すぐにまた手紙出すことを約束したが、忙しさに取り紛れてそのままになってしまった。この手紙が着く頃には多分もうお前の入営期日もわかっていると思うが、当分内地からの郵便物が手に入る当てもないから私の方にはわかり兼ねる。

入隊前のお前に言って置きたいことの一つは、軍隊というものが決していまのお前たちが想像しているような華々しいものではないということである。ことに若年兵というものは、下積みのおよそ兵隊とは縁の遠い雑用の連続である。そんな生活を通り抜けた後にようやく兵隊らしい、というのは少しでも人間らしい生活に入ることができるのだ。封建時代の年期奉公といったようなものだ。先ず上官、上級者の身の回りの面倒を見てやらねばならない。集団生活で人の最もいやがる仕事、汚い仕事、忙しい仕事を真っ先に進んでやらねばならない。他人の気づかぬことをひと足先にやり、他人より一歩前に踏み出した者が勝ちとされているのだ。

私は陸軍の生活は知らないけれども、結局陸軍だって変わりあるまいと思う。上等兵になるまで多かれ少なかれそれは経なければならぬ道程である。時にはそんな生活に何の意味があろうかと疑問を抱く場合もあろう、また数多くの中には気持の合わぬ俗にいう面白くない人間もあろう、その他、こんなつもりじゃなかったと思う事柄がしばしばあることと思う。だがそこが一番肝心なところなのだ。それが修業だと思うがいい。生死の境を経て人間を修業するとよく言われているし、またかく言う私もそんな気持で来たのだけれども、実際の軍隊生活ではそんなことよりもいま私の書いた雑事の方が遥かに多いのである。

生死の境なんていうものは、もちろん今は戦争しているのだから始終あるけれどもその方は別に心配は要らない。弾雨の下をくぐる時に全然恐怖心をなくすることはできないけれども死ぬということはそんなにむずかしいものではない。その立場に立ったなら誰だって死ねるものだ。だから私はそれについては多言を費やさない。むしろ肝要なのは、日常生活をいかに処して行くかというその心構えである。

軍隊生活と言っても、いや軍隊生活だからこそと言った方が適当かも知れないが、下らぬ事柄が随分とあるものだ。お前はそれにも慣れなくてはなるまい。ただその中にあってお前に光を与えるものは、自分は陛下の名において国のために兵隊に徴集されて来ているということだ。わかりきっておるようで、これは雑事に翻弄されている時にはなかなかわからぬことなのである。要は自分に与えられた職務を完全に遂行することこそ、お前を成長させ、助けてくれるものと思うことだ。別な言い方をするなら、国のためというお前に与えられた目標を、例えば自分のためと置き換えてみてもいい。お前が兵隊に徴せられたのは一つの不可避な事柄である。その中にあって自分を完成する、少なくともその方向に沿って努力するということは大切だ。要するに、自分のもの、何か信念をシッカリと持っていることだ。私たちには幸いに陛下の名が与えられている。くどいようだが、このことは若いうちばかりでなく相当古い兵隊となっても考えさせられる問題で、お前はこの手紙を読んだ時にはピンと来ないかも知れないが、来なくても構わない。軍隊生活のある一点で、ふと私がいま言ったことを憶い出してくれればそれでいいのだ、また必ずそういうおりがあるものだ。

例えばお前が何の悪いこともしないのに古い兵隊から撲られたとする、その時、何のために撲られたのだろう、理不尽だ、と考える。だがそんなことはすぐに忘れてしまうがいい、そんな些細なことに自分の気持を大ゲサにして考えるには及ばない、それよりも自分の仕事を何食わぬ顔付きでやっていればいいんだ、何もくよくよすることはない。あるいは相当古くなって、生活のマンネリズムに自分はこんなことでいいのだろうかと考えることがあるかも知れないが、それでいいのだ、お前のしていることはどんなに小さいことか知れないけれども、お前でなければ他にやる者がいないのだと思って精出すがいい、その生活を構成している何百分の一かの重要な一分子が自分であると思え。

さて、それからもう一つ。それは自分の才能を殺せということだ。軍隊は一人の天才を作るところではなく、百人千人の平均した軍人を作り上げるようにできている、とこれだけ言えばわかるだろう。一年間は馬鹿になれ、若いうちは馬鹿の方が喜ばれる、馬鹿には人が仕事を頼みいい。そしてお前はその間に精々苦労するがいい。その時にお前が握った大事なものは後になって役立つことがあるはずだ。しかし、断わって置くが絶対に卑屈にはなるな。

まだまだ書きたいことは沢山あるが、これだけの手紙を書くにも五日にわたったのだから、そんなことをしておったらいつ出せるかわからない、今日はこれで止める。では入隊前せっかく自重するように祈る。

——この手紙を点検していた先任下士官の目黒兵曹は厭《いや》な視線を私に向けていたが、やがて封をすると他の手紙と一緒にした。

十月一日（コロンバンガラ沖）

午前三時、「磯風」「時雨」「五月雨」「望月」はラバウル出撃。コロンバンガラ島の第二回撤退作戦である。敵機の触接をうけながら日が暮れた。戦場に巡洋艦三、駆逐艦二、さらにその後方に駆逐艦数隻蠢動という情報につづき、敵情は巡洋艦二、駆逐艦三、速力三十ノットで西進中という味方哨戒機からの電報が入る。咄嗟戦闘に備えて東進する。起動弁を開き、第一雷速、深度三メートル。午後七時、全力即時待機完成、二戦速、三戦速、四戦速と増速する。会敵は九時頃の予定である。

八時。前方に味方機の落とした吊光投弾が三つ、白と青で、下に駆逐艦がいるわけだ。と、その左にまた落ちる、白赤、下に巡洋艦という合図だ。まだ三万以上の距離でここからはまだ艦影は見えない。吊光投弾は次々と落とされる。敵は反転、針路を東へとったらしい。敵との距離はいぜん三万以上だ。敵機もこちらに触接しているらしく、上空に夜間偵察機の感度が高い。爆音は聞こえない。航跡をかくすためにわざと煙を出させる、煤煙幕を張る。「望月」が揚搭に去った後の三隻は四戦速のままコロンバンガラ北方の敵を追撃するが、いくら進んでも三万以内には近寄らない。敵も高速で東進しているのだ。

「時雨」から「磯風」宛、「余リ深入セザルヲ可ト認ム」この意見は適切なものであった。「望月」が陸軍部隊を収容するあいだ敵を牽制しているのが主目的であるなら、敵におびき出されて魚雷艇の犠牲になったり優勢な敵の包囲を受けるよりも、潮時を見計らってもどる方が賢明なやり方だった。

八時半、敵は味方機に対して対空砲撃を起こした。前後して私たちの上空にも爆音が聞こえた。敵機は高度を低めたらしい。と、一番後を走る「五月雨」のうしろに吊光投弾が三つ、つづいて四つ、三千から四千の距離だ。近い。煙幕を張って韜晦《とうかい》につとめる。「時雨」の左後方へ出る。すると再び低空して来た敵機が「時雨」の航跡を目標にしたか、「五月雨」の右正横六、七百メートルに、一列に七個の爆弾を落とした。「時雨」が機銃をうち出した。右前方にまた吊光投弾が落ちる。「時雨」の機銃が火を吐き「五月雨」の一番機銃が後を追う。それ以上進まず、反転すると大きく輪を画いて付近を遊弋する。前方の敵艦艇上空にはまだ味方機の落とす吊光投弾が白く青く、不気味に水平線付近の海に反映している。

「右一四〇度、飛行機」

と後ろで叫ぶ。爆音がする。次第に近づいてくる。艦尾に爆音が二つ、また二つ、先刻よりも大きく近い。

「被害はないか」

応急員が走る。

「艦尾両舷、三、四百メートルに至近弾、被害なし」

「望月」は無事に任務を終えた。大発隊も輸送任務が終わった。十時半、再び四隻揃うと帰途についた。第一回のおりより疲労が少ない。敵の兵力が海戦に適当と思われ、やるかと緊張したが無事に過ぎた。第二配備となって私はすぐに千人針を外《はず》した。

今日付で「五月雨」は第二十七駆逐隊に編入された。第二駆逐隊の名もとうとうなくなった。

十月二日（ラバウル）

第二回が成功すれば「五月雨」は第三回に参加しないことになっておったが、第三回も参加せよとの命令が来た。燃料残額《ざんがく》が戦場までの往復には不足であったゆえ、ブーゲンビル水道を通過した直後反転した。電探に敵の夜偵の感度があったが、何事もなく帰った。昨夜は大発隊と水雷艇数隻に被害があったことを今日電報で初めて知った。

ラバウル周辺の激闘

十月六日（ベララベラ沖）

ベララベラ島に残る友軍六百名を救助のため、午前五時、ラバウル出撃。参加駆逐艦「秋雲」「風雲」「夕雲」「時雨」「五月雨」「磯風」及び輸送隊四隻。午前九時頃からB24の触接を受ける。午後四時半、左前方の山腹にB24の四十機編隊を発見したが、折りからの雨雲に敵機はこちらに気づかず南に去った。

一八〇三、「砲戦、魚雷戦用意」味方哨戒機からの電報には「戦場ニ敵ヲ見ズ」

一八〇五、敵大型駆逐艦三隻、艦首方向三十カイリをこちらへ向かって来る様子で、方位発射に備える。

一九〇五、敵らしい艦影を発見。

一九二三、「左魚雷戦反航」

一九三〇、目標が右に移る。「右魚雷戦」先行した一番隊の三隻が右前方で砲戦を開始。

「時雨」と「五月雨」は敵に向かって突撃しかけたが反転、しばらく様子をうかがう。味方機の落とす吊光投弾が光る。白青。距離二万七千。

二〇一六、敵駆逐艦五隻を左三五度一万メートルに発見、再び「左魚雷戦反航」となる。

二〇三五、吊光投弾が右艦首二万六千に光る。見張員は、艦影は大発のようだと言う。

二〇三八、「磯風」から「敵影ヲ認ム、我ヨリノ方向一四五度、八千」艦影は駆逐艦とわかる。敵は反航で進んで来る。射手と水雷長は目標を捕捉。

二〇四五、敵は取舵反転、同航となる。距離は次第にちぢまり、七千となる。さらに近づく。敵の方位角右七〇度。

二〇五〇、味方一番隊らしい駆逐艦三隻を右艦首五千に認める。

二〇五三、敵一、二、三番艦、順に取舵反転、味方一番隊に向けて魚雷発射した様子。敵は反航となる。

二〇五五、敵発砲、一番隊と再び砲戦開始。「時雨」「五月雨」は面舵に反転、敵との距離を開く。一番隊の三番艦「夕雲」に敵弾が命中、火災を起こし、さらに敵弾集中。火災は大きくなる。とつぜん、「五月雨」間近く弾着が起こり、次第に激しくなる。二、三百メートルの遠弾で、弾着の水柱は小さい。弾片で艦橋前の一番機銃員が一人軽傷を負った。

二一〇〇、面舵転舵、「打方始メ」同時に、初弾発砲。針路北。敵弾が頭上をかすめ、曳《えい》跟《こん》弾《だん》が赤く尾を曳いてつづく。反射的に頭を下げる。「初弾命中」と射撃指揮所の伝令が叫ぶ。水雷長は目標を見失ってあせる。射手は目標を離さぬ。

二一〇一、「発射始め」

艦長の号令がかかった。取舵をとる。水雷長はようやくつかんだ目標の観測に一杯で何も言わぬ。

「用意はいいのか。水雷長、射角は決まったか!」

艦長は叱咤《しった》する。

「射角二八度」

水雷長はやっと口を開く。それが一杯で、方位盤が調整された時には射点五度前。艦首は左に回る。水雷長は射角を口にしたのみ無言。私は独断で「発射始め」を伝令する。

次の瞬間、これも焦々《いらいら》としていた射手が、「用意」も言わず「テ!」発射電鑰《スイッチ》は押された。

魚雷が八本、真っ直ぐに走って行く。反転して針路北。次いで「時雨」が発射して取舵に出る。反転して並んだ「時雨」と「五月雨」の間に敵弾が集中する。

二一〇五、敵の一隻轟沈。

二一〇六、敵の二番艦炎上、次の瞬間、轟沈。敵の三番艦が死に物狂いで射ちまくる弾着が「時雨」と「五月雨」の中間から「時雨」の艦尾へ移って行く。

二一〇七、敵の三番艦轟沈。砲声ピタリと止む。

二一一〇、「打方待テ」

二一一二、魚雷次発装填整備。

二一五四、「打方止メ」「発射止メ」各隊は戦闘を止めて帰途につく。「時雨」（司令）、「秋雲」（司令官）宛「本艦に於テ認メタル戦果、砲雷撃ニヨリ轟沈一、雷撃ニヨリ轟沈一、二隻何レモ大型駆逐艦」

十月七日（ラバウル）

朝、昨夜の被害調査をしに歩いていた者が、一番機銃台に洗面器大の弾片を発見した。六インチ砲の弾片と推定され、また昨夜敵の電報にも巡洋艦三、駆逐艦四とあったし、そんなところから考えて、駆逐艦と見た三隻のうちの一隻は巡洋艦だったかも知れないとわかった。入港後艦長は司令へ宛て再び信号を出した。

「本艦ニテ一番艦（巡洋艦）二番艦轟沈、三番艦ハ『時雨』ノ魚雷命中セルモノト推定」後、司令から第二十七駆逐隊宛に信号が出た。「昨夜ベラベラ西方海面ニ於ケル戦闘ノ戦果ハ見事ナリ、乗員一同ノ努力ヲ多トス」

十月八日（ツルブ）

十二時、ラバウル出撃。陸兵二百八十五名と弾薬、糧食を搭載して「時雨」とともにニューブリテン島西端ツルブへ向かう。午後十一時半着。ただちに仮泊、揚搭作業開始。大発が七隻来て、約三十分で作業終了。湾外に出た時、魚雷艇を発見。

「戦闘」「左砲戦」

左前方に見える三隻の魚雷艇に「時雨」が砲撃。魚雷艇は機銃で反撃。「時雨」照射砲撃、次いで「五月雨」も砲撃。「時雨」の一弾が魚雷艇に命中して転覆。他の二隻は煙幕展張して逃走。「時雨」とともに最大戦速で湾外へ出る。魚雷艇は湾内で待機していて、揚陸の大発隊を機銃でかき回す作戦らしかった。

十月十二日（ラバウル）

今日の空襲は開戦いらい私たちがうけたものの中で最も熾烈なものであった。敵機の爆撃はラバウルの空も陸も海も全く震駭《しんがい》させた。

午前八時三十分、西吹山南方に現われたる、P38を発見した時には、もう味方戦闘機が追撃しており、敵機はB24を交えていた。空中戦はココボ飛行場上空で行なわれて、爆撃による火災の黒煙が、濛々と舞い上がっていた。誘爆の煙は西吹山頂を越して次々とあがった。港内には来ずに、それゆえ在泊艦船からは一発も射撃しなかった。敵機が去ってほっと舷窓を開いた時、再び対空戦闘の号令が響いた。九時五十五分である。モレスビーを北上した敵の大編隊が十時ラバウル着で来襲するという、電探観測によるスルミ見張所からの報告であった。

十時、ちょうど予定の時間に、西吹山南方の山頂からB24の編隊が姿を現わすとたちまち爆撃を始めた。敵機は次々と湾内に入って来た。艦船からも陸上からも、一斉にあらゆる対空火器の火蓋が切られた。届きもせぬ機銃までが敵に向かって射ちまくった。大きく、小さく、射撃音は間断なく響き渡った。西吹山麓の岸近い商船付近、「川内」の周辺、さらに桟橋付近に爆弾は群がり落ちた。「川内」が大爆柱に見えなくなる。敵機は悠々と水平爆撃をつづけている。「五月雨」の脇におった商船が目標となり、爆弾が三つ、猛烈に横にひろがってどす黒い水柱を商船の数倍の高さにあげた。港内到るところに爆弾の雨が降る。艦船はしかし大部分が錨を入れたままなのだ。それでいて命中せぬのは、却って艦船を狙っておるからと言えるかも知れない。

捨錨すると「五月雨」は片舷機で大きく舵をとりながら前進し、後進する。また、右二百メートル付近に四つ並んで大きくはねた。とっさにみな背をこごめる。

敵機は上空を去ろうとせず、繰り返し水平爆撃をつづける。一編隊が真上をかわったと思うと次の編隊がもう頭上にさしかかっている。一番機銃が後ろに向かって射つので艦橋の者は耳が裂けるようだ。主砲を射つたびに震動と爆風に体が上下する。よろめく。左艦尾にまた幾つかが炸裂した。ヅヅヅ、グヮーンという響き、弾片、火、黒煙、水柱——それらがさながら生地獄の形相で私たちを取り囲んでいる。緊張にこわばらせた顔、取りつくしまのない眼……。陸上の数個所から火の手が揚《あが》り、黒煙が高い。敵機の高度は高く、八千の距離をとって射っても、砲弾はとてもとどかない。B24、B17などの大型機ばかりで、さっきのP38が偵察して行き、直衛戦闘機は付近で待機しておるものと思われた。やがて「時雨」につづいて湾外へ出た。爆撃は止まず、出港艦船を湾口に狙ってつづけられた。湾外に出た頃爆撃はようやく下火になった。逃れ出て来た「川内」を中心に水雷戦隊は集結し、ニューアイルランドとの中間海面を遊弋していた。再び湾内に帰った時、商船三隻が沈没、潜水艦一隻が小破、他にも至近弾による破孔を受けたものが相当あるのを知った。陸上の火災は消えていたが、余燼はいつまでもくすぶっていた。

十月十七日（ラバウル）
午前対空戦闘となったが敵機は湾内に来ない。
十月十八日（ラバウル）
午前十時十五分、空襲警報。B25、B24、合計四十機、戦闘機とともに全部で八十機来襲。
十月十九日（ラバウル）
午前八時四十分、空襲警報。P38が三機、B25が一機来襲。
十月二十三日（航海中）
ツルブへ輸送する人員物件を搭載して、十二時出撃の予定で待機しておった時、敵機来襲の報に、公用使とそれを迎えに行った内火艇を残してそのまま湾外に出る。B17、B25、P38などの数十機が、みな、西飛行場を爆撃し、味方戦闘機がしきりに食い下がっている。ツルブの揚搭地点に着いたとたんに、B24の触接を受けてそのまま反転。爆弾が「白露」の艦尾、「五月雨」の艦尾、再び「白露」の艦尾に落ちる。韜晦《とうかい》しつつ脱出する。
十月二十四日（ラバウル）
入港しようとしたおり空襲警報発令され、そのまま湾外へ反転、五戦隊の直衛について付近を遊弋。敵機はいぜん飛行場のみを爆撃する。今日は北方の中攻飛行場が目標らしく黒煙があがっている。
十月二十五日（ラバウル）
午前九時十五分空襲警報発令。九時三十五分からいつもの方向西飛行場上空には、B25、

P38の数十機が見えた。五戦隊の直衛となって湾外に回避する。今日は東飛行場も爆撃され、飛行機、飛行場に相当の被害あった様子で、入港した頃まだしきりに爆弾らしいものの自爆するのが見えた。

航空撃滅戦といわれるが連日の空襲は全くそうに違いなかった。制空権がすべてを決するいまの戦争で敵も味方も真っ先に飛行機を目標としている。陸上に行っていた作業員が敵機の撒《ま》いて行った宣伝ビラを拾って来て、兵隊の関心を集めた。

「日本は消耗戦術にひっかかっている」

そういう見出しで、ラバウルにおける航空消耗戦という米国の策略に日本はうまく乗せられておる、航空機の生産力の差は余りに大きく、とうてい日本が米国にかなうわけがないのだ、と統計まで示されてあった。このビラを中心に兵隊の論議は二手に分かれた。一つは全くその通りだと認める厭戦《えんせん》主義者で、他はそれに対して何糞と反発する抗戦論者である。しかし後者もビラの語る事実そのものを否定することはできず、それがいっそう彼らを歯軋《はぎし》りさせた。

「もっとどんどん内地から飛行機を送ってよこさねえかなあ、艦じゃ相手ができねえ」

そういって彼らは自嘲的な厭戦主義者に白眼を向けた。

十月二十六日（ガブブ）

午後一時、「時雨」「白露」「五月雨」は九時ガブブ着の予定でラバウル発、空襲に備えて各艦の開距離一万で西進す。午後六時、B24の触接を受ける。吊光投弾、着水照明炬が相次いで落ちる。「時雨」が爆撃目標になる。スコール雲にかくれた「五月雨」は一度上空を通過されたのみで敵機の爆撃からのがれている。「時雨」が反転して韜晦運動を起こす。「白露」は羅針儀を故障して「五月雨」を見失う。「五月雨」ひとり敵機をのがれてガブブに向かう。「時雨」は再び触接を受けておる様子だ。九時ガブブ着。揚搭終了した頃「時雨」が遅ればせに着く。西南方に吊光投弾が光っている。「白露」はついに来ない。

十月二十七日（ラバウル）

早朝ラバウルに入港した。午前二時揚搭終了帰途につく予定といっておった「白露」はとうとう作業不可能となって引き返したらしい。

十数隻の船団をようして来た敵はついにブーゲンビル島に揚陸した。味方攻撃機隊が出撃したが果たしてどんな戦果をあげるか。しかしどんな戦果を収めたとしても揚陸されてしまったら駄目だ。空戦にしろ海戦にしろ、どんな戦果も空しいように最近はしきりに考えられる。例えば花火のように、見てくりばかりは華々《はなばな》しいが何も残りはしないのだ。結局戦争は陸地を確保できるかどうかにかかっている。先日来の敵の猛爆もこの作戦の前提であったことは明白で、どこかへやって来るぞと予知しておりながらのこの結果で、いかにも残念だが、現在の航空兵力では致し方ない感じだ。

艦隊決戦用の空母の飛行機はトラックに集中しているというが、果たしていつ使おうというのであろうか。執拗な敵の哨戒には今更ながら驚かされるが、味方にしても、哨戒するならあのくらいやらねば駄目だと痛感する。それにはやはり数と優秀な兵器が必要なのだ。

十月二十八日（ラバウル）

午前、P38が一機、偵察して去った。

十月二十九日（ラバウル）

午前三時半、及び五時に空襲警報発令。十時、敵大編隊来襲の報に、ただちに出港。B24が四十三機、P38が三十数機に向かって、上空におった味方の戦闘機が五十機余り攻撃に向かい、P38と空中戦を交える。B24は例のごとく艦船を狙わず、西吹山腹のココボ飛行場に猛爆を加える。双眼鏡で見ていると、機体から連続二十数個の爆弾を落としてい、これで艦船を狙われたらたまらぬと思った。味方戦闘機と、P38の空中戦はしばらくつづけられていたが、やがて、B24の爆撃が終わるとP38も、味方機の攻撃から脱出した。五戦隊と水雷戦隊が入港した時、爆撃直後の黒煙があがっておったが、ひどい被害を受けたとは見えなかった。黒煙はすぐに止んだ。

夜、映写があり、その最中、とつぜん空襲警報が発令され、あわてて映写を中止すると戦闘配置についた。が、間もなく、探知したのは味方機であったらしいのがわかると解除された。久し振りの映写をその脂の乗りかかったところで中止された兵隊は長い間ブツブツ言っていた。

十月三十一日（航海中）

襲撃部隊が出撃して敵をもとめたが、視界悪く、ついに遭遇の機を失ったようである。

十一月一日（ブーゲンビル島沖）

午前三時、ブーゲンビル島近海から反転、ブカに向かったが、ついに帰途につく。敵は巡洋艦七乃至八。及び駆逐艦で、船団護衛として来たものでいぜん蠢動している様子だ。十時半ラバウル入港。燃料補給。午後三時四十分出撃。五戦隊の重巡二隻、「阿賀野」「若月」「大波」「長波」「時雨」「白露」「五月雨」「川内」。別にブカへの輸送隊駆逐艦五隻。

一七一三、「戦闘用意」

一九四〇、敵夜偵一機が触接し「川内」を爆撃。被害はない。蛇行運動を始める。

二〇一五、「対空戦闘要員収メ」

二三〇五、配置につく。

二三〇七、「砲戦、魚雷戦用意」

二三〇八、「戦闘」敵兵力は巡洋艦、駆逐艦ともに数隻。

二三三〇、「艦内哨戒第一配備」

二三五〇、吊光投弾が落ちる。敵との距離は次第に狭《せば》まる。視界はきわめて悪い。

包囲攻撃よりの離脱なる

十一月二日（ブーゲンビル島沖）

〇〇一〇、吊光投弾。

〇〇四三、艦影を認める。大発らしいと言い、また味方駆逐艦らしいとも言っている。が、敵の艦影とようやくわかる。敵は四隻で、左艦首を同航している。

〇〇四九、「左魚雷戦同航」敵発砲。次いで魚雷発射したか転舵運動を起こした。

〇〇五〇、「発射始メ」味方は狼狽している。敵の識別がおそかったのだ。

〇〇五一、発射し、面舵をとる。敵の弾着近くみな息をのむ。敵に機先を制せられた態だ。面舵をもどそうとした時、「五月雨」に次いで魚雷発射した一番艦の「時雨」が左前に面舵で近づき、面舵一杯とってようやくそれを避ける。「時雨」との衝突を危うく避けたとたん、右艦首から一隻、「白露」が迫った。視界悪く「時雨」を「五月雨」と誤認してそれにつづこうとしたか、「時雨」と平行した「五月雨」が面舵をとったところに直進して来た。

「停止！　後進一杯！」

が、遅い。どっちも勢いづいた艦と艦は――「五月雨」の艦首が「白露」の左艦尾に……。ヅーンと鈍い音と引き込まれるような動揺とともに、ぐーっと艦の行き足は停まった。前甲板は水平線下をへがれて折れ下がり、下甲板に浸水を始めた。

〇〇五四、「前進一杯」

〇〇五五、「煤煙幕張レ」

〇〇五七、「第一戦速」敵中の味方同志の衝突、しかも敵に機先を制せられた戦場で――そのことが誰の頭にも滲みとおっている。こうなっては一刻も早く戦場を離脱しなくてはいけない。

〇一〇二、「総員防水」

前部一番弾庫、第一兵員室に浸水中である。

「手あきはみな行け」

〇一〇五、「二戦速」左後方水平線上に彼我の砲戦が認められる。

〇一一〇、吊光投弾が右後方に一つ輝き、下に停止している「川内」の艦影が浮かぶ。

〇一一三、吊光投弾。「川内」はいよいよ浮かび上がる。推進器に雷撃を受けたか。

〇一一六、さらに吊光投弾二つ。「白露」より、「我航行不能」

〇一二五、「煤煙幕止メ」

〇一三二、敵味方不明の駆逐艦一隻、左八〇度一万。吊光投弾一つ、艦首水平線。針路西。

出し得る速力二十ノット。さらに針路北北西。

○一五〇、さきの駆逐艦、左九〇度六千、同航。

「『白露』じゃないのか」

と艦長が言う。

○一五一、駆逐艦は次第に近づく。距離四千。

「『白露』だよきっと。――信号兵、味方識別をやってみろ」

方向信号灯を点滅させたが応答ない。

○一五四、駆逐艦反転、そのうち一隻が発射した様子。

「敵らしい――敵です！」

信号兵が慌ただしく叫ぶ。

○一五八、敵はさらに反転、同航となる。敵発砲。

○二二〇、「打方始メ」「面舵」「左魚雷戦同航」「発射始メ」

敵は一隻ではない。三隻――敵弾が回転音を伴ってとび、弾着は次第に近づいてくる。巡洋艦のらしい弾着も混じっている。艦長も水雷長も、全くあがっている。

「発射始メ」

を言ったまま射角も令さない。

「二番連管を四本うつ」

ようやく水雷長が言った。

○二○一、「用意」「テー」魚雷は四本走り出したが、棄《す》てるに同じ発射である。三隻の敵に負傷した身を近接攻撃されて、敵を狙うというよりも被害を少なくするつもりなのか。士官も兵隊も狼狽している。

「艦橋」と応急員が呼ぶ。

「後甲板火災」

近距離砲撃で仰角をかけずにうつ三番砲の装薬の火が、後甲板に置かれた油に引火したのだ。さっきの敵が後になったと思うと別な敵が前に現われた。両舷の海中に水柱が林立する。大きく転舵運動をするばかりである。一番砲塔左舷に一発、パッと火の粉を散らして命中。周囲を取り囲む敵弾がつづいて当たらぬのがむしろ不思議なほどだ。速力が出ない。全力を出しておっても、焦々《いらいら》するくらいの速さだ。

「一番連管の魚雷はどうするのか、二本残っている」

電話で、伝令《でんれい》の声が弾む。

「打っ」

と艦長は言う。そんなことには構っておられぬ風である。水雷長も同じく、

「打て」

と、これもまるで自分が水雷長ではない調子で言い、敵弾にばかり気をとられている。棄てろという意味に私はとり、

「発射始メ——用意——テ！」

勝手に伝令をしつづけると二本の魚雷をうった。いまこの場合、例え駆逐艦の生命であるといっても、誘爆の危険ある魚雷を棄ててしまって、連管員と同様に私はほっとする。後甲板の火災はひろがり、前部の防水にかかっておった者も消火の援助に行く。消してもすぐ射撃のために引火するのだ。応急員は射撃の爆風にうかとは近寄れない。火災が絶好の目標となっていっそう敵弾は集中する。

〇二一二、面舵変針、針路北東。

〇二一五、艦影を煙幕の中に見失う。

〇二一七、針路北。敵の発砲が止む。

〇二二〇、右艦尾に再び反航する敵三隻を見る。

〇二二二、針路北東。

〇二二五、三番砲がうち始める。薬煙幕を張る。白と黒の煙が闇の中に消えて行く。

〇二二六、「三番砲打方待テ」

〇二二七、敵三隻が艦尾九千メートルを追ってくる。

〇二三〇、敵砲撃開始。取舵変針、針路北西。敵の発砲の閃光が消えると、近くに弾着の水柱が跳ね上がる。

〇二三三、薬煙幕を止める。面舵変針。

〇二三五、煙幕を張る。三番砲がまた打ち出す。

〇二三六、敵は次第に近くなる、艦尾七千メートル、同航。艦尾三方に分かれて包囲攻撃を始める。
○二三七、「三番砲打方待テ」敵の射撃は猛烈となり、周囲のどこを見ても水柱である。
○二三八、敵は艦尾六千メートル、三隻、同航。「三番砲打方始メ」敵の弾着は正確さを示してくる。一歩々々、「五月雨」に這《は》いよって来る感じだ。「我、敵巡洋艦、駆逐艦数隻ノ包囲攻撃ヲ受ケツツアリ」緊急電報が打たれた。
被弾の衝撃を感じた。すると海図箱の電灯がすうっと暗くなって消えた。発電機に命中したのだ。と、また衝撃を感じた。

「艦橋、艦橋！」

応急員の気狂いじみた叫び――。

「補機室左舷、弾《たま》」

「舵故障、航海長、舵が利きません」

操舵員の大きな声。

「停止！　応急操舵――人力操舵配置につけ」

「艦橋」

また応急員の叫び――。

「二番砲右舷、弾《たま》、火災、弾庫が危ない。――弾庫に注水します」

「しろ！　総員防火！」

敵弾はいぜん周囲にうなっている。応急員との応答が終わると、艦橋はひっそりと静まり返った。敵弾のうめきが腸《はらわた》をえぐってかすめる。

「信号兵」

艦長のいやに落ち着いた、しかし蒼白な声がする。

「当直記録止め」

通信士が機密書類の投棄準備ができたと艦長に報ずる。また沈黙にもどる。みんなが、ただ敵弾が自分の眼前で炸裂するのを分秒の問題として待っているばかりの状態——今まで弾着ごとにハッとしていた心が妙に落ち着き、死期を待つ虚無《きょむ》のような状態——不思議に恐怖心がなくなっている。

艦はいかにものろくさく、太く折れ曲がった艦首で白波を立てていたが、ついに全く停まった。魚雷すでになく、伝令の必要はなくなったのだが、「総員防火」の号令にもかかわらず私は電話の前を離れられない。死ぬならここで、自分の戦闘配置で死にたい、そう思う。すべていま自分の周囲にある物がともに敵弾に粉砕されるのだ……。

○二五〇、電源の一部が復旧し、人力操舵が始まる。

○三一二、直接操舵整備。両舷機前進原速。針路南南西。舵取機の一部が復旧。徐々に艦が走り出す。折れ曲がった艦首が再び太く白波を立てる。

○三一五、前進強速。

○三一七、前進原速。

○三二〇、敵味方の交戦の閃光を左一二〇度に認める。

「五月雨」に対する敵の砲撃は全く止んでいた。東の空が白んで来た。敵は果たして引き返したのだろうか――騙《だま》されているような気がする。死からの解放に私はようやく、しがみついていた戦闘配置を放れて艦上を降りた。蛇管が海水浸しの甲板上にのび、煙がただよっている。

「退《の》け退け」

と叫んで機関兵が五、六人、負傷した兵隊を担《にな》って治療室へ急いで行く。配食鍋、バケツ、石油罐、ドラバケツ、あらゆる物で舷外から海水を汲み上げている。オスタップに満ちると待ち構えておった者がそれを運んで、二番砲塔脇の上甲板にできた敵弾による孔から、下の火災場へ流しこむ。空になったオスタップは次々と帰ってくる。舷側に並んだ者はみな、頭から海水に濡れて汲み上げている。反対側では手動ポンプで泡沫消火剤を火災場に注いでいる。海上が明るくなって来た。

〇三三三、一戦速。

火災はようやく下火となった。

〇三四二、二戦速。

〇三四六、一戦速。

〇四一五、火災鎮火。

夜がすっかり明けた。いま一体、どの辺りを走っているのだろう。助かった、生きていたぞ、と思う。すると、一分でも、一秒でも早くラバウルに帰り着かねばと思う。「白露」は航行不能と言っていたがどうなっただろうか。敵中に停止した「川内」は。――余裕の出た心にそんなことが浮かんでくる。艦は相変わらず幅の広い白波と泡を立てて精一杯に進んでいる。

「何だ、あんなに回しているのにこれしか走ってねえのか」

と機械室から出て来た機関兵の一人は吃驚《びっく》りして海を眺めた。

居住甲板の水を取るために第四兵員室の防水蓋を開いて入った。むんと蒸し焼かれた悪臭が鼻をついた。甲板一面、水が二、三寸に溜まって、動揺につれて左右に波うっている。水をわたって第三兵員室へ行った。電信室も病室も焼け爛《ただ》れて、いま、二番弾庫の蓋をあけようとしているところである。泡沫消火剤が到るところに白くこびりつき、焦臭《こげくさ》い火災の残骸を浮かべた生ぬるい海水が黒く溜っている。蓋があけられた。嘔吐を催しそうな悪臭に満ちた熱風が吹き上がって来た。出遅れたのか、自ら残ったのか、火災に危険となった弾庫を締めた時、そのまま中に残った弾庫員の藤原が、上からの火災に蒸し殺されているに違いないのだ。弾庫員の一人が外舷索を持って入って行った。出て来る藤原の姿を想像すると、堪らぬ気持で私は踵《きびす》を返した。が、見ないわけにも行かなかった。私は再び弾庫の前に立った。索のはしにシッカリと縛られた藤原の体が静かに上がって来た。うす黒く濡れた服に包まれて、白くふやけた顔と手足。まだ肩で少し息づいてはいるが、蒼白《そうはく》に変わったその皮膚はもはや死を物語っていた。薄目に開かれた唇の辺りが小刻《こきざ》みに顫《ふる》えている。火災場下の注水された弾庫の熱気の中で、開かれる当てもなく死期を待っておった藤原の苦悩《くのう》を想うと涙ぐんだ――担架に移すと、数人によって階段を上げて戦時治療室へ運んで行く。
○四五〇、転輪羅針儀の故障復旧。
○四五五、セントジョージ岬を南西方に認めた。淡いその岬の頂を見たのは大きな喜びだった。もう少しだ、もう助かったも同じだ、と思う。いつも何気なく見過ごしておったラバウル周辺の海や山が、いまは傷ついた私たちを抱擁《ほうよう》しようと待ち構えているかのごとくだった。
○五四〇、敵味方不明の飛行機を北西一万メートルに認める。
○六〇〇、右の飛行機を西方雲間に見失う。
○六三〇、味方艦爆九機を北西西五千メートルに認める。
○六四五、味方戦闘機八機を北北西五千メートルに認める。
○九五七、第二配備となる。
補機室で敵弾を受けた平山兵曹と、弾庫で蒸し焼かれた藤原はもう息を引き取っていた。同じく補機室におった高橋兵曹と、病気で寝ておったが敵の包囲攻撃に観念して、戦闘配置に行こうと病室前まで来て敵弾受けた島田、給弾室からの炸裂の弾片に当たった二番砲員の浅見――この三人はもはや、息絶えだえになって動きもしない。右股に弾片を食った私の班の遠山は、出血が酷《ひど》く、苦痛に泣いて暴れ、せっかくの止血の繃帯も役に立たず、一緒に二番砲の給薬員に行っていたが肩に軽傷負ったのみの同年兵の福島が、暴れさせまいと一生懸命に押さえている。

「遠山、オイ、シッカリしろ」

彼は眼を開くと痛そうに顔を顰《しか》めた。

「はい、大丈夫です」

十七歳の少年が精一杯で耐えている様はいじらしい。

「動けば死ぬぜ、じっとしているんだぞ」

こっくりすると涙が大きく彼の頬を流れた。力んでいるからか出血の割に血色はいい。

轟々と艦首の水を切る音が響く。揚錨機室の防水扉は補強してあるが、周囲の隙間を漏れる海水が流れて、一番砲の下にある倉庫から出た書類や布切れが雑然と浮かんでいる。第一兵員室と第二兵員室間の隔壁にも補強されて警戒兵がつき、しかし緊張のほぐれた顔で状況を語っている。艦はニューアイルランドの内懐に入った。ニューブリテン島が左前方に見えて来た。

一一二八、「飛行機、四十二機、右一五〇度、一〇〇《イチマルマル》、B25らしい」

甲高い見張員の声がもうすっかり安心しきっておった私たちを撲《なぐ》りつけるように響いた。直衛戦闘機のP38をさらにB25右後方に発見した。大型機は四十二機どころか、数えもできぬほど相次いで視界内に入って来た。大編隊はニューアイルランド上空の雲間を縫って西進、次第に「五月雨」との距離を狭めた。対空戦闘となった。

一一三二、主砲が敵機群に対して砲撃を起こした。艦は左転して島沿いに寄った。折角生きのびて、ラバウルを眼前にした今、この大編隊中の数機にでも狙われたら、そう考えるとかなわなかった。錨鎖を曳摺《ひきず》った艦の歩みはいかにものろくさい。敵の編隊はしかし、ニューアイルランド上空を離れると右前方にだいぶ近づいたが、そのままラバウル上空へと去って行った。恐らく一駆逐艦など眼中になかったのだろう。

一一三五、「砲撃待テ」

やがてラバウル方向に爆撃音がつづき、舞い上がり突っ込む空中戦が遠望された。弾幕は見えず敵は低空爆撃をしていると想像された。

一一五八、P38が一機、前方の雲間からとつぜん姿を現わすと、機銃音を響かせながら真っ直ぐに「五月雨」に突っ込んで来た。一番機銃が応戦した。一番機銃の張る弾幕が敵機の前へ前へと行くと、敵機は反転、ニューアイルランド上空へと弾を避け、雲に吸われた。爆撃終わったB24が、ニューブリテン島上空を一機、二機と、編隊を崩して引き返して行き、その後を味方機が追撃しているのが眺められた。往路に比べて敵機の数の意外に少ないのは撃墜されたものと考えられた。

一二一四、不時着した味方機の搭乗員救助にラバウルを出動して来た「水無月」と行き合った。やがてラバウル湾口の花吹山の頂が見えて来た。もう大丈夫だった。敵弾の包囲を脱した未明から今まで、そればかりを希《ねが》っておった基地への帰還であった。

一四一一、ラバウル港内に入った。漂泊した。曳摺っている錨鎖が錨代わりとなっているのだった。信号は「妙高」宛に負傷者運搬を依頼していた。空襲後のまだ殺気立っている港内に、航行不能と言っていた「白露」が平然としているのを見て、何か騙《だま》されておったような気がされるのだった。

「妙高」のランチが着くと陸上の病院へ運ばれる負傷者が移された。その中で、仰向けに寝かされて見送りに出た上甲板の兵隊を虚《うつ》ろに見回していた遠山の眼がふと私にぶつかると、蒼白な顔を凝ッと向けて、大きく別れの挨拶をうなずいた。

「傷は大したことはないんだから、早くよくなってくるんだぞ」

私はほとんど叱りつける調子で言った。遠山がまた小さくこっくりした。私は涙をポロポロ流していた。そして遠山の顔に死相の浮かんでおるのを直感しながら嘘を言わねばならぬ自分を悲しみ、可愛がりもしたがまた随分と叱りつけたこの少年に深い悔恨《かいこん》を味わい、涙は止まらなかった。陸上に負傷者を送って来た作業員は、今日の空襲で陸上での負傷者多く、病院は一杯で、艦からの者にまで手当てが届くかどうか疑問だ、と語った。

司令とともにやって来た軍医長の話により、発射直後衝突の被害に一杯で、効果を確かめる余裕なかった「五月雨」の魚雷は、「時雨」の艦底を通過して、驚いているうちに敵の重巡を轟沈させたことがわかった。二番砲塔脇に命中した敵弾のために送信機が故障し、「敵ニ包囲攻撃ヲ受ケ」云々の電報を最後に消息絶った「五月雨」が入港して来たのを見て、

「俺はとび上がって喜んだもんだよ」

と好人物の軍医長は兵隊に取り囲まれた中で、手振り身振りで話しこんだ。

夜、入院した三名が相次いで逝った報せが着いた。入院直前逝った島田とともに戦死者は合計六名となった。おそらく充分な手当ても受けなかったに違いない入院者の、惨憺たるバ

ラック建ての病舎の中で苦しみながら死んで行く光景が思いやられ、それは命拾いしたという安堵と別個に息苦しい翳《かげ》りを私の胸にゆらがせるのだった。

十一月五日（ラバウル）

ラバウルの空襲は相変わらずつづく。勝手知った各艦は、短く入れた錨鎖を空襲警報と同時に巻きあげて機械をかける。つづいて敵機が襲ってくる。

午前九時十八分、空襲警報発令。いつも準備が終わった頃西吹山頂に姿を見せる大型機と違って、今日は警報とほとんど同時に、いつもと反対の花吹山頂から小型機が現われた。カーチス、グラマン等の艦上機である。百機余りの爆撃機、雷撃機の群れが見る見る上空を覆って来た。狭い湾口を湾外へ出ようとする各艦を狙って、次々と敵が急降下に移ってくる。増援部隊のラバウル入港を知っての来襲なのか。昨日トラックから着いたばかりでラバウルの様子を知らず、連日の空襲になれぬ重巡群は狼狽し、却って絶好の目標になっているのだ。商船も狙われる。爆弾がところ構わず降り、魚雷が走る。至近弾が大きく艦をゆるがせる。今日は艦船を目標にした大空襲だ。

人なみに動けぬ「五月雨」は、中之島と西吹山麓の間を重い錨鎖を曳摺って前進したり後進したりしている。小さいから狙われる気遣いはないが、目標をそれた爆弾や魚雷がいつ当たらないとも限らない。それでなるべく大きい艦から離れようとする。西吹山麓の海中に躍りこんだ魚雷がこちらに向かって百メートル余りつっ走ったかと思うと急に跳《と》び上がって反転し、山麓の岩にぶつかって爆発した。「摩耶」が至近弾を喰い、どす黒い煙を吐いて行き足が止まった。

やかましい艦上機が存分に暴れ回ってようやく去ったとたん、今度は西吹山頂に、P38の護衛するB24の四十数機編隊が現われた。艦上機が来てちょうど一時間だ。右に左に、軽快に翼振って、躍るように移動する双胴のロッキードはいかにも人を小馬鹿にしている感じだ。大型機の編隊は山頂をかわすと在泊艦船の上にかかった。各機の胴から落ちる数十個ずつの爆弾の雨が針路に当たる陸上の貨物集積所に集中し、たちまち大火災が起こった。

艦上機が現われてからちょうど二時間後、対空戦闘の要具を収めると「五月雨」は艦首の応急工作を受けるために桟橋に横付けした。午後二時、輸送隊と遊撃部隊はラバウルを出撃した。午後七時四十五分、空襲警報が発令されたが、一時間半の後解除された。

十一月六日（ラバウル）

午後九時四分、空襲警報。

十一月七日（ラバウル）

湾の中央部まで出ると折れ曲がっている前甲板を切断、再び繋留した。任務を終わった襲撃部隊が入港して来た。午前十時、空襲警報。P38が高速で、上空を偵察して行った。

十一月八日（ラバウル）

午前九時、空襲警報。午後七時四十分、空襲警報。六日いらい、ブーゲンビル島近海で彼我の航空戦がつづけられている。消耗戦だ。

十一月九日（ラバウル）

午前零時十五分、空襲警報。西飛行場からの発砲に対空戦闘の配置につく。夜目《よめ》にもわかる敵機に向かって機銃をうつ。敵機は爆弾を落としたが、被害はなかった。午前七時十九分、空襲警報。Ｐ38が二機、偵察して去る。午後八時半、空襲警報。

十一月十日（ラバウル）

午前一時五十三分、Ｂ24が一機で、東飛行場を爆撃。吊光投弾を落とし次いで陸上基地を爆撃。三時四十五分解除。午前七時半、Ｐ38が三機、上空を偵察して去る。午後七時、空襲警報。Ｂ25、Ｂ24などの単機が夜間爆撃。

十一月十一日（航海中）

午前零時四十分、大型機一機来襲。空襲警報発令。陸上数ヵ所に投弾。二時三十五分解除。午前六時半、襲撃部隊が入港すると、後を追うように、七時、空襲警報と同時に、カーチス、グラマンの五十機余りが、錨も入れず湾外へ反転して行った襲撃部隊各艦に急降下雷爆撃を加えた。花吹山麓の林を隔てた湾外に山を越す黒煙があがった。何か轟沈したらしい。「長波」が艦尾に魚雷を喰ってもぎ取られた。「阿賀野」の後部にも魚雷が命中、つづいて直撃弾が炸裂した。しかし沈みはしない。

低空に来る雷撃機の胴に抱かれた魚雷は、尾部が離れ、それから頭部が離れる。尾部を下にして落ちてくると、しばらくして水平となり、やがて頭部を先に水中に躍り込む。ひと潜《くぐ》りした魚雷は頭部を上下しつつ艦に向かって次第に速力をます。味方は急転舵してこれを避ける。三十分後、大型機の編隊が折柄のスコールに雲の合間を縫ってやって来たが、雲に視界を遮られて湾外の味方艦船へと鉾先を転じた。湾外の上空に張られている弾幕が林越しに低く眺められた。

空襲のために一度捨錨した錨索を拾うと、九時四十八分投錨。十二時十五分、警戒警報発令と同時に出港。そのまま速力試験を行なう。午後三時半、「鳴戸」に横付けして燃料補給。五時十五分、補給終わると、ひと足先にトラックへ向かった十戦隊、「摩耶」「長鯨」の後を追った。速力十四ノット。角度の大きい応急の艦首は幅広く水を切り、震動はしているが順調に走っている。トラックでさらに修理を加えて「五月雨」は横須賀へ向かうのだ。連日、昼夜の分かちない空襲下に、動きのとれぬ身を曝《さら》しておったラバウルからトラックへ、そして母港へ帰るのだということは、私たちにとって大きな喜びであった。途中飛行機や潜水艦の脅威は予想せねばならぬとしても、これだけ大きな損傷を受けた「五月雨」が、修理終わって再び前線へ出てくるまでには半歳近くかかるだろうと、開戦いらいひと月とまとまって母港におったことのない兵隊は語り合っている。

午後七時四十五分、十戦隊と合同した。十一時五十七分、B24の触接を受けて投弾された。被害はない。

「何日頃トラックに着くかな、通信士」

艦長が振り返って言った。返事は海図箱の中から聞こえた。

「十四日の午後——三時頃です」

「対潜見張りをシッカリやれよ、見張員は。——カビエンをかわるまでは、そうして対空見張りもだ」

艦長は再び振り返って見張員を見回した。

十二月十四日（トラック出港）

午前三時、「夕張」とともに横須賀に向かう。

陸兵二千七百名を海中より救助

昭和十九年四月一日（東京湾出撃）

午前十時四十五分出撃。輸送船二十六隻、護衛艦艇十一隻、「五月雨」はその旗艦である。二月中旬にトラックを襲った敵の有力な機動部隊はいまパラオを襲っている。そして私たちは、陸軍部隊、陸戦隊の人員兵器を、内南洋防備のためにサイパン、パラオ等へ輸送しようというのである。隊形は乱れ、速力の揃わぬ船団が時速八ノットで之字運動をつづけている。波が高い。輸送任務が終わって再び横須賀へ帰る予定だという者もあるが、それが当てにならぬのは明らかであろう。出れば出たなりにまた気忙《きぜわ》しく走り回されるのは決まっているのだ。それにしても今さらに内南洋の防備を固めねばならぬというのは、淋しい限りである。

四月五日（航海中）

岩石ばかりの、頂が一帯《いったい》に平坦な硫黄島を左に見て南下する頃、海の色は蒼から碧へと変わって、南へ来たという感じを深くさせる。ようやく暑気を覚え、内地からの惰性でまだ冬服姿の兵隊は汗だらけだ。

四月八日(航海中)

午前三時半、左前方に雷跡を発見した。被害はなかった。探信掃蕩《そうとう》に移り、五時十分、潜水艦らしい反響音を捕捉、爆雷攻撃を行なう。油が三百メートルにわたって浮かび上がり、効果はほぼ確実と見られた。

四月九日(航海中)

午後四時半、輸送船の一隻が雷撃を受け、機械室、船艙に浸水、乗員千名余りは各護衛艦に救助された。夜になって曳航を始めたけれども、深更《しんこう》ついに沈没した。今夜十一時サイパン着の予定は変更され、燃料のつづく「五月雨」と海防艦の一隻が付近に残って対潜制圧に当たることとなった。十八ノットで走り回る。

四月十五日(航海中)

午後六時半サイパン発、飛行基地物件と人員三百数十名を搭載してトラックへ向かう。

四月十七日(トラック)

正午すぎてトラック着。二月の機動部隊の襲撃で海も陸もうちのめされた港内はひっそりと死んだようで、沈没艦船の檣がところどころ海面からつき出ている。浮きドックは半分沈んだままの姿である。工作部のある海岸に兵隊か工員か、数名姿が見えた。もと「五月雨」におった大場が大発に乗って公務のかたわら訪ねて来た。彼の話で、敵機動部隊が来襲した当時の模様の一端が知れた。

――「大和」以下艦隊の主力は情勢を察してパラオその他に移動していたが、第四艦隊長官も参謀連も司令部を空けて遊興しており、各砲台には弾薬は充分用意してなかった。長官からはついに敵襲に対処する命令は発せられず、対空砲火ほとんどなく、飛行機も居座ったまま爆撃されて全く敵の蹂躙にまかせた。舞い上がった数機は数倍もの敵の包囲の中に他愛なく墜とされ、在泊艦船は全滅したのであった。敵情を察知しておりながら何の手段も講じておかなかった司令部を、みなが非難するのだった。腹を切ったのか、と一人は長官のことを訊ねた。更迭されたという返事に、

「そんな奴に限って腹も切れねえんだ、畜生！　何のために長官面《づら》してトラックにいたんだ」

彼は眼前に司令部の将官連がいるかのように烈《はげ》しい言葉を吐いた。連日空襲に見舞われるというその合間をトラックにおって、基地物件と人員を降ろすと、空襲のおり沈没した三水戦の生存者を収容して「五月雨」は夕闇迫るトラックを後にした。単艦《たんかん》だからいっそう警戒を厳重にしろ、と艦長は繰り返し注意した。

四月十八日（航海中）

午前十一時、B24の触接を受けたが、一時間ばかり対峙《たいじ》した後、敵機は南方に去った。トラック、サイパン、その他各方面に空襲警報が相次いで発令されているのを傍受する。敵機動部隊のトラック空襲の算大であるという。

四月二十三日（航海中）

午前六時半サイパン出港、「夕張」「鬼怒」「夕月」とともにパラオへ向かう。敵の機動部隊はニューギニア東方海面にも動いている。

四月二十五日（パラオ）

午前十時パラオ着。ここにも沈んだ商船が見え、島上には爆撃の焼け跡が点綴《てんてい》している。

四月二十六日（航海中）

陸兵百余名、及び資材をのせて、第四十九号輸送艦とともにパラオ南方のソンソル島に輸送のため、午後二時パラオ出撃。今日のせた陸兵は東京、神奈川の者が大部分とききことによると知った者でもおりはせぬかと注意した。ことに、入隊したという弟が内地を発ったとしたら、とそんな考えまで浮かんだが、陸兵は北支の開封付近から来たものだとわかり、知った顔にも当たらなかった。青島を出て、横浜に入ったが上陸はできずにそのまま出撃して、北支におった頃、出したまま手紙を書かぬと言っておった。

四月二十七日（ソンソル島近海）

付近の島への輸送任務を持った「夕張」「夕月」と分かれ、輸送艦とともにソンソル島に着く。漂泊しようと速力を落とした時、四、五百メートル先の海面から淡い白煙と気泡が浮き上がって、しばらく移動して行ったかと思うと消え去った。オヤと思ったがそれ以上気にも止めなかった。周囲一里余りの無人島に近い島の一角に、陸兵が褌一つの姿で桟橋を掛けて荷物を運んでいるのが見える。百名余りの陸兵と資材を揚陸終わった頃、「夕月」が島のはしに現われて発光で「五月雨」を指呼《しこ》している。「『夕張』雷撃ヲ受ケ……」さっきの白煙が潜水艦のだったと初めて気づいた。
　迂回して島の反対側に出た。煙突の右舷に雷撃をうけて浸水し、前に傾いた「夕張」の今にも沈みそうな姿が浮かんでいる。「発『夕張』、宛輸送隊——『五月雨』ハ『夕張』ヲ曳航、『夕月』ハ付近ノ警戒ニ当レ」しかし、遥かに大きい「夕張」を曳けるかどうかは疑問であった。鋼索が渡されたが、それでは間に合わぬのがわかると前甲板から錨鎖が運ばれた。ようやく錨鎖を曳索にとったが、却ってその重さで、「夕張」は大きく振れ回るばかりで進もうとはしない。そのたびに「五月雨」は右に回り、左へ進む。速力は出ず、動きはとれず、月明の今夜の「五月雨」は危険と思われる。
四月二十八日（航海中）
午前十時、「夕張」はついに沈んだ。乗員はその前に全部「夕月」に移乗した。「夕月」と別れると「五月雨」はダバオに向かった。
五月三日（航海中）
午前十時、ダバオ出撃。ホロでマニラを発った船団と合同してニューギニアのマノクワリへの輸送作戦の護衛である。
五月四日（航海中）
正午、ホロの水道に入ったが船団は見えない。北上した。午後三時、ようやく北方に船団を認め、やがて合同した。昨日からの低気圧が航路近く低迷し、暗雲は去らず、驟雨《しゅうう》が通過するとまた陰鬱な空となった。風が強い。

兵隊は最近不平ばかり言っている。それは作戦の拙劣さに対してである。内南洋にしろ、ニューギニアにしろ、もっと早く楽にできる頃になぜ充分輸送して防備を固めておかなかったかというのだ。ドタン場になって、結局コキ使われるのが駆逐艦であるという自分たちの運命に連《つら》なっているのであった。開戦の時、内南洋は一時敵手にゆだねるのを覚悟しておったというし、そのうえ今まで時を稼いでいるのだから、そうみすみすしてやられることはあるまいと主張する者もあった。

暗号長を混じえたそれらの会話によって、所在不明だった連合艦隊がタウイタウイ泊地に集結しておることや、空母群が次々と内地を出ていることは、何か大きな作戦の前提であろうということを知った。連合艦隊司令長官が東京湾におるということはみなを憤慨させた。第一線に就役している艦の少ない今は、連合艦隊が再起するまで、我々の力で何とか持ちこたえなくては、とある者は言った。

五月六日（航海中）

午後二時、爆音を聞いて艦橋に駆け上った。二番船に魚雷が命中したのだ。と、つづいて一番船が爆発した。火薬が誘爆したか、真っ赤な火を散らして轟沈した。狼狽しきったさなかに、今度は五番船に命中した。二番船と五番船は次第に吃水《きっすい》を下げ、船上から陸兵がつづいて海に跳びこんでいる。

浮流物に混じって、数千の陸兵が漂い、海を覆った。護衛の各艦の短艇が下ろされて収容が始まった。将校も兵隊も一緒くたになって浮流物に縋《すが》りつき、群がって救助を叫んでいる。

その一群から歌い出された勇気づける軍歌に、周囲の群々が声を合わせて、バスの合唱が、洋上に次第に高まって行く。

二千七百名を救助した「五月雨」は、居住甲板も上甲板も、砲塔の下も、煙突の脇まで鈴なりになった陸兵のカーキ色一色で覆われた。乗員とも三千名近く、重心が上がって航行に危険を感じるのだった。陸兵の誰もが持っておるらしい赤褌が翻《ひるがえ》り、真水洗いされた軍服がところ構わず乾かされて、艦は異様な光景を呈した。最後まで離さずに軍刀を持っておった将校の数名は艦の兵隊から打粉《うちこ》を借りて手入れを始めた。水を欲しがる兵隊が流し場に列をなして、おとなしく断わり切れなくなった甲板下士官はついに怒鳴りつけた。

日が暮れて月が昇った。十一時過ぎる頃ようやく収容が終わった。探信捜索したがもはや敵状を得ず、月下の海上をメナド北方バンカへ向かった。

五月七日（バンカ島）

午前十時、バンカ島着。今度私たちの収容した陸兵も多くが関東の者であるのを知って、ひと回りしてみたが知った顔には当たらなかった。今度の陸兵も北支から来たときいて、私の弟に対する心配はうすれた。しかし、弟もどこかの海で同じような目に会っているのではあるまいかと、眼前の武器持たぬ、終始潜水艦の脅威に落ち着きない彼らが他人事とは思えなかった。

五月八日（航海中）

午前七時バンカ発、ハルマヘラに向かう。船団五隻を護衛する。午後九時、「藤波」が潜水艦を探知し、攻撃に協力して十一時半頃まで捜索したが敵情を得ず、「藤波」は反転した。

五月九日（航海中）

午前六時、ハルマヘラ島西岸で船団と合同。

五月十日（ハルマヘラ）

夜ハルマヘラに着いた。深更に至って陸兵は輸送船に、あるいは陸上に移って行った。午前中私を尋ねて来た三名の兵隊は年配は異なるが小田原出身兵で、私は彼らの留守宅への通信を引き受けてその無事を希《ねが》った。

五月十一日（航海中）

「藤波」「白露」「五月雨」は船団護衛の任務を解かれ、午後二時、ハルマヘラ発バリクパパンへ向かった。

五月十三日（バリクパパン）

午前十一時半、バリクパパン着。

兵隊のほとんどがよく、現在の艦長の口やかましいのを云々《うんぬん》するが、私は彼らと反対の考えを持っている。私はその口やかましさに対して少しも不快感や反感は抱かない。若い士官にしても新しく転勤して来た兵隊にしても、すべてに未熟な艦全体を統率している艦長が、戦闘力の向上を期してそうなるのはむしろ同情に値するものがある。それを理解するなら艦長への現在の不平は堪えるべきである。誰にも欠点はある。すぐに「馬鹿野郎」と怒鳴ったり、さほどのことでもないのにガミガミ言うのは確かにいい癖ではないが、そうした欠点も善良な意志に発しておる場合には許さるべきだ。

私自身、艦長からそうやられたとしたらもちろんその時にはいい気持せぬだろうが、根深《ねぶか》く考えるほどの問題ではない。私たちは気楽な思いをするために軍隊に徴集されているのではないし、ましていまは戦争しているのだ。こちらが先に斃《たお》さなかったら相手に生命を奪われるというギリギリの面で生活している。こうした男はどんな生活の中にもおり、彼は憎まれながらも周囲の者にとっていい薬味《やくみ》になっている。ただ怖れるのは、それが慢性になると利き目がなくなるということだ。

それにしても私たちは、よくもわるくもこの艦長と運命をともにしなければならないのだ。松原中佐が艦長だった頃と比べるからその後代々の艦長が劣って見えるのだろうが、松原中佐のような人はむしろ例外で、他の人々にもそれぞれいいところはある。その頃は松原中佐に代わって誰かしら憎まれ役がおったのだ。

五月十七日（航海中）

午前十一時半、日栄丸船団（日栄丸、建川丸、梓丸）を護衛、「響」「浜風」「朝霜」とともにタウイタウイ泊地に向かう。

五月十九日（タウイタウイ泊地）

午後一時、タウイタウイ泊地着。去年九月、トラックを発ってラバウルに向かっていらい、全く久し振りの連合艦隊との合同である。長い間虎の子と秘蔵して貯えた主力が物々しく並んでいる。空母九隻、「大和」「武蔵」以下戦艦六隻、重巡十隻、軽巡三隻、油槽船十数隻。

それに混じる二十数隻の駆逐艦はいかにも淋しい感じだ。駆逐艦を酷使しすぎた跡がハッキリと現われている。多くの駆逐艦がソロモン海で犠牲になっているのを思うと、輸送船代わりに宿命を背負って走りつづけたガ島航路の駆逐艦の列が眼前に浮かんでくる。がそれとともに敵機動部隊の一群しかない陣容が日本艦隊のすべてかと考えると、せめてこれだけの艦隊が三つ揃っておったらと痛感する。

種々の情勢を総合し、また十数隻の油槽船を見て、最近大きな機動作戦が始められようとしているのは明白である。九隻の空母は三隻ずつの三群に分かれるのではあるまいかと兵隊は語り合っている。各空母からは戦闘準備の不要品陸揚げが行なわれている。艦隊と合同したので、郵便物が来ていはしまいかと兵隊は期待している。遠い愛情をみな追いかけているのだ。妻帯すると兵隊が弱くなるという言葉を肯定せぬわけには行かぬ立場にいまの私は置かれている。

あ号作戦

五月二十七日（タウイタウイ泊地）

二十日の総員集合のおり、私たちの想像しておった今度の作戦が、いままでにない大きな機動作戦であること、九隻の空母が三群に分かれること、そして作戦――あ号作戦が二十日の午前零時を期して開始されたことを知らされたのだが、今日の海軍記念日に当たって、再び艦長から訓示がなされた。

あ号作戦は、ハワイ、ソロモン、ニューギニアを結ぶ線から、比島を経て内地へと向かう敵の反攻が、途中にある内南洋の奪取に向けられるのは明白で、その敵の鋒先《ほこさき》を内南洋揚陸作戦へとひきつけ、艦隊決戦と同時に、周囲の各島嶼基地を利用した航空決戦を行なって敵を撃滅しようとするもので、空母を発進した味方機は再び母艦へは帰らず、攻撃終了後各基地に着陸して補給し空母陣の劣勢をこれで補い、一方艦隊は犠牲を顧みずに徹底的にやるという、興廃の岐路を分かつ決戦である。ソロモンの一角ガダルカナルを奪還されたのを手始めに、反攻されつづけた二年間、いまその頽勢《たいせい》を一挙に挽回しようという背水の陣をしくわけであった。
「我々の怖れるのは敵が強いことではなく、敵に逃げられることだ!」
と艦長は最後に言った。佳き哉、言。しかし、二十日いらい、表面何の変わるところなく私たちは待機《たいき》し、訓練をつづけている。
手紙が発送されるというので書いている者があるが、私は書かぬことにした。何の便りも届かぬここで書いたところで、艦隊郵便局に集められたままであろうことは明白だ。
五月二十九日(タウイタウイ泊地)
正午、応急出動艦として入口水道付近に転錨。
五月三十日(航海中)
正午、泊地の固有錨地へもどると、五戦隊及び「扶桑」の直衛として、「時雨」「白露」「春雨」及び第十駆逐隊の二隻とともに、あ号作戦牽制部隊としてダバオに向かって出撃。
在泊艦船の登舷礼式をうける。
五月三十一日(ダバオ)
午後七時半、ダバオ入港。近く私たちは、十六戦隊(青葉、鬼怒)、五戦隊とともにビアク島輸送作戦に従事するらしい。
六月一日(ダバオ)
十六戦隊入港。

六月二日（航海中）

五戦隊、「扶桑」、十六戦隊、第二十七、十、十九駆逐隊ダバオ出撃。南下している。

六月三日（航海中）

午前十一時十分、Ｂ24の触接を受ける。

午後十一時、渾作戦（ビアク島輸送作戦）一時中止となり、五戦隊と「扶桑」は原隊に復帰、陸軍部隊を搭載した十六戦隊と駆逐隊は陸兵揚陸のためソロンに向かう。

六月四日（ソロン）

午後九時ソロン着。湾口警戒に当たる。——ビアク島近海に敵の空母二、巡洋艦二、駆逐艦十数隻蠢動《しゅんどう》の情報が入る。渾作戦一時中止の原因はこれであった。味方航空部隊の攻撃による戦果を傍受したが、敵の蠢動はいぜんだ。

六月五日（航海中）

午前六時半、陸軍部隊の移動を終わった十六戦隊はハルマヘラへ、第二十七、第十九駆逐隊は補給のためアンボンへ向かう。渾作戦再興の命令が下り、補給の後私たち駆逐隊が今度も緊急輸送を行なうこととなった。敵水上部隊、航空部隊の蠢動激しく、ビアクの戦雲急を告げ、陸軍部隊の反撃にもかかわらず、新兵力を増加する敵のため危機に直面している。

六月六日（アンボン）

午前五時アンボン着。燃料補給の上、午後七時出撃、ソロンに向かう。

六月七日（ソロン）

午前八時半ミソオル島着、十六戦隊その他と合同、十一時出撃、午後六時半ソロン着。明日の対空戦闘に備えて、爆雷は十二個だけ残し、あとの三十五個を錨地から一時間余りの対岸へ、深夜までかかって陸揚げ。

六月八日（ビアク島沖）

午前三時、ソロン出撃、ビアク島へ向かう。「時雨」と第十九駆逐隊の二隻が輸送隊として陸兵をのせ、第二十七駆逐隊の残る三隻が警戒隊となった。

正午、対空戦闘のブザーが艦内に鳴りひびいた時には、各艦はもう列を解《と》いて距離をひらいていた。P38が二十数機、襲って来たのだ。するとその後から、遠く水面すれすれにB25の機影が、はうように迫った。雷爆撃機だ。八機が、獲物を狙う真正面の姿で、左艦尾から次第に姿を大きくする。取舵一杯とった。主砲と機銃が敵機の前へ前へと弾道を曳き、海上に雨のような弾着の飛沫があがる。敵機は射撃には眼もくれぬごとく真一文字に突っ込んでくる。機銃掃射が始まった。機体から黒い塊が落とされた。爆弾だ。身を伏せる。轟音、滑空音。頭上を去った。とたんに、右舷に至近弾が爆発した。体が上下にあふられる。衝撃によろめく。二機が襲撃の姿勢のまま、低空で遠ざかって行く。弾が後を追う。こちらを襲って来た四機のうち、二機は撃墜されたに違いない。

遥か離れて、轟沈したらしい大きな爆柱が見える。上空にはP38が、獲物を見定める鷹のように旋回している。轟沈したのは「春雨」であった。——敵機が去って、「五月雨」と「白露」は「春雨」の生存者救助に反転した。「春雨」は雷撃と爆撃を同時に受けたのだ。

本艦の一番連管を爆弾が貫通《かんつう》したという報告に、哨戒配備にもどってから私は見に行った。発射管の楯は左右同じ場所を破られていた。左舷に落ちた爆弾が水面を跳ねて発射管を貫き、右舷に落ちて炸裂したのだ。それが先刻の至近弾だったわけである。薄いとはいえ二枚の鉄板に当たってはねず、それを通して海に入って爆発したというのは、爆弾の故障とは言いながらも私たちにとっては全く奇蹟というよりほかなかった。ちょっと下がっていたなら、そこには魚雷があるのだから私たちは「春雨」と同じ運命をたどっておっただろう。何物かに護られている、そう思うのは自惚《うぬぼ》れであるかも知れなかったが、兵隊はみな互いに顔見合わせて、ある共通な感謝に似た感情を通わせておった。以前の第二駆逐隊もついに「五月雨」一隻となったわけだ。

敵機は昼間のうちにもう一度来るかと思われたが姿を見せなかった。さっきの空襲で味方の動静がもはや敵に知れたのは明らかゆえ、反転するかと思ったが、再び隊形を整えると駆逐隊はビアクへ向かった。午後十時半揚陸地点着の予定で月明の海上をつき進んだ。やがて、「白露」と「五月雨」は敵状偵察のために先行して湾口を入った。靄《もや》がほの白く月に浮かんでいる。

――だいぶ走った。と、右正横に敵影を発見した。巡洋艦一隻、駆逐艦五隻である。

「動静はどうか」

「不明――同反航不明です。速力は出していません」

「右魚雷戦反航」

発射管が軽い響きとともに右へ回った。魚雷の水に入る音――。敵は気づかぬ様子だ。反転して煙幕を張る。敵はまだ発砲もしない。気味悪いくらい静かである。魚雷も命中はしなかったのだ。しかし視界内にある敵にこっちが見えないとしたら随分迂闊《うかつ》な話だ。しばらくすぎる。敵は対空射撃を始めたらしく、上空に向かって発砲の閃光が見えた。とつぜん、敵弾が落ちはじめ、それが近くなった。「白露」と「五月雨」の中間から徐々にこっちへ寄ってくる。

「最大戦速！」

蛇行運動を起こした。敵の射撃が止んだ。だいぶ走った。再び艦尾方向に射撃が起こり、今度は輸送隊が目標になっているらしく、「時雨」が射ち始めた。敵の虚をついて「五月雨」も応戦した。すると折り返すように敵弾が「五月雨」に集中して来た。電探射撃だ、下手をすると危ない、ととっさに感じた。

六月九日（ビアク島沖）

斜進《しゃしん》を大きく後にとって、次発装塡終わった魚雷を右後方の敵に向かって放った。幾ら走っても八千から一万の距離を保って敵は追ってくる。後ろにばかり気を奪われていると右正横からも砲撃が起こった。敵の速力が遥かに勝《まさ》っていない限り途中に待ち伏せておったものに相違ない。包囲攻撃だ。敵の術中にうまくはまり込んだか――。

しかし敵も味方の雷撃を要心してかそうは近づいて来ない。正確な弾着である。激《はげ》しい時には数十の水柱が一時に「五月雨」を取り囲む。弾着の飛沫が頬をかすめる。「白露」は早も姿をくらまし、前後左右に味方は見えない。「五月雨」だけが攻撃目標になっているのだ。去年十一月のブーゲンビル島沖の二の舞である。輸送隊もどうやら血路《けつろ》を開いたらしく、「五月雨」を取り囲む以外どこにも戦闘は行なわれておらぬ。電探射撃だ。ただ命中しないだけで、周囲の海上には水柱がわくようにあがっている。

午前三時、敵は攻撃を止めて反転した。馬鹿みたいに静かになった。——僚艦はどこへ行ったのだろうか。第三次ソロモン海戦の頃はまだ沈んだ味方を救助する余裕があったが、今はもう敵中で沈んだならそのまま見離されるよりほかにないのだ。

「俺たちは随分人助けはしたが」

と兵隊の一人はいささか憤慨の面持ちで言った。

「俺たちだけ残されて、今にも危ねえっていう時にゃ、いつもほっぽり出されてばかりいるな」

だが兵隊の多くは、危機を脱した安堵《あんど》の裡に、笑いながら昨夜来の戦闘をふり返って語りあっている。それでいいのだ、それ以上何を望むことがあろう。私はそう思い、ふと寂しさを感じる。それにしても眠いのだ。食事に起こされるのが不服なくらい、当直以外の時間、海水浴びた服のまま（昨夜敵弾集中のおり艦橋におった者は飛沫をあびた）みんな正体《しょうたい》なく眠っている。

六月九日（バチヤン）

午後十時半、バチヤン泊地着。

六月十日（アンボン）

未明、「白露」が入港して来た。バチヤン集落の酋長がただ一人おるという日本人とともに、紅茶その他の貢物《みつぎもの》を持って艦長を訪問して来た。白服姿の酋長は一時間の後、艦長からの清酒を土産に、カヌーに乗って艦を辞した。燃料を若干「白露」に移載し、「春雨」の生存者を受け取ると、十一時、アンボンへ向かった。午後七時半、アンボン着。

六月十一日（航海中）

午後一時半、アンボン発、バチヤン泊地に向かう。第二十七駆逐隊は原隊（連合艦隊）へ復帰という命令を受け取る。

六月十二日（航海中）

午前三時、バチヤン泊地着。八時半出撃、バリクパパンに向かう。「若月」とともにバリクパパンから油槽船護衛の任務に当たるためである。

六月十三日（バリクパパン）

午後七時半、バリクパパン入港。

六月十四日（航海中）

午後一時半、「若月」「満珠」とともに艦隊に合同の油槽船を護衛してバリクパパン出撃。

敵はついに予定の行動に移って来た。十二日いらい、有力な機動部隊がサイパン近海に行動して、サイパン、テニアンを砲撃中であったが、昨夜来、サイパン島ガラパン市街に揚陸を開始、目下激戦中であるという。味方機動艦隊はタウイタウイ泊地を出撃した。十五日、比島方面で補給の後東進、十九日を期して決戦を行なおうとしているのだ。敵は四群に分かれて、空母十二隻、戦艦十隻以下、巡洋艦、駆逐艦、輸送船等数十隻が参加している。

バリクパパンを出撃して間もなく、「若月」は早くも艦隊と合同のために先行した。「五月雨」は「皐月」の到着をまって艦隊に合同の予定で、低速の油槽船を護衛して之字運動をつづけている。この戦争中、最大の海戦となるかも知れない今度の決戦に一刻も早く参加したいという気分が艦内にみなぎっている。兵隊は「皐月」の来るのを鶴首《かくしゅ》している。

六月十五日（航海中）

あ号作戦の決戦は発動された。

「発連合艦隊司令長官——皇国ノ興廃此一戦ニ在リ、各員一層奮励努力セヨ」

サイパン島の敵は輸送船三十隻、上陸用舟艇二百隻余で揚陸し、味方はガラパン市街から桟橋付近まで後退して激戦中である。第五基地航空部隊に攻撃命令が下った。

「発連合艦隊参謀長。——陸上防備ハ確信アルニ付主トシテ空母、飛行機ヲ攻撃セヨ、着陸基地、大宮島、硫黄島、大鳥島、ヤップ、パラオ、トラック、ポナペ……」

私たちが横須賀を出てサイパンに陸兵を輸送した頃、上陸した道路の脇の畑から山腹へかけて山積《さんせき》されておった兵器や弾薬はどうなっただろうか——。

「白露」が油槽船と衝突して沈没、艦長戦死の報が入った。第二十七駆逐隊も「時雨」と「五月雨」だけとなった。——「皐月」はまだ見えない。

六月十六日（航海中）

味方潜水艦がサイパン北方海面で敵戦艦一隻を撃沈という電報を傍受した。幸先《さいさき》よしと喊《かん》声《せい》があがった。

六月十七日（航海中）

兵隊は皆、日本海軍にとって背水の陣である今度の決戦の展開される日を待っている。そしてそれはもう数十時間の後に迫っているのだ。六月十九日が日本海軍にどんな結果をもたらそうとするのか。兵隊は、機動艦隊に、各基地航空隊に、大きな期待をかけているのである。数倍する敵機動部隊を撃砕し、サイパンを包囲する敵船団群に「大和」「武蔵」の巨砲を浴びせ、揚陸した敵を殲滅するか、もしまた破れるならば、もはや勝算疑わしい戦争におめおめと内地を蹂躙されるのを待つよりは艦とともに海底に砕け散ってしまうか、そんな風に考えているのだ。

ビアク島沖の夜戦に使い果たしてしまった「五月雨」は、駆逐艦の生命である魚雷一本もなく、それゆえ決戦に敵を襲撃することはできないけれども、興廃の岐路を分かつこの決戦に一刻も早く参加したいという気持は、艦隊で育った者でなくては解らぬことかも知れない。

○五二三、空の彗星艦爆が敵空母三乃至四を炎上させたという電報を傍受した。

六月十八日（航海中）

夕刻、船団はルソン、ミンダナオ間の島嶼地帯に入った。油槽船から燃料補給を終えると、「満珠」に護衛を托して「五月雨」は艦隊に合同すべく船団と分離、東進を起こした。

六月十九日（航海中）

暗号当直に立っていた私は、電信室との間の窓から放りこまれた作戦緊急親展電報に強い興味を感じた。あ号作戦決戦の今日、この電報が作戦上の重要な何物かを含んでいるのは明白であった。普通の暗号書では訳せぬとされている親展電報ゆえ果たして訳せるかどうかは疑問であったが、ともかく暗号書を開いた。それは容易に訳せるものだった。私は緊張した。乱数が次第に文字に変わって行く。若干の誤字はそのまま、私は一気に訳し終わった。順序を追って読み直す。私は息をのんだ。

そこには機動艦隊旗艦「大鳳」と「翔鶴」の沈没が記されていた。――第一次攻撃隊発進直後、敵潜水艦の伏在海面に入り、「大鳳」、次いで「翔鶴」が犠牲にあげられたのである。機動部隊長官小沢中将は「羽黒」に乗り移った。

内心、戦果を期待して訳した私はあまりのことに呆然とした。機先を制せられてしまったのだ。主力二空母の喪失はあ号作戦の結末を物語っている。これでも作戦を決行するのか――私は暗然とするのだった。訳してはならぬとされている暗号を訳したこの結果を、やがては知れるにしても現在自分一人で収めておかねばならぬのは私を不快にした。

六月二十日（航海中）

午前九時半、西進してくる機動艦隊と合同した。間もなく補給部隊も来て、艦隊は洋上補給を始めた。「大鳳」と「翔鶴」の姿の見えぬのが皆を不安にさせている。真相はわからぬまでも被害を蒙ったのではないかとすぐに感じられるのだ。こういう点、兵隊は実に敏感である。経験がそうさせたのだ。

哨戒機が飛び回る海上を、補給艦以外は周囲を取り囲んで低速で走った。補給が間もなく終わろうという時だった。後方を走る旗艦「羽黒」の檣頭に強い発光信号が明滅した。

「敵機動部隊近接シッツアリ」

おそらく補給終了後、作戦再興の予定であったに違いない艦隊は見る見る動揺した。曳航はあわてて離された。各隊ごとに集結すると、補給部隊はそのままに、艦隊は急速に西進を起こした。敵機が遠く見え隠れに触接しているようであった。晴れ上がった、波一つない薄暮の海上を、群々に分かれ、大きくひろがって避退して行く。

——怖れるのは敵が強いことではなく敵に逃げられることだ、と言った艦長の言葉にもかかわらず、空母二隻の喪失によって他愛なく後退している艦隊。決戦はどうしようというのであろうか。期待こめて待った決戦とは。——だが、今はもう、逃走する味方機動艦隊に危機が迫っているのだ。

午後五時半、後方の水平線上に敵の艦上機群が現われると、たちまち薄暮の空に覆いかぶさって来た。グラマンである。戦闘機、爆撃機、雷撃機の大群が三手に分かれて、一つはようやく後ろの水平線に見えなくなった補給部隊へ、他二つが航空戦隊と戦艦戦隊へ、嵐のように襲いかかった。

「雷撃機に気をつけろ！」

艦長は叱咤するように叫んだ。けれども主力の集結しているこの艦隊の中では、小さな駆逐艦は近寄りさえしなければ安全であった。

七、八千メートル離れた空母群と「大和」「武蔵」へ敵機の攻撃が集中している。「大和」「武蔵」の上空には網の目のような弾幕が張られて、急降下に移ろうとする敵機が次々と墜《お》ちて行く。墜とされても墜とされても敵機は攻撃の手をゆるめず、あくまでも突っ込んで行く。煙突を頂にして艦の首尾に向かって傾斜して備えられた「大和」「武蔵」の三連装機銃の射ちまくる弾痕、四十五センチの主砲の砲煙が屈せずに四散している。

防御と攻撃が、互いに全力をつくしあっているこの眺めはいかにも充実感にみちた見事なものだ。容喙《ようかい》の余地ない空海戦の完璧な図、そんな風に思われた。そう思う立場は主戦闘から距離を持った傍観的なものであった。対空火器の弱い「長門」が直撃を喰って黒煙を吐き、列を脱落した。はるか離れた空母の一隻が火災を起こした。後ろの水平線上にも補給部隊の弾幕が見えている。

とつぜん頭上から急降下音が驟雨のような掃射とともに迫った。雷撃機にばかり注意しておった虚をつかれたのだ。取舵をとった。敵機が去った。

「艦橋」

伝声管が叫んだ。

「操舵室に負傷者一名」

……夕焼け雲が西の一隅に色褪《いろあ》せて残り、海上は暗さをました。空母を発進した味方攻撃機は敵の烈しい対空砲火に遮《さえぎ》られて戦果を挙げ得なかった。補給部隊の油槽船の一隻が大火災となり沈没のおそれあり、他の一隻は航行不能となった。「隼鷹」は直撃を受けて煙突を傾けて走っている。雷撃をうけて火災を起こしている「飛鷹」の傾斜した姿が、走っているのか停止しているのか七、八千メートル先に見える。誘爆を起こすと、陽炎《かげろう》のように身を顫《ふる》わせて「飛鷹」はえんえんと煙を吐いた。震動音が伝わってくる。「長門」宛に出された「飛鷹」曳航の命令は間もなく取り消された。すっかり暮れきった海上に「飛鷹」の燃えしきる火が赤々と輝いておったが、ついに沈没した。

艦隊は西へ急いでいる。沖縄の中城湾へ向かっている。そこへ集結し、補給のうえ再興を計ろうというのか。――だが、厖大な敵の揚陸したサイパンはどうなるのだろう。孤立した友軍は果たしてこの敵を防ぎ得るだろうか。山といっても低い、平坦なサイパン島の風景が、そして甘蔗畑に積まれた弾薬が、戦火の巷《ちまた》と化したガラパンの街とともに眼前に去来するのである。

魔の艦影

六月二十二日（中城湾）
午後三時半、中城湾着。艦隊は内地へ帰るのだという。
六月二十三日（航海中）
午前、一戦隊、三戦隊、四戦隊及び二水戦は内地へ向けて出港。夕刻、「榛名」及び「時雨」とともに内海柱島水道に向かって出港。
六月二十四日（航海中）
「榛名」「時雨」「五月雨」は佐世保において修理すべしとの命に、内海を経て佐世保に向かう。内地近海に敵潜水艦跳梁し、艦船の航行に大きな危険を伴うという。
七月六日（呉）
昨日午後、佐世保発、午前六時呉入港。連合艦隊がちょうど前線基地でのように集結し、臨戦準備に忙殺されている。陸兵や物資を満載した大発が港内を頻繁に往来し、一万トン級以上の各艦に搭載している。戦艦に陸軍部隊を載せてどこへ運ぼうというのであろう、そしてまた今後の作戦をどう展開しようというのであろう。敵を見ながら後退した艦隊、前線となろうとしている内地――。

七月八日（航海中）

午前九時半、一戦隊、四戦隊、七戦隊及び二水戦とともに呉発、中城湾に向かう。

七月十六日（リンガ泊地）

午後六時、リンガ泊地着。四戦隊、七戦隊、二水戦はシンガポールへ向かう。

七月十九日（リンガ泊地）

午後十時、四戦隊、七戦隊、二水戦、シンガポールより帰投。これをむかえて、碇泊艦と甲乙両軍に分かれて戦闘訓練を行なう。

七月二十日（リンガ泊地）

「長門」、三戦隊、十戦隊入港。

サイパンの友軍が玉砕して十日たたぬいま、敵は今度は大宮島に一個師の兵力を揚陸させた。東条内閣の総辞職。国民は果たしてどう考えておるのだろうか。

発信、葉書五葉、封書一通。

七月二十五日（リンガ泊地）

テニアン島揚陸を企図する敵の舟艇隊と水上部隊を、同島守備の友軍は寡兵よく撃退して、未だに揚陸を阻んでいる。玉砕を覚悟しながら死力をつくして戦う彼らの気持は涙ぐましい。

「もし我々が生来の傾向に打ち勝とうとしないなら、一体教養なるものに何の意義《いぎ》があろう」――ゲエテ――

八月二日（シンガポール）

赤土に赤煉瓦の屋根、深緑の木立、その中に点綴《てんてい》するクリーム色の壁――。想像しておったよりも大きいシンガポール島は山腹に低い林を抱いている。華僑によって占められている街には、支那人、馬来人、インドネシア人が、各々独自の服装と面貌《めんぼう》をもってみちている。メインストリートの二階建ての窓から道路につき出された物乾竿《ものほしざお》に洗濯物がひるがえっている。郊外で出あった一日本人は、物価高に市内での生活はとてもできないと語ったが、兵隊はそれにもかかわらず、いつ帰れるとも知れぬ内地への土産の品々を求めてくる。

八月七日（航海中）

午後六時、シンガポール発、マニラへ向かう。十六戦隊、「浦波」及び第二十七駆逐隊はマニラ、パラオ間の緊急輸送の命を受けたのだ。

八月十一日（マニラ）

午後二時、マニラ着。

シンガポールの強く赤味の勝った色彩に比べ、ここの風貌はずっと淡い。だが淡白とは別な、ある寂しさの漂う、例えば曇り日の黄昏時のような感じである。比島人、スペイン人、支那人、日本人、そしてそれらの混血。馬車が外出の家族づれを乗せてゆるやかに並木道をかけて行く。昔の面影を残す城内を抜けて、プラサ河を渡った繁華街の雑踏の中に、スペイン系の混血少女が美しい。陸軍部隊が列をつくって通る。数日来の雨に緑褐色に濁った流れの橋のたもとに数十隻の大発がもやいをとって並んでいる。城外の草地では比島兵が訓練されている。

市街の全貌は、一国の首都としての気品と落ち着きを持っていて、それはシンガポールにはまるで見られなかったものだ。が、物価高と紙幣の洪水——子供が札束をつかんで煙草を求めて兵隊を追い、煙草は街頭で一本ずつ売られている。掏摸《すり》が横行する。片道十円の俥代《くるま》、一盛り九円のアイスクリーム、二十円のケーキ……。秩序を失った国の生活だ。戦争がもたらした破壊の一断面である。負けたらこうだ、負けてはならない、とそう思う。それは何か悲しい感じを伴ってくる。

九日にサイパンを出動した敵の有力部隊はその後動静が不明で、十二日以後比島方面は空襲の算《さん》大であるという報を得る。

八月十五日（航海中）

午前五時半、「青葉」「鬼怒」「浦波」「時雨」とともに、マニラ発、パラオの邦人引き揚げの緊急輸送のため出撃。

八月十七日（航海中）

午前十一時三十分、B24の接触を受ける。スコール激しく、海上は波浪が高い。スコールが去っても濃い雲が低く海上を覆って視界は悪い。

八月十八日（パラオ近海）

午前一時十五分、暗号当直中の私は、艦橋に慌ただしい叫びを聞くと同時に衝撃をうけて、椅子から滑り落ちた。ぐーんと海底にひきこまれるような艦の呻《うめ》きを耳にした。電燈が消えた。雷撃、沈没――とっさに感じた私は書類入れをひっつかんで、艦橋に駆け上った。

浅瀬に乗りあげたのだ。前方の闇に艦に向かって嗤《わら》いかける波の白歯が折り重なっている。

「先任将校、すぐに被害を調べさせてくれ、しまったなあー、うーむ」

佐世保で代わったばかりの艦長は腕組みして、狭い艦橋をあっちこっち歩き回っている。士官たちは呆然と、しかし敵前でない安心の態で、しばらくは前の浅瀬を眺めている。

――見張り当直中の高橋兵曹は遠くから浅瀬を発見して、艦長と当直将校に報告していたのだが、悪いことに、それ以前から左前方に発見した不明の艦影にばかり気を奪われていた士官たちは、この報告に一顧《いっこ》もしなかったのだ。海図上からいっても航路が浅瀬に当たっておるわけがなく、流されていたのには気づかなかったのだろう。夜目にも白く波立っている前方の浅瀬は次第に近づく。高橋兵曹は重ねて叫んだ。

「艦長、浅瀬に間違いありません」

艦長は艦影に向けておった双眼鏡を、やがて前に移した。

「停止！　後進一杯」

三戦速で勢いづいておった艦はそのまま珊瑚礁に座りこんだ。後進がかかったが、もはや動きもしない……。

「一罐室火災、二区が危ない」

応急員が叫ぶ。「総員防火」第二兵員室へ降りた。すでに応急員が筒先《つつさき》を罐室との隔壁に向けている。それ一枚で区切られた薄い鉄板の塗具が熱に罅《ひび》入って落ち、注がれる海水が湯気立っている。むんと熱気が鼻をつく。消火したばかりの一罐室に衝撃で割れた下甲板から噴き出した重油が入り、灼熱していた罐に当たって燃え出したのだ。

冷却する海水の流れる甲板は裂けて、重油が糸をひいて浮かび出し、左舷からの風波に動揺をつづける艦は艦底を岩に喰いこんだまま次第に右に傾いて行く。点けられた蠟燭《ろうそく》が時々焦立《いらだ》たし気にゆらぎながら濡れ鼠になった室内を照らし出す。

上甲板で罐室の消火に当たっている者の声が騒がしい。分隊の兵隊を数名呼び入れると、艦の運命もこれまでだと、私は代わって筒先を持った。蒸し返された室内は三十分と我慢できない。水を注いで冷却する者、濁った水を汲み取る者が、かわるがわる汗にひたって働いている。

外舷に打ちつける波の音が艦の末路を早めるように気忙《きぜわ》しく反響する。蠟燭が湿気でジジジッと消えそうになる。測程儀室に重油が溢れ、艦底の機械の支柱が甲板を貫いて出ている。まだ夜が明けない。右に傾いたまま艦は波にゆられる。間もなく転覆するかも知れない。

空が白んで来た。火災は一罐室から二罐室へ移り、重油の火は容易に鎮まらない。兵員室の隔壁冷却はいぜんつづいている。一隅に置かれてあった箱から、海水の波うつ甲板に浮かび出たビール壜《びん》を開けて、頭から浴びる返り水と汗でズブ濡れとなって蒸された喉をうるおす。ぬるい海水に浸っておったビールは苦味ばかりが味気なく舌を刺してくる。けれども、罐室が使えなくなった今は、タンクの中の真水は制限されていて、さっきもらって来た水筒の水はもう一滴も残っていないのだ。

みな実によく働いている。連日空襲のあるパラオを南方六十カイリにのぞんで、いつ敵機と戦わねばならぬかも知れないから暑くても裸にはなれない。上甲板に出てしみ通った服を脱いで陽に乾し、汗に濡れた体を曝《さら》して休んでいるうちに、服は白く塩をふき出す。

前方は一面の珊瑚礁である。これだけ広い浅瀬に、いくら潮がみちておったとはいえ、しかも発見報告がされていながら——しかし今はすべて後の祭だ。昨夜、不明の艦影として艦橋の注意を奪い、「五月雨」を誘いこんだのは、同じようにこの浅瀬の南側に座礁した商船で、それも三隻、傾いた姿を白波の彼方に浮かべている。

八月十九日（パラオ近海）

任務をすませた帰途の「鬼怒」と「時雨」が近づいた。「五月雨」を混じえた三艦長が相談の結果、「五月雨」の引き下ろしはパラオの工作部に依頼することとし、「鬼怒」と「時雨」は任務を続行のためにマニラへ向かった。

動揺止めの小錨を入れる。終日排水、補強作業を行なう。

八月二十日（パラオ近海）

パラオから二十二号掃海艇が派遣されて来て引き下ろし作業にかかったが、曳索が切れて不成功に終わった。

八月二十一日（パラオ近海）

二十二号掃海艇、六十一号駆潜艇、曳船及び大発が来て引き下ろし作業にかかる。曳索が海底にくい、再び失敗する。工作部の技手は「五月雨」の引き下ろしは成算ないと断言したが、艦長はあくまでやるつもりだと言った。弾火薬、重量物を哨戒艇「江之島」、曳船、六十一号駆潜艇に移載。

八月二十二日（パラオ近海）

午前、B24に発見された。近くにおった「江之島」は超低空の銃撃を、二回受けた。敵機は北方に去った。二時間後、同じ敵機は「江之島」に至近弾三発を落として南方に去った。「江之島」は一時航行不能となり、重傷者十数名を出した。「五月雨」は敵機に色めき立ち、発砲したが、対空火器強いと見てとってか近よらず、「江之島」が犠牲になった。

八月二十三日（パラオ近海）

好調裡に引き下ろし作業は進められたが、艦はさらに動こうとはしなかった。兵器を取り外して下ろすこととなった。九月四日の大潮を期して最後の引き下ろし作業を行なう肚《はら》でおるらしい。

八月二十四日（パラオ近海）

二十五ミリ機銃その他の兵器を下ろしはじめた。魚雷は浮標をつけて環礁付近に沈めた。双眼鏡、羅針儀、機密図書等が運び出された上甲板は混雑をきわめている。

夕刻、左五〇度方向二千メートル付近の浅瀬に爆柱が三つあがった。敵機の高々度爆撃かと色めき立ったが、機影は見えず、爆柱が黒く、また爆弾にしては大きく、三つ並んであがった点などからおして浅瀬に気づかずうった潜水艦の魚雷と考えられた。危険が迫っているのを痛感する。見張員がふやされる。

八月二十五日（パラオ近海）

「五月雨」乗員は総員パラオに移ることに決まった。そして先発隊として艦長以下二十八名が、糧食、被服とともに掃海艇に乗り移って行った。ただ一日違いで陸上に移るにすぎないのだが、仲間を離れるということは行く者にとっても、残る者にとっても厭《いや》な感じであった。何か長い別離となるような気がするのだ。大発が離れると、別離の帽がおどけた調子で振りかわされた。

先発隊が乗り移った掃海艇が見えなくなった頃、パラオに空襲警報が発令された。B24が十六機来襲したのだ。パラオ上空の弾幕が水平線ぎわに赤黒く見え、しばらくすると三機が此方へ向かって来る様子であったが、後を追って来た味方戦闘機と空中戦を始め、やがて南方に姿を消した。先発隊の乗った掃海艇が思いやられた。

総員退去してパラオに揚がった後どうなるのだろうかということが、いま兵隊の頭を占めている重要な問題になっている。連合艦隊司令部からは、「五月雨」を南西方面部隊に編入、とすでに命令は発せられてはいるけれども、これだけ訓練されている艦隊駆逐艦の乗組員を、パラオ辺りの陸戦隊員として使ってしまうのはいかにも残念だというのだ。一人前に使えるまでに駆逐艦で訓練されるには、陸戦隊とは比べものにならぬ時日が要り、しかもこれだけまとまっている乗員ならそっくりそのまま、新しい駆逐艦に乗せてもすぐに使える。

――だがそういう心の裏には、新しく配乗されるためには、一度はきっと内地へ帰らねばならぬのだという考えが巣食《すく》っていることは、そう言っておる者自身がよく知っておった。パラオに居残ったなら、サイパンの二の舞になる怖れが多分にあるのだ。けれどもまた、艦にばかり暮らして来た私たちには、死ぬから艦で、という気持が無意識の裡に働いているのだ。それは艦隊で育った兵隊の戦火の中での悲願であるかも知れない。それにしても一体、私たちはこれからどうなるのか。

座礁、総員退去

八月二十六日（航海中）

駆逐艦「竹」にて。――午後十二時。

十八日いらいの努力はすべて水泡に帰した。「五月雨」は座礁したまま最後の止《とど》めを刺されてしまった。

そしていま私たちは、先発隊二十八名をパラオに、行方不明三十四名の戦友を海中に残して、三柱の英霊とともにマニラへ向かっている。あくまで黒い深夜の海上を駆逐艦「竹」は高速に震えて走り続ける。

昨日のスコールで、汗と潮でかたくなった服を脱いで洗い、何日ぶりかで着替えた身で、早朝から兵器取り外しにかかっておった私たちは、午後、駆逐艦「竹」が「五月雨」の救助にくるという電報が着いたのを知った。いつ来るかは未定であったが、パラオに屍を暴《さら》すようになるかも知れぬという怖れを抱いていた私たちにとっては大きな吉報であった。

もう海上は暗くなっていた。働き疲れた兵隊は上甲板に腰を降ろし、後甲板の陸戦用の炊出釜で作った飯を受け取った若い兵隊が夕食の用意を始めていた。いたるところが、取り外された兵器や陸揚げする書類、要具などで混雑をきわめていた。

その時、急激な衝動が艦内を転倒させた。座礁した時よりもひどく、雷撃か爆撃か、艦橋でもとっさに判別つかぬ風であった。がすぐに、中部に雷撃を受けたという報告がもたらされた。機械室右舷の水線下一メートル余りに命中、真上の二番連管は楯ごと左舷の海中にはねとばされて沈み、機銃台の当直見張員も、その下で夕食にかかった機銃員も、すべて姿を消したのである。

一昨日左艦首から雷撃した同じ潜水艦が、今度は反対側に回って、環礁を避けて狙ったものに違いなかった。外鈑はめくれ、艦体は亀裂し、前半を岩に喰い入っているので沈みこそしないが、波に揺れる後半が上下するたびに、亀裂は奇異《きい》な叫びを立てて息づく。暗さをました波の間に間に、中で食事を始めたばかりの二番連管員を抱いたままの発射管の楯らしい鼠色がゆれている。だが、それをどうすることもできないのだ。後部員は皆、危険を感じて前部に移り、前甲板は兵隊で埋まった。

バラバラになった手足が散らばっている機銃台からは死傷者が探し出されたが、死体は取り外し作業にパラオから派遣されて来ていた工員二人だけであった。潮が艦を囲んで渦巻き、はね飛ばされた木片や死体らしいものが黒い海上に流れている。誰かが錨鎖につかまって叫び出したが、やがてつかまり切れなかったか、錨鎖を離れると右艦首から左艦首へ、潮とともに流されて来た。中部に繋《つな》がれてあったカッターに数名が乗り移ると、艦から索をとって溺者の方向へと曳きよせて行った。

二人の兵隊が救助された。工作員の熊谷兵曹と私の班の佐藤であった。片足に創を負った熊谷兵曹は索梯子を伝って艦に上がったが、両股に重傷を負っている佐藤はどうすることもできなかった。私も上甲板から下がった索を伝ってカッターに移った。ただ意識のあるだけでどこといって力の入れどころがなく、徒《いたず》らに苦痛を訴えて叫ぶばかりである。重油をかぶって黒くなった顔が夕闇の中で歪んでいる。索で体を縛っただけでは艦に引き揚げられず、私はオスタップを降ろすように言った。詰めるように佐藤を入れると、索でくくった。

「このまま殺してくれよう」

佐藤は泣き叫んだ。

「どうせ死ぬんだからよう」

それが本当かも知れない。だが、彼をこのままにしておくわけには行かないのだ。

「馬鹿野郎！　何を言ってるんだ、艦へ上がれば助かるんだ。少しの辛棒だ、我慢するんだ」

そうは言ったが、ブランとした足を外《そと》に、ちぢこまった佐藤の姿はいかにも惨めで、私は顔を顰《しか》めた。彼の言うとおりこのまま死んだ方が、彼にとっては幸福であるかも知れない。もう一度そんなことを自分に言いながらも、手は佐藤を上甲板へ引き揚げる準備を急いでいた。

「引け！」

オスタップに入った佐藤の体が、ゆれながら徐々に宙に吊りあげられて行った。

遅い夕食を手探《てさぐ》りで食うと、今夜のうちにくるという「竹」への移乗準備の中に、戦死者の始末にかかった。佐藤は苦しみながら逝った。両股に貫通を受けては死ぬよりほかなく、水をくれと言ってもやらなかった班長に、

「班長はつめてえなあ」

と言ったりしていた。

中部機銃員と二番連管員を合わせて三十四名の行方不明があることが各分隊を調べた上でわかった。重軽傷者は十数名を数え、浴室と士官室に死傷者が群がっていた。多くの者が自分自身の身回品の整理に一杯で死傷者はそっち除けの有様であった。大方の被服はパラオへ運んであるので残った私物類を持つのに精出していた。

発電機の止まった暗い艦内で士官室に点《とも》った蠟燭の灯が死傷者の姿を映してゆらめいている。五月雨神社の御神体が外《はず》された。

すっかり夜になった。風の強い海上に星が美しく、薄明るい。話し声にみちた上甲板に何かのはずみでどっと哄笑《こうしょう》が起こった。

「分隊ごとにまとまっていろ、黙って離れると置いて行くぞ」

先任伍長が怒鳴って歩く。

「荷物は、持ってはいけない、体につけられるだけの物をつけろ」

艦橋から先任将校が叫んだ。一つぐらい宛に持っておった風呂敷包を解くと皆が体につけ始めた。艦尾の闇の中から発光信号が明滅《めいめつ》した。「竹」が来たのだ。浅瀬を警戒してだいぶ離れて止まった「竹」から、小発が来ることが知らされた。

「機関科、兵科の順に乗せるから、先任下士官は分隊員を集めて区分しておけ、一回に五十人宛だ」

若干の私物を身につけると、分隊書類の鞄を持った私は浴室に置いてある佐藤の死体を運ぶために三、四人の兵隊を連れて降りて行った。班長は今の場合自分のことで一杯な風で何の役にも立たなかった。つめたくなっている死体を用意の毛布にくるむと、小索で数個所を固縛《こばく》した。

もはや佐藤は一個の物体であった。が、どんな姿であるにしても、尊い犠牲である佐藤はやがてどこかで荼毘《だび》に付されるまでは、私たちが無事である限り私たちとともにいなければならない。若い兵隊は熱心に戦友の死体を始末するのだった。平常どんな態度をよそおっていようと、かような最期の場合にこそ、その人間が現われるものだということを私は彼らの上に見て、心から感謝するのであった。

小発が着いた。後甲板で待っておった者が騒々しくのりはじめた。佐藤の死体は二人の兵隊に担《かつ》がれて、付き添った兵長とともに後甲板に運ばれて行った。やがて私たちも、三回目の小発の来るのを待って後甲板へ移った。波が高く、右に傾いた艦の左舷を渡る列に飛沫を浴びせて来た。座礁した時にもう最後と思ってはき変えた新しい靴はすっかり形が崩れ、歩くたびに水が鳴った。

魚雷の命中した中央は上甲板がようやくつながっていて、波にあおられる後半が上下するたびにギイッギイッときしんで、今にも離れ去るかと思われた。前を行く者の照らす懐中電燈の光の中に罅《ひび》入った甲板のはしが大きく口を開いているのが見え、潮が渦巻いて鳴っていた。

一列になって、一歩々々に気を配りつつ後甲板へ着いた。小発を待っている砲塔の脇はしょっちゅう波で洗われた。三回目の小発が着いた。波に上下する小発の艇首が上甲板を越したかと思うとグンと沈んで行く。中へ先ず英霊を移すと、前の者から順にとび移った。一人が海に落ちて引き揚げられた。半ば乗り移ったところへ士官の荷物が放りこまれた。荷物は意外に多い。

「チェッ、手前たちばっかり荷物を持ちゃがって」

兵隊の二、三が言った。

「そんな荷物はレッコしちまえ、構うもんか」

けれども実際には誰も投げ棄てる者はなく、落ちかかった荷物は舷側におった者によって無事に艇内に収められた。

「艦長、あと一度でおしまいだ、今度は少しだ」

艦上から士官が言った。艇首が離れると小発は取舵一杯に反転した。前方の「竹」からは時々白灯が出され、艇は目標に向かって直進した。後半が生き物のように潮を呼吸している「五月雨」の艦影が、次第に私たちの視界からうすれて行く。皆振り返って見つめている。無言だ。

ついに「五月雨」は後方の夜闇にその輪廓《りんかく》を没した。星空がその上にひろがって、夜風が頬をなでる。

――新兵いらいほかの艦を知らず、五年半、その中で暮らして来た「五月雨」との余りにあわただしい別離であった。けれども、「由良」の最期を見た私がひそかに考えておったのと異なり、あわただしいがゆえに感傷すらいだく暇なく去って来たのは、却ってよかったのかも知れないのだ。夜であったせいもあろう。

「夕立」が先ず姿を没し、「村雨」がつぎ、「春雨」とともに第二十七駆逐隊に編入されたが、「春雨」もビアク島への往路、敵機の犠牲となって、かつての第二駆逐隊中最後まで残っておった「五月雨」も、ついに総員退去の止むなきにいたったのだ。

私はふと、かつての艦長松原中佐が、戦争が終わるまで、「五月雨」だけは、ちょうどバリクパパン港内の哨戒艇のように、檣だけでもいいから水面から出しておきたいと言ったのを憶い出した。

檣の聳《そび》える前半が座礁して、もうどんな波にもビクともせぬまでに喰い入っている「五月雨」の姿は、それにしても痛ましいものであった。松原中佐の言葉は皮肉《ひにく》な現実となって実現されたのである。だが、もうほとんど二分されそうになっている艦体が、折れて、後半が海中に没するのもいくばくでもないかも知れない。

――パラオへ行った者の身の上が案じられる。後からくるものとばかり思っておった私たちが「竹」に乗って帰ってしまったのを知った時に、どんな気持がするだろうか。後からの便船《びんせん》で私たちを追って来るのだろうか、それとも、敵機動部隊の攻撃の中に孤立し、玉砕するかも知れないパラオにいつまでも残るのだろうか。

十八日いらいの努力は全く水泡に帰した。座礁したまま最後の止めを刺された「五月雨」は、ついに戦争が終わるまでここに残っているかも知れない。そして私たちはいまマニラに向かっている。

先発隊二十八名の残るパラオはやがて反攻してくる敵の犠牲になるかも知れぬとしても、マニラへ向かっている私たち自身、果たして再び内地の土を踏めるかどうかは疑問である。途中でどこかの部隊へ編入されるかもわからず、あるいは内地への海上で敵の犠牲とならぬとも限らないのだ。サイパンに基地を固めた敵が、どうして沖縄を襲わぬと断言できるだろうか。そうなったら私たちの帰路は全く絶たれてしまうのだ。

――緒戦のころ、スラバヤで捕虜になった英国士官が言った、またミリの守備兵が言い残して行ったという、三年たてば必ずもどってくるという言葉が、脳裡にまざまざと甦《よみがえ》った。艦を失った私たちは小銃を持たぬ陸兵と同じである。これから幾たびか、見知らぬ艦船に便乗して、いつ襲われるかも知れぬ危険にもどうすることもできず、ただ内地へ帰るという一筋の希望を抱いて過ごすばかりだ。再びどこへ転勤して行くのか、今はそんなことはどうでも構わない、私たちは死ぬまで戦うべき宿命を背負って、ひたすらに前進させられているのである。

あくまで黒い深夜の海上を駆逐艦「竹」は高速にふるえながら、一路マニラをさして走りつづけている。

用語解説——

答舷礼式　艦船の上甲板両側に乗組員が整列して、出動する艦船を見送ること。
実用頭部　訓練頭部に対することばで、実戦用の炸薬、信管を装着した魚雷。
マンドレット　防弾帯。
ネッチング　釣床格納所。
微速　時速八節（ノット）。一時間に八浬のスピード。
原速　十二節。
強速　十八節。
第一戦速　二十二節。
第二戦速　二十四節。
第三戦速　二十八節。
全速　三十二～四節。最大戦速ともいう。
管制機雷　陸上より爆発をコントロールする機雷。
舷外電路　磁気機雷に対処するため、艦船の舷側外にアースを流しておいて、機雷の感応を予防する装置。
錨鎖三節　（セツ）くさり一節の長さは二十五メートル。
交互打方　通常、備砲は二乃至三連装になっていて斉射（一斉に標準して射つ）するが、それを一番砲、二番砲というように交互に射撃するのをさしていう。
掌水雷長　水雷科に限らず、各科の長の下にあって、長を補佐し内務を司どる士官。特務士官がこれに当たる。
一番連管　魚雷発射装置の前部にあるもの。後部は二番連管。
一水戦　第一水雷戦隊の略称。
雷速　魚雷のスピード。通常四十五節以上の高速を出すが、これは各国秘中の秘で、軍機密中の最大のものだった。
蛇行運動　潜水艦からの雷撃を避けるため、ジグザグ航行をすること。〝の〟の字運動ともいう。
着水照明炬　艦載機や飛行艇が着水する際にたく安全灯。(灯というよりタイマツ)
脅威投射　爆雷の威嚇投射。潜水艦を攻撃する一般的方法。

あとがき

戦争中、艦内では読書は割にされていたが、日記をつける者は余りいなかった。最初は物珍しさからつける者も相当あったが、大抵は中途で飽きてしまったらしい。それに戦闘状況を記録するということは、それが部外に知れたり、万一、持ち出しでもしようものなら大変なことになるのは、日頃上官から口をすっぱくして言われていたこともあろう。

しかし私は、戦争を何らかの形で自分のものにしよう、という最初からの気持を変えなかった。時には白眼視され、あるいは揶揄《やゆ》された。だが総じて周囲の人々は、私に好意的であった。

私はまたノォトをとるのには好都合な位置にあった。戦闘部署が新兵いらい、発射幹部付という艦橋配置で、しかも水雷指揮官伝令《でんれい》であったから、味方の動きも戦況もよくわかった。また分隊事務を受け持たされていたので、平日は雑作業からまぬかれており、よく士官室から依頼されて艦の戦闘速報、戦闘詳報などのプリントを作ったりしていた。電信、信号関係の者とも親しかった。ことに下士官になってからは、自分から希望して、兼務暗号員として哨戒当直に立った。

ノォトをとるのは比較的容易であったが、それを艦から持ち出すのには苦労した。ひと作戦終わって横須賀に帰ると、上陸のたびに少しずつ持ち出すのであるが、洗面袋以外の持物は衛門で厳重に検査される。——私は両臑《すね》に一冊ずつ巻きつけると、その上から袴下《こした》をはき、ズボンをはいた。兵隊のは、いわゆるセーラー・ズボンで、股がキッチリしていて下へ行って開いているから、股にまいたのでは上からノォトの角が見える。文字通り臑に傷持つ身は衛兵の前を兢々《きようきよう》として歩いた。

休暇を利用して自家に持ち帰ったノォトは、厚紙で包まれて封をされ、私の若干の書物とともに行李《こうり》の中に入れられた。包の上には筆太に『開封厳禁、死後焼却』と書かれた。内地が空襲になって、自家の者が一番困ったのはこの行李の始末だった、と復員後よく聞かされた。

復員後、疎開先の田舎の親戚からこの行李を持って来て、ノォトをめくりながら、戦争が俺に残したものはこれがすべてだ、そう思うと一種の感慨を覚えた。

戦後十年、いまノォトを読み返して私は忸怩《じくじ》たらざるを得ない。しかし無知な一兵卒として従軍した私たちは、私たちなりに一生懸命たたかったのである。それが間違っていたとは思われない。しかし今は、自分の子供たちに再び自分と同じ経験をさせたくはない、と強く思っている。

私の従軍日記が陽の目を見ることになったのは、全く尾崎一雄先生のお力添えのたまものである。私も、そして駆逐艦「五月雨」も、満腔の謝意を表する次第である。

最後に、「五月雨」の戦死者の霊の安らかに眠られんことを祈る。

昭和三十一年二月

須藤幸助

単行本　昭和三十一年二月「進撃水雷戦隊」改題　鱒書房刊

NF文庫

駆逐艦「五月雨」出撃す 新装版

二〇二〇年八月二十三日 第一刷発行

著 者 須藤幸助

発行者 皆川豪志

発行所 株式会社 潮書房光人新社

〒100-8077 東京都千代田区大手町一-七-二

電話／〇三-六二八一-九八九一㈹

印刷・製本 凸版印刷株式会社

定価はカバーに表示してあります

乱丁・落丁のものはお取りかえ致します。本文は中性紙を使用

ISBN978-4-7698-3180-8 C0195

http://www.kojinsha.co.jp

NF文庫

刊行のことば

第二次世界大戦の戦火が熄《や》んで五〇年——その間、小社は夥しい数の戦争の記録を渉猟し、発掘し、常に公正なる立場を貫いて書誌とし、大方の絶讃を博して今日に及ぶが、その源は、散華された世代への熱き思い入れであり、同時に、その記録を誌して平和の礎とし、後世に伝えんとするにある。

小社の出版物は、戦記、伝記、文学、エッセイ、写真集、その他、すでに一、〇〇〇点を越え、加えて戦後五〇年になんなんとするを契機として、「光人社NF（ノンフィクション）文庫」を創刊して、読者諸賢の熱烈要望におこたえする次第である。人生のバイブルとして、心弱きときの活性の糧《かて》として、散華の世代からの感動の肉声に、あなたもぜひ、耳を傾けて下さい。